# 붉은 전쟁 2

## 붉은 전쟁 2

초판 1쇄 인쇄　2018년 8월 20일
초판 1쇄 발행　2018년 8월 25일

지은이　|　구양근
펴낸이　|　배진한
디자인　|　류요한
펴낸곳　|　도서출판 온북스

등록번호　|　제 312-2003-000042호
등록일　|　2003년 8월 14일
주소　|　경기도 하남시 위례중앙로 215
전화　|　02-2263-0360
팩스　|　02-2274-4602

ISBN 978-89-92364-98-0　04810
　　　978-89-92364-96-6　04810 (세트)

잘못 만들어진 책은 교환해 드립니다.
이 출판물은 저작권법에 의하여 보호받는 저작물이므로
무단 전재와 무단 복제를 할 수 없습니다.

구양근 장편소설

| 펑더화이의 6·25

온북스
ONBOOKS

| 목차 |

## 2권

6  압록강을 건너는 펑더화이 　　　　　 6

7  먹구름 속 천둥소리 　　　　　　　　 58

8  고래싸움은 계속되고 　　　　　　　 110

9  청천강전투, 장진호전투 　　　　　　 150

10  미군을 37도선 밖으로 몰아라 　　　 210

11  반격 재반격 　　　　　　　　　　　 260

1권

1 이년당 회의                     10
2 절치부심                       56
3 조선의용군의 입북              100
4 몸부림치는 백범                152
5 6·25 술래잡기                 224


3권

12 한반도를 찢어라                 6
13 북·미의 기싸움                 66
14 중공군의 땅굴만리와 파르티잔     110
15 아아, 상감령 전투              162
16 휴전 전야                    202
17 전쟁과 평화                   252

# 6

# 압록강을 건너는 펑더화이

1

 10월 19일이 왔다. 이날 펑더화이가 이끄는 중국인민해방군은 드디어 압록강을 건넌다. 얼마나 많은 회의를 거치고 얼마나 망설이던 결단이던가. 이날 미군 제1기병사단과 국군 제1사단이 평양을 점령하고 국군 수도사단이 홍원을 탈환하던 날이다.
 저우언라이(周恩來)는 소련에서 스탈린과 회담을 계속하고 펑더화이는 출동 명령을 받고 선양(瀋陽)으로 군대를 집결하고 있을 때, 스탈린이 공군 지원에 난색을 표하자 중국은 초긴장 상태가 되었다. 10월 13일 오후, 마오쩌둥은 다시 한번 중난하이의 이년당(頤年堂)에서 중앙정치국 긴급회의를 주재하였다. 이날 회의는 소련의 공군 지원이 없더라도 참전한다는 참으로 중국의 국운을 건 심각한 결정이 내려졌다. 마오쩌둥은 이제 토론보다도 하달식의 열변을 토하였다.

"우리가 출병하지 않을 경우, 적은 압록강 기슭까지 밀어닥치게 될 것이오. 그때는 모든 면에서 우리가 불리한 입장에 서게 됩니다. 무엇보다도 우리 동북변방군은 전체가 전쟁에 말려들고 남만주의 전력이 제압당하게 될 것이오. 만약 미제가 조선을 완전 점령하고 나면 우리는 미제 침략군과 국경을 접함으로써 하루도 평안할 날이 없을 것이오. 그리고 미제는 조선을 영구 지배하려 들것이 뻔합니다. 그들은 절대 일제처럼 빨리 물러가지 않을 것이오. 조선을 이 뒤로 백 년, 이백 년 아니 그 이상 지배할는지 모르오. 그것은 무엇보다도 우리 중국을 견제하기 위하여 조선을 자기의 세력권 하에 둘 필요가 있는 것이오. 때문에 우리로서는 절대 양보할 수 없는 한판 승부를 벌릴 수밖에 없소. 조선은 누천년 간 중국의 번속이었어요. 청일전쟁으로 일본이 우리의 번속을 떼어가 일한합방을 시켰으나 조선인은 누구나 일본인 되기를 거절하고 오늘날까지 중국인으로 치열한 항일투쟁을 벌여 왔어요. 조선은 우리의 항일전쟁이나 해방전쟁에서도 우리와 함께 생사고락을 같이 했어요. 조선독립군, 조선의용대는 추호도 중국을 외국으로 생각한 적이 없어요. 38선 이북의 조선을 우리가 지원하여 해방구를 만들어 미제가 영향력을 발휘할 수 없는 완충지대를 만들어야 중국이 편합니다. 조선 전쟁은 우리로서는 일종의 국내 전쟁이란 것을 잊지 마세요."

 10월 14일 마오쩌둥은 중앙정치국이 결정한 지원군의 즉각 출병과 첫 단계 작전 방안을 소련에서 회담 중인 저우언라이에게 전보로 알렸다. 스탈린은 애당초 중국 측에게 6개 사단만 출동하기를 희망했었다. 그러나 중공 중앙은 펑더화이의 건의에 따라 12개 보병 사단, 3개 포병사단 및 전차연대, 고사포연대, 공병연대까지 출동시키기로 결정했던 것이다. 마오쩌둥이 이런 결정사항을 소련에 있는 저우언라이에게 일부러 통지한 이유는 무엇인가? 그것은 소련이 중국의 출병 상황을 이해하고 조속히 중국인민지원군의 곤란을 해결해 달라는 것이었으며, 또 하나의 이유는 만약 중국이 곤경에 처하게 되면 당신네들에게도 불똥이 튈 것이라고 하는 일종의 경고였다. 조선은 중국하고만 국경을 접하고 있는 것이 아니고 소련하고도 국경을 접하고 있다는 사실을 잊지 말라, 당신네에게도 북한이라는 완충지대는 절대 필요하니까.

 10월 15일, 펑더화이는 선양에서 지원군의 출국작전 준비

태세를 점검하는 한편, 짧은 시간을 이용하여 중국에서 두 번째로 큰 철강회사인 안산강철(鞍山鋼鐵)과 선양병기창을 시찰했다. 바로 그때 평양의 위기는 경각에 달려 있었다. 김일성은 부수상 박헌영을 선양으로 급파하여 펑더화이와 회견하도록 하였다.

"펑 사령관! 먼저 김일성 수상의 뜻을 전합니다. 김일성 수상은 지금 적이 평양을 육박하고 있다는 사실을 빨리 알리고 중국지원군이 시각을 다투어 출동해 주십사 요구하고 있습니다. 그리고 김일성 동지는 빠른 시일 안에 펑 사령관과 면담하기를 원하고 있습니다."

"알았습니다. 우리 중앙은 최종 결정을 내렸습니다. 10월 19일부터 지원군 부대가 압록강 도하를 개시할 것입니다. 조선인민군은 계속 적의 진격 저지를 하여 공세를 지연시켜 주시기 바랍니다. 나는 오늘 가오강(高崗) 동지와 함께 안동(安東)으로 내려가서 부대 배치와 도하작전 계획을 점검할 것입니다."

펑더화이는 10월 16에 안동에서 지원군 사단장급 이상 간부 대회를 소집하여 항미원조전쟁의 전략과 의의를 설명하였다.

"동지들! 아군의 전력은 다음과 같다. 첫 단계로 제1선에 4

개 군, 3개 포병사단, 도합 25만 명 병력이다. 제2선에는 15만 명, 제3선에는 20만 명, 합계 60만 명의 병력이 된다. 공군은 작전 2개월 만에 8개 연대, 3개월째에 16개 연대가 될 것이다. 6개월 이내에 30개 사단이 좋은 장비를 갖추게 될 것이다. 화포의 보급도 문제가 없다. '미국 공포증'은 엄숙히 비판받아야 마땅하다. 그러한 사상은 아군의 투지를 약화시킬 뿐이다. 적이 무기 장비 면에서 절대 우세를 차지하고 있는 것은 사실이나 우리는 전술적인 측면에서 적보다 우세하다. 결연한 용맹성, 과감한 근접전, 폭탄병의 돌격, 총검에 의한 육박전, 수류탄 투척, 이런 것들은 바로 적이 가장 두려워하는 것들이다. 우리는 조선 경내에 들어간 후에 절대로 교만하거나 강대국 원조자의 신분을 내세워서는 안 된다. 조선은 우리의 많은 소수민족 중에서 최상위권의 소수민족이다. 조선 노동당과 인민정부, 인민군과 광대한 인민대중에게 절실한 존경을 표해야 한다. 그것이 바로 대국으로서 우리 자신을 위한 일이다."

10월 17일 오전, 펑더화이는 참모장 제팡(解方. 원명 제페이란(解沛然))에게 지시를 내려 작전참모 궁지에(龔杰)와 함께 먼저 박헌영을 따라 압록강을 건너게 하였다.

부대의 도하 하루 전(18일), 펑더화이는 가오강과 함께 마오쩌둥의 부름을 받고 급히 북경으로 날아갔다. 모스크바에서 저우언라이가 귀국할 예정이니 급히 최종 회동을 하자는 것이었다. 회의석상에서는 저우언라이가 스탈린과의 회담 결과를 상세히 설명하고 펑더화이가 도강 직전의 중국해방군 상황을 자세히 보고하였다. 마오쩌둥은 결연한 자세로 하달한다.

"현재 적은 평양을 단말마적으로 포위 공격하고 있소. 아마 하루를 버티지 못하고 평양은 적의 수중에 떨어질 것이오. 적은 며칠만 더 있으면 우리의 국경인 압록강까지 진격해 올 것이오. 우리는 어떠한 난관에 봉착하더라도 지원군을 도강시켜, 원조(援朝) 계획을 차질 없이 시행하여야 하오. 시간도 더 이상 미룰 수 없소. 이왕의 계획대로 결행하시오."

펑더화이는 먼저 내일 도강을 준비하고 있는 압록강 북안의 덩화(鄧華) 홍쉐즈(洪學智) 등에게 전화 통지를 하였다.

지원군 각 부대는 엄격한 기밀 유지와 엄밀한 위장을 실시하라. 정치 동원과 식량 탄약 보급을 즉시 실시하고 서약 대회를 개최한 다음, 즉시 출국 작전을 할 수 있는 태세를 갖추도록 하라.

펑더화이는 마오쩌둥이 문서로 작성한 덩화, 홍쉐즈, 한셴추(韓先楚), 제팡 및 동북군구 부사령관 허진녠(賀晉年)에게 보내는 특급 비밀전보를 발송하였다.

수신 : 덩(鄧), 홍(洪), 한(韓), 제(解).
참조 : 허(賀) 부사령관.
4개 군 및 3개 포병사단은 예정 계획대로 조선에 입국 작전하기로 결정되었다. 내일(19일) 저녁 안둥(安東)과 지안(集安) 일선으로부터 압록강 도하를 개시한다. 엄격한 비밀 유지를 위하여 도하부대는 내일 황혼 시각부터 도하를 개시, 익일 새벽 4시에 정지하며 5시 이전까지 은폐를 완료하고 아울러 철저한 검사를 실시하라. 작전 경험을 얻기 위하여 첫째 날(19일) 2개 내지 3개 사단이 도하하고, 둘째 날부터는 적절히 증감하여 실시하라.

마오쩌둥
10월 18일 21시

그리고 전에 이미 대강 결정된 사항을 이제 마지막으로 정비하여 중앙회의에서 최종 결정을 하여 공포하였다.

결정 : 펑더화이의 임시 지휘소와 제13병단 사령부(당초 동북

변방군 사령부)를 통합, 중국인민지원군 총사령부로 조직하여 펑더화이를 사령관 겸 정치위원으로, 덩화, 훙쉐즈, 한셴추를 부사령관으로, 제팡을 참모장으로 각각 임명한다.

긴박한 분위기 속에서 마침내 통일된 중국인민지원군 총사령부가 정식으로 출범하였다. 동시에 지원군의 각 도하부대 역시 압록강변을 향해 급한 행군을 개시하였다.

10월 19일, 북경에서 안동으로 돌아온 펑더화이는 석양이 서쪽 하늘로 미끄러져 내리며 저녁 안개가 드리우고 있는 광경을 지켜보고 있었다. 조금 있으니 찬바람에 보슬비가 하염없이 뿌리며 압록강을 자욱이 덮어가고 있었다. 가을 날씨인데도 제법 차가운 기운이 온몸에 스며들었다. 펑더화이는 운전수 하나만 불러서 차를 압록강 철교로 몰도록 하였다. 철교 입구에서 하차한 펑더화이는 검푸른 압록강 물을 내려다보았다. 시커먼 강물이 위용 있게 흐르며 강 건너 조선 땅에서 멀리 화재의 현장처럼 검은 연기가 솟아오르고 있었다. 압록강은 물색이 오리 머리처럼 검푸르다고 해서 붙여진 이름으로 천리나 되는 긴 강줄기이다. 전에는 압록강이 조선 국내에 있는 강이었으나 지금 중·조 국경이 된 이후로는, 중국인은 자기네 강이라 말하고 조선인은 자기네 강이라 말하는 곳이다. 장백산(한국명 백두산) 천지의 동남쪽 연지산(胭脂山) 자락에서 발원하여 동북에서 서남으로 밤낮을 가리지 않고 세차게 흐르고 있다. 그 물결소리는 마치 홍조 띤 어린 소녀의 울음소리인양, 노랫소리인양 또는 고달픈 생활의 눈물이 방울져 떨어져 합수친 한 많은 강줄기인양, 또는 어느 선구자가 힘찬 찬가를 부르며 양안의 백성들을 일깨우고 있는 양, 시시각각으로 변화하는 강이다.

"오늘 내가 이 다리를 건너면 다시 이 다리를 건너서 돌아올 수 있을까?"

펑더화이는 조선 쪽을 보다가 다시 시선을 중국 안둥 쪽으로 돌렸다. 안둥은 청산록수가 아름답고 풍경이 수려하기로 유명하며 고래로 아름다운 유람지인지라 일찍이 '만주의 작은 소항(東北小蘇杭)'이라 부르던 곳이다. 소주와 항주는 하늘 아래 가장 아름다운 곳인데 안둥은 만주에서 가장 아름다운 소항인 것이다. 안둥(1965년부터는 단둥〔丹東〕즉 동쪽을 붉은 물을 드리겠다는 의미로 개칭)이라 이름 붙인 것은 중국의 동쪽(조선)을 평안하게 하겠다는 의미로 붙인 것이다. 원래 신라 화랑의 매국행위로 당(唐)에 의하여 조선의 3국이 모두 망해버리고 없었을 때, 고구려 옛 땅에는 당의 안동도호부를 두고, 백제 옛 땅에는 당의 웅진도호부를 두고, 신라

옛 땅에는 당의 계림도독부를 두어 신라왕도 계림도독으로 임명하였었다. 그러던 안둥이 지금은 한국전쟁을 돕겠다고 몰려든 중공군들로 말미암아 전 도시가 온통 거대한 병영으로 바꾸어지고 말았다.

국내 전쟁에서 이골이 난 이 역전의 용사들은 오늘 또 다른 하나의 변화를 가져와야 했다. 그들이 그처럼 긍지를 느끼고 자랑스러워했던 '팔일오성(八一五星)'의 모표며 '중국인민해방군'이라고 새겨진 가슴의 흉장(胸章), 모든 장비에 새겨진 군휘(軍徽) 및 문서 수발신 때 사용하던 해방군의 관인 등을 오늘부터 일체 사용할 수가 없다. 그들은 지원군이라는 명목이기 때문에 모두 조선인민군복으로 갈아입어야 했다. 팔일오성은 중국해방군의 자존심이었다. 1927년 8월 1일 난창(南昌)에서 장제스 국민당 군을 향하여 무장봉기를 하던 날을 기념하여 마오쩌둥 주석, 주더(朱德) 부주석, 리우샤오치(劉少奇), 저우언라이, 펑더화이 5인의 이름으로 공포한 인민해방군의 군기, 군휘의 양식이다. 다섯 개의 별을 새겨 군기를 삼기도 하고 모자에는 큰 별 하나를 그리고 가운데 세로로 '팔일(八一)'이라고 새겼다.

안둥의 북쪽 성곽에는 전장산(鎭江山)이라는 높이 137m의 아름다운 산이 있는데 보통 '만주 8경(僞滿八大景)' 중의 하나로 꼽히는 곳이다. 산은 그림처럼 수려하고 명승고적이 많으며 특히 곳곳에 당나라 설례(薛禮. 설인귀)가 동정(東征. 조선 정벌)하던 유적이 많이 남아 있어서 중국인이 즐겨 찾는 곳이다.

　이때 마오쩌둥의 아들 마오안잉(毛岸英)도 조선에 출전하기 위하여 안둥까지 왔다가 잠깐의 여유를 이용하여 전우들 몇 명과 함께 전장산 공원을 유람하고 있었다. 그들은 정상의 전장정(鎭江亭)에 올라 눈을 들어 사방을 훑어보았다. 멀리서 희끄무레한 안개 띠가 몰려오더니 산 밑을 휘감고 돌았다. 거기 중·조 국경인 압록강이 굽이쳐 흐르고 있었던 것이다. 마오안잉은 중·조 양국을 잇는 압록강 철교를 바라보고, 다시 눈을 들어 조선 쪽의 촌락에서 피어오르는 연기를 바라보며, 바로 그 아래쪽의 혈흔이 낭자할 조선의 산야를 그려보았다. 마오안잉은 전장정을 내려와 산허리쯤에 자리 잡고 있는 열사능원에 들렀다. 해방군과 당지 인민들의 영용한 희생으로 일제의 괴뢰정권인 위만(僞滿)정부를 타도하고 동북을 해방시키던 열사를 기리는 '요동해방기념탑' 앞에서 기념사진을 촬영하였다. 조선인민군 장교복을 입은 마오안잉과 전우 쉬무위안(徐畝元), 양펑안(楊鳳安), 탕번(唐本)이 후열에 서고 다섯 명의 전사와 높은 모자를 쓴 소련 전문가가 두

줄로 앞 계단에 앉고 찍은 이 열 명의 사진은 마오안잉이 고국에서 찍은 마지막 사진이 되었다. 마오쩌둥이 "몇 개월 동안은 말하지 말라."고 특별히 강조한 대로 압록강 도하 하루 전인데도 중국인민지원군을 환송하는 징소리 북소리도 없었고 격앙된 호각소리도 없었으며 '중국인민지원군 군가'의 "보무도 당당히 충천된 기세로 압록강을 건너…"하는 노래도 부를 수 없었다.

압록강 도하 당일인 19일, 북경에서 안둥으로 갓 돌아온 펑더화이는 전장산 초대소에서 잠시 쉴 겨를도 없이 조선인민군 군복으로 갈아입을 틈도 없이 장렬한 마음으로 출국 작전의 노정에 오를 수밖에 없었다. 펑더화이는 자기의 재량으로 오후 5시 30분에 제38군, 39군, 40군, 42군 그리고 3개 포병사단이 동시에 안둥, 창뎬 하구(長甸河口), 지안(集安)의 세 곳에서 동시에 출발을 개시하도록 하달하였다.

펑더화이는 참모들에게 힘주어 말했다.

"마오 주석께서는 안전을 고려해서 나더러 지휘소는 압록강 북안의 은폐된 장소에 설치하라고 했으나, 내 생각으로는 그래도 강을 건너 조선 경내에 설치하는 것이 김일성 수상과 통일된 작전을 수행하기에 편리할 것 같소."

이어서 덩화와 훙쉐즈에게 말했다.

6 압록강을 건너는 펑더화이 19

"적의 북침은 지금 시각을 다투고 있어요. 평양은 아마 지켜내지 못할 것이오. 나는 한시바삐 건너가서 김일성 수상과 회견해야겠어요. 날이 어두워지면 당신들은 제40군과 행동을 같이 하세요. 부대가 도강하는데 모든 편의를 제공하고 추호의 실수도 없도록 하세요. 알았지요?"

"알았습니다, 펑 총. 안심하고 출발하십시오."

덩화와 홍쉐즈는 부동자세로 펑더화이에게 힘주어 경례를 붙였다.

지안에서 출발하는 제42군 5만여 병력은 포만철로(浦滿鐵路)와 임시 가설한 부교를 이용하여 도강을 시작하였다. 그들의 목표는 조선반도 동북부의 장진호 지구(함경남도)였다. 포만철로는 조선의 만포선(滿浦線)과 중국의 메이지선(梅集線)을 연결하는 철로이다. 만포선은 평안남도 순천에서 평안북도 만포까지의 철로이고, 메이지선은 지린성(吉林省) 메이허커우(梅河口)에서 지안까지 연결하는 선양(瀋陽) 철도국 산하의 중국철로이다. 이를 조선총독부에서 1939년 10월 1일에 만포압록강 교량을 완성하여 중국선과 조선선을 연결함으로 평양에서 지린까지 연결하는 간선을 만들었다.

이날 바람은 차고 가랑비는 한기가 들 판이었다. 제42군의 군단장 우루이린(吳瑞林)과 정치위원 저우뱌오(周彪)는 짐을 지고 총을 메고 냇물처럼 끊임없이 이어지는 병사와 탄약 및 각종 포를 실은 노새와 말을 바라보며 행군을 독려하고 있었다.

제38군은 제42군의 뒤를 바짝 따라서 도강하고 있었다. 강을 건너면서 병사들이 큰소리로 잡담을 하자 간부로부터 즉시 저지당하였다. 왜 잡담을 해서는 안 되는가 질문을 하자 간부는, "하늘에 날고 있는 미국 비행기에서 들을 수 있다." 라고 했다. 그러자 병사들은 아무런 소리도 내지 않고 발걸음마저 가볍게 옮기며 강을 건넜다.

제39군은 창뎬 하구(長甸河口)에서 도강하고 일부는 안둥에서도 출발하였다. 너무나 조용히 다리를 건너며, 겨우 이 다리가 얼마나 긴지 지금이 몇 시인지 정도나 물으며 다음에 자기들이 무엇을 해야 하는 지를 잘 알고 있는 병사들을, 제39군 군단장 우신추안(吳信泉)은 의미심장하게 지켜보고 있었다.

마오안잉은 창뎬 하구에서 10월 24일 덩화가 이끄는 사령부를 따라 도강하고 있었다. 창뎬 하구는 압록강 철교의 북쪽 창뎬진(長甸鎭)의 관뎬(寬甸)에 있는데 상하구촌(上河口村), 하구촌, 하하구촌이 있었다. 인민 지원군은 상하구촌의 철교와 하구촌의 인도교를 이용하여 도강하고, 다리 상류에 가교를 가설하고 다리 하류에는 목선으로 부교를 만들어 동시에 도강하고 있었다. 여기서 다리를 건너면 조선의 청성군과 이어지며 중국인민지원군 총부로 쓸 대유동(大楡洞)과 가장 가까운 거리이다. 그런 중요성 때문에 그 뒤로 이 다리를 폭파하기 위하여 미군의 대대적인 폭격이 이어졌다. 한·중 국경을 잇는 다리가 있는 곳이라면 어디나 치열한 폭파작전이 벌어지지 않는 곳이 없었지만, 이곳은 특히 미군의 끈질긴 폭격이 이어진 것이다. 11월 9일은 미 공군 F-47 전투기 24대가 내습하여 폭탄 70여 발을 투하하여 그중 5발이 명중되었다. 그 뒤로 연속 6일 동안 매번 20여 대의 폭격기의 폭격이 이어졌다. 다시 수리하여 도강작전을 벌였으나 51년 봄에 다시 폭격을 개시하여 3월 30일 정오에는 전투기 대여섯 대의 폭격으로 철교에 4발이 명중되고 인도교에 3발이 명중되었다. 창뎬 하구는 마오안잉이 이곳을 통하여 도강하여 한 달 후(11월 25일)에 사망하였기 때문에, 뒤에 이곳에 마오안잉 학교를 세워 기념하고 있다.

제40군도 안둥을 통하여 도강하고 일부가 창뎬 하구에서 도강하였다.

제1진 4군의 각 사단 병력은 번득이는 지력을 가진 린뱌오가 책임지고 안배하였다. 제38군의 제112, 113, 114사단 병력은 펑청(風城) 지구에서 선발하였고, 제39군의 제115, 116, 117사단 병력은 랴오양(遼陽) 지구에서 선발하였다. 제40군 118, 112사단 병력은 안둥 지역에서 선발하고, 제42군의 제 124, 125, 126사단 병력은 퉁화(通化) 지구에서 선발하고, 그리고 기타 부대에서 선발하여 포진하였다. 린뱌오는 일단 신분성향에서 국부군(장제스 군) 출신 중 위험분자는 무조건 인민지원군 안에 편입시켰다. 그 신분성향 분석표는 각 군과 사단의 정치위원에게만 1급 비밀로 전달하고 사단 내의 위치 안배는 정치위원이 책임을 맡게 했다. 정치위원은 중대장급 이상에서 일체 국부군 출신을 배제하였다. 전체 중국인민지원군 정치위원은 펑더화이가 겸하고 있기 때문에 각 군, 각 사단의 정치위원은 지위 배정을 펑더화이에게 결재를 맡아야 했다. 제42군 정치위원 저우뱌오가 린뱌오를 만났을 때 직격탄으로 질문을 던졌다.

"린 총, 이제 시간이 없습니다. 직접적이고 구체적인 지시가 필요합니다. 중화인민공화국 건설에 방해가 될 국부군 출신을 이번 항미원조전에서 소비하자는 취지는 잘 알고 있는데 일선에 있는 저희들이 어떻게 안배하는 것이 좋겠습니까?"

"나는 한 사단 내의 병력 중 3분의 2 이상을 국부군 출신으로 채울 작정이오. 3분의 1의 인민해방군은 국부군 출신을 감독할 병력이고 3분의 2의 병력은 소비할 병력이오. 우리는 항미원조(抗美援朝)도 목표이지만 거기에 못지않게 중요한 것이 국부군 불만세력을 제거하는 것이오."

"알겠습니다. 그대로 시행하겠습니다."

저우뱌오와 린뱌오는 서로 얼굴을 보며 무엇인가를 다짐하고 있었다.

## 2

 펑더화이가 덩화와 훙쉐즈로부터 경례를 받고 제40군 병력과 함께 압록강을 건너기 위해 막 차에 오르려는 순간 저쪽 인민지원군 사이에서 약간 소란한 잡음이 들려왔다. 다른 군인들도 일제히 그쪽을 바라보았다. 그런데 왁자지껄한 지원군을 뚫고 광채가 나듯 밝은 여성 지원군 한 명이 빠른 걸음으로 이쪽으로 걸어오고 있었다. 펑더화이는 자기도 모르게 순간 "앗!"하는 탄성을 발하고 말았다.
 "천시우룽(陳秀蓉)!"
 "네, 펑 총(그녀는 주위를 의식하고 오빠라고 부르지 않았다). 천시우룽입니다. 그간 평안하셨습니까?"

"웬일이에요. 설마…."

"네, 저도 함께 조선에 갈 것입니다."

"시우롱, 조선이 어떤 곳인 줄이나 알아요? 거기는 전쟁터예요. 미제 침략군이 지금 파죽지세로 밀려오고 있어요."

"잘 알고 있습니다. 저는 대공보 특파원입니다. 제가 말했지 않았습니까. 펑 총이 가는 곳에 저는 어디고 따라가겠다고요. 조국이 이렇게 위대한 전쟁에 참여하고 있는데 제가 가만히 있을 수는 없지요."

"그렇지만 이번만은 다시 한번 고려하세요. 우리의 항일전쟁이나 국공전쟁보다 훨씬 위험한 곳이에요. 상대는 미군이에요."

"네, 그것도 잘 알고 있습니다. 제 의견은 조금 다릅니다. 항일전쟁이나 국공전쟁도 이겨냈는데 그까짓 미국쯤이 두렵겠습니까?"

"정 그렇다면 좋소, 갑시다. 나는 지금까지 자랑스러운 우리 해방군 전사들을 많이 경험해 보았지만 시우롱 만큼 소명의식이 뚜렷한 여성은 만나본 적이 없소. 환영하오."

옆에서 이 광경을 바라보고 있던 북한에서 온 내무상 박일우(朴一禹)는 감개무량한 표정으로 눈물을 글썽이며 지켜보고 있었다.

"됐습니다. 됐습니다. 우리가 지금 출병하지 않으면 엄중한 일이 벌어지게 되어 있습니다. 지금부터 길 안내는 제가 맡겠습니다."

펑더화이를 수행할 인원은 원래 군사위원회에서 데려온 통신처장 추이룬(崔倫), 비서 양펑안(楊鳳安)과 경호원 4명이었다. 펑더화이의 지프차에 천시우롱, 비서, 경호원 한 명만 승차한 뒤에 박일우가 맨 바깥에 앉았다. 추이룬과 나머지는 트럭을 타고 펑더화이 차의 뒤를 따르기로 하였다. 추이룬의 트럭에는 무선통신 시설이 장치되어 있었다.

펑더화이는 배웅하기 위하여 나와 있는 마오안잉의 어깻죽지를 가볍게 두들기고 안개비가 쓸쓸히 내리는 하늘을 보면서 "나의 이 행차가 바로 황혼행(왕창령의 시구)일세." 하며 즐겁게 웃었다. 마오안잉도 친형을 대하듯이 펑더화이에게 말했다.

"저도 같이 가야 하는 거 아니에요?"

"왜 그러지?"

"저는 사령관님의 영어 로어 통역관이잖아요?"

"오늘은 미국인도 러시아인도 만날 일이 없을 것이니 왕자님께서는 덩화와 같이 뒤에 오세요. 조선어 통역을 한다면 모르지만…."

"그까짓 조선어는 해서 뭘 해요. 조선은 중국어를 쓰는 거 아니에요?"

"아니에요. 조선 토착어가 따로 있어요."

"그래요? 전에 조선은 중국이었잖아요?"

"지금은 어엿한 다른 나라예요."

"그래요?"

펑더화이는 배웅객들을 뒤로하고 차에 올랐다. 펑더화이는 차 문을 열고 운전수 리우샹(劉祥)과 같이 앞좌석에 앉아서 손으로 바람막이 유리를 닦으며 말했다.

"이번 전쟁은 국내 전쟁과는 달라. 모두 명심해요. 이제부터 국경을 벗어나면 중국의 존엄과 체면을 위해서 아주 당당해야 해요."

이 대군의 통솔자는 장제스 국민당 군과 22년간이나 전쟁을 치르고도 모자라 다시 갑옷을 입고 전쟁터로 출진하기 위하여 한 대의 자동차에 몸을 싣고 국외 전쟁터로 달려가고 있었다. 세계 어느 나라의 군사 최고 지도자가 대적 앞에 졸병들보다 먼저 전선에 깊숙이 뛰어든 자가 있었던가. 상대방의 군사지도자 맥아더는 천리 밖의 호화 숙소에서 그 나라가 제공하는 모든 사치를 마음껏 향유하고 있지 않은가.

이렇게 하여 제40군은 안둥과 창뎬 하구에서 도강하여 구장, 덕천, 영변 일대로 전진하고, 39군 역시 안둥과 창뎬 하구에서 도강하여 일부는 비현, 남시동 일대에 진지를 구축하고, 주력부대는 구성, 태천 일대로 전진하기로 하였다. 42군은 지안에서 도강하여 두창리, 오로리 일대로 전진하고, 38군은 42군의 뒤를 이어 도강하여 강계 방면으로 전진하기로 하였다. 이때 벌써 북한은 평양이 함락될 것을 미리 짐작하고 임시수도를 강계로 옮겨 놓았다.

펑더화이를 실은 차량 두 대는 압록강 철교를 건너는 제40군 인민지원군 사이를 뚫고 지나갔다. 그들은 그 차에 누가 타고 있는 줄도 모르고 자연스럽게 길을 비켜주고 있었다. 이미 어둠이 깔리는데 자동차의 전조등을 끄고 클랙슨도 누르지 않았는데도 가벼운 자동차의 진동소리만으로 양옆으로 갈라서는 부대를 보면서 펑더화이는 만감이 교차하였다. 지원군들은 아마 어느 선봉장이 지나가나 보다 하고 생각은 했지만, 그 차 안에 이번 전쟁의 최고 지휘관이 타고 있으리라고는 아무도 생각하지 못했다.

펑더화이 일행이 조선으로 들어가자 밤이 더 깊어지며 보슬비가 그치고 갑자기 구름이 개이며 휘영청 밝은 보름달이 얼굴을 드러냈다. 온 하늘에 서리가 잔뜩 뿌려지고 조선 가을의 찬 기운이 옷 속 깊숙이 스며드는 것을 느낄 수 있었다.

밤인데도 온 산천이 단풍이 들어 붉은 산야를 이루고 있음을 알아볼 수 있었다.

평안북도 경내로 접어들어 동쪽으로 삭주, 창성, 동창 방면으로 차를 몰았다. 대군이 아직 조선 경내를 밟기도 전에 최고 지휘관이 첫 번째 차량으로 도착하여 천리 밖에서 중공 중앙정부의 신경줄을 건드리며, 곧 이어질 피투성이가 될 천군만마의 전투를 선도하고 있었다.

지원군의 선두부대는 초긴장 상태에서 질서 정연하게 움직이고 있었고 매 병사의 얼굴은 숙연하고 냉엄하였다. 그들은 다 알고 있었다. 이제 금방 비행기와 탱크와 대포로 무장한 진짜 서양호랑이와 맞닥뜨려 힘을 겨뤄야 한다는 것을. 이번 전쟁은 전에 경험한 바 있는 어떤 전쟁보다 더 참혹한 한 판이 될 것이란 것을. 이번 해외 전쟁에서 어떤 새로운 문제에 봉착할지, 어떤 결과가 연출될지 매 병사는 그 장면을 마음속에 그리며 긴장감이 감돌았다. 이때 펑더화이의 마음도 태엽을 한참 감아놓은 시계처럼 초긴장 상태에 들어갔다. 바로 그때 비서 양평안이 놀라 소리 질렀다.

"큰 일 났습니다. 우리 통신차량이 따라오지 않습니다."

무선 통신기를 탑재한 통신차량이 어느 때부턴가 북으로 몰려온 조선피난민 사이에 파묻혀버리고 말았던 것이다. 펑더화이는 뒤를 돌아보았으나 과연 통신차량은 그림자도 보이지 않았다. 천시우롱이 마치 자기 친오빠를 보고 걱정하듯이 한 마디 던진다.

"펑 총, 어떻게 하시겠습니까?"

"내가 병사를 이끌고 전쟁터를 누비기 수십 년이 되었지만, 오늘같이 이렇게 적정(敵情)도 모르고 우군(友軍)의 지리도 모른 상태에서 피동적인 국면을 맞이한 것은 처음이요."

"펑 총, 용기를 내십시오."

"하하하, 뭐 이까짓 것을 두고 용기까지나. 하여튼 통신차가 도망쳐 버렸으니 부하를 잃은 장수가 된 셈이구려."

산 설고 물 설고 말도 통하지 않은 곳에 와서 '산이 높던 길이 멀던 구덩이가 깊던(山高路遠坑深)' 두려움을 모르던 펑더화이마저도 불안감을 감출 수가 없었다. 그는 돌연 마오쩌둥이 당부하던 말이 생각났다.

"마오안잉을 데려가세요. 안잉은 영어도 잘 하고 노어도 잘 하니까요. 당신이 조선에 가면 어차피 소련인 미국인과 접촉하게 될 것 아니오. 안잉을 가까이 두고 있으면 여러 면에서 편리할 거요."

출국하여 전쟁을 수행하는 데는 언어가 확실히 큰 문제였

6 압록강을 건너는 펑더화이 31

다. 말을 모르면 벙어리 귀머거리가 되어버리지 않는가. 이제 보니 마오안잉은 조선에서 큰 용도로 쓰일 것 같았다.

　미군과 국군에게 쫓겨 북으로 철수하는 조선의 피난민과 조선인민군은 북새통을 이루고 밀려오고 있었다. 길은 좁은데 사람을 가득 실은 우마차가 움직이니 더디기 한량없었다. 펑더화이를 제외한 모두가 조선인민군 복장을 했으니 외국인이라고는 생각도 못 하고 양보가 전혀 없었다. 어떤 눈치 빠른 조선인민군 하나가 중국군이란 것을 알아본 듯하였다.

　"혹시 중국해방군 아니세요?"

　"네 맞습니다."

　"어쩐지 그런 것 같았습니다. 저도 해방군으로 중국에서 복무하다 해방된 영광스러운 조국에 돌아온 사람입니다."

　"어떻게 우리가 중국군이란 것을 알아보셨습니까."

　"한 분은 중국해방군 복장을 했는데 나머지는 조선인민군 복장을 하고 있는 것이 이상했습니다. 그리고 차며 장비들이 모두 미제였으니까요(당시 중국군은 장제스 군에서 빼앗은 미군 무기로 무장함)."

　"지금 어디로 후퇴하고 있습니까?"

　"모두 압록강변이라고만 알고 가고 있습니다."

　"지금 적이 어디까지 왔습니까?"

"평양은 벌써 점령당했고 바로 우리 뒤를 바싹 따르고 있는 걸로 압니다. 그런데 중국군은 대포며 전투기가 충분합니까?"

"충분하진 못하지요."

"적의 화력은 대단합니다. 장제스 군의 화력의 몇 배라니까요."

펑더화이는 더 이상 늦출 수 없어 그들을 뒤로하고 차를 힘겹게 전진시키고 있었다.

10월 20일 새벽에야 중국 주조(駐朝) 중국대사관 참사 자오리신(趙立新)이 겨우 펑더화이를 찾아냈다. 그는 김일성에 대한 최근 소식을 가지고 왔다.

"펑 사령관님, 안녕하십니까. 오신다는 소식을 접하고 사방으로 수소문하여 이제야 찾았습니다."

"수고하이. 제일 급한 것은 지금 당장 조선의 김일성 수상을 만나는 것인데 그분의 거처를 아는가?"

"네, 저희들도 지금 막 알아냈습니다. 김일성 수상은 지금 북부의 험준한 산에 있는 대유동(大楡洞)이란 곳의 금광 안에 있다고 합니다."

"알았네. 내일쯤은 만날 수 있겠지?"

"네. 가능합니다. 제가 안내하겠습니다."

펑더화이는 아쉬운 대로 자오리신에게 목전의 전황을 물

은 후에 깨진 기왓장에 물을 받아 얼굴을 씻고 박일우의 알선으로 한 조선 가정에 들러 조선의 쌀밥에 김치로 식사를 하였다.

10월 21일 여명이 밝아오자 차는 평안북도 동북부인 동창군에 진입하였다. 아침 안개가 자욱한 가운데 하나의 산골마을이 홀연히 눈앞에 나타났다. 여기가 바로 대유동 동쪽의 대동촌(大洞村)이었다. 차가 풍격이 다른 어느 초가집 앞에 서자 중국 주조(駐朝) 임시대리 대사 차이쥔우(柴軍武. 후에 차이청원〔柴成文〕으로 개명)가 차 문을 열고 부동자세로 경례를 붙인다.

"사령관님, 수고하십니다. 차이쥔우입니다."

"오, 쥔무! 당신 많이 변했군. 우리가 아마 7-8년은 못 봤지?"

"네, 그렇습니다. 니즈량(倪志亮) 대사께서는 지금 진찰을 받으러 본국에 돌아가 있습니다. 사령관님께서 오늘 도착할 것이라고 해서 쭉 여기서 기다리고 있었습니다."

펑더화이는 반갑게 악수하였다.

"정말 오랜만이군."

"네, 항일전쟁 시기에 제가 사령관님을 모시고 3년간 복무했지요. 저의 투지는 그때 모두 단련된 것입니다."

차이쥔우는 허난(河南) 수이핑현(遂平縣) 사람으로 1936

년에 혁명에 투신하여 37년 10월에 팔로군에 합류하였다. 펑더화이가 타이항산(太行山) 지구 전방 총사령관으로 있을 때 차이쥔우는 그의 휘하에서 정보계장을 맡고 있었다. 이때 잊을 수 없는 일은 난아이푸(南艾鋪) 반소탕전투(소탕작전에 맞선 전투)에서 차이쥔우는 일개 소대의 경호 병력을 이끌고 펑더화이를 따라서 포위망을 돌파했던 용감한 병사였다. 그런데 그때 포위망을 뚫고 나오던 주오추안(左權) 장군이 목숨을 잃게 되었다.

"아마 자네가 진지루위(晉冀魯豫. 산서, 하북, 산동, 하남의 약자) 군구에서 처장을 담당한 후부터 우리가 만나지 못했지? 진보가 아주 빠르군."

펑더화이는 한참 추억을 되씹는 듯하더니 다시 쥔우를 향해서 말한다.

"쥔우! 나는 외국이라고는 이번이 처음이네. 조금 있으면 김일성 수상을 만나야 하는데 얼굴도 좀 씻고 머리도 좀 빗어야겠네."

경호원이 세숫대야를 찾았으나 찾을 수 없자 어디서 미제 철모를 하나 가져왔다. 펑더화이는 철모에 찬물을 붓고 시원하게 세수를 하고 수건으로 얼굴을 닦았다. 그런데 서북지구에서부터 입고 온 거친 누런 군복의 소매가 실밥이 풀려 너

털거리고 있었다. 이를 천시우롱이 발견하고,

"펑 총, 옷소매를 좀 손봐야겠습니다. 잠깐만 기다리세요."
하면서 손톱깎이를 꺼내서 자르려 했으나 잘 잘리지 않았다. 이 모습을 보고 있던 경호원이 라이터를 건네주었다. 천시우롱이 라이터를 받아들고 실밥을 태우니 제법 잘 타들어 갔다. 팔을 맡기고 지켜보고 있던 펑더화이가 재미있다는 듯이 말하였다.

"과연 화공이 제일이로군. 그때 조조의 백만 대군이 불바다 속에 다 수장되었지 않은가. 이제부터 우리는 화공으로 미국 강도들을 물리쳐야겠군."

그때 동쪽에서 태양이 유유히 솟아오르며 황금빛 햇살이 온 산천을 물들이자 자욱하던 안개가 옅은 분홍색을 띠었다. 펑더화이와 차이쥔우는 조선의 외무상 박헌영과 박일우와 함께 시골의 친척집과도 같은 농가로 조선의 국가 지도자 김일성을 예방하였다. 21일 오전 9시였다.

몸에는 인민복을 입고 허리에는 무장혁대를 차고 발에는 검은 가죽구두를 신은 김일성과 무명옷에 솜 모자를 쓰고 방한화를 신은 펑더화이는 굳게 악수하였다. 김일성은 귀공자 타입이었고 전쟁에 몰리고 있는 장수라고는 생각할 수도 없는 당당한 태도였다. 이들의 악수는 참으로 의미심장한 역사적인 악수였다. 그들은 초면이면서도 마치 오랜 친구가 다시 만난 것처럼 보자마자 죽마고우처럼 되었다.

"나는 조선의 당과 정부 그리고 조선민주주의 인민공화국의 인민을 대표해서 열렬하고 진심되게 펑더화이 동지를 환영하고 중국인민지원군을 환영합니다. 당신의 존함은 오래 전부터 많이 들어왔습니다."

김일성은 유창한 압록강 북안의 동북억양의 중국어로 말하였다.

"중국은 공산통일을 완수하였습니다. 조선도 하루속히 공산혁명이 완수되기를 기원합니다."

"하다마다요. 우리는 꼭 혁명을 완수할 것입니다. 우리는 조선을 완전히 통일하고 부산만 남아 있는 상태에서 미제의 침략을 받았습니다."

"이제 안심하세요. 중·조 양국은 역사 이래로 한 나라였습니다. 지금 적의 동향은 어떻습니까?"

"요 며칠 동안 적은 우리를 북으로 계속 밀어붙이고 있습니다. 우리는 계속해서 후퇴하고 있는 중이고요. 내가 금방 평안북도에 도착해서 펑 사령관이 도착했다는 말을 들었습니다. 너무나 기뻤습니다."

"마오쩌둥 주석께서 저더러 수상께 안부 전하라 하셨습

니다."

　펑더화이는 아직 14살이나 아래인 불혹의 나이인 김일성의 얼굴을 유심히 살펴보았다. 풍만한 넓은 양미간은 웃음기를 띠고 있었지만 수면 부족으로 눈에 핏기가 돌았고 눈매에 약간의 초조감도 읽을 수 있었다.

　"펑 사령관님께 감사드립니다. 그리고 마오 주석님께 감사드립니다."

　김일성은 말이 끝나자 차이쥔우와 다른 중국지원군 동지들과 열렬한 악수를 교환하였다. 박일우에게도 여기까지 안내하느라고 수고했다고 위로의 말을 아끼지 않았다. 주객이 칠이 벗겨진 긴 탁자 앞에 마주 보고 앉자 조선인민군 여전사들이 담배와 엽차를 내온다. 천시롱도 언제 친해졌는지 조선 여전사들과 서로 미소를 띠고 일을 거든다. 펑더화이는 김일성에게 마오쩌둥 주석의 친서를 전했다. 김일성은 친서를 두 손으로 공손히 받아들고 말한다.

　"마오쩌둥 주석께 감사합니다. 중국공산당에 감사합니다. 또한 펑 사령관이 때맞추어 우리나라를 지원하러 온 데 대하여 감사를 표합니다."

　이때 펑더화이가 분위기를 좀 바꾸어보고 싶었는지 천시우롱을 보며 말한다.

"참, 수상 동지, 소개하겠습니다. 이 사람은 상해 대공보의 특파원 천시우롱입니다."

"반갑소. 원 이렇게 미인인 젊은 기자가 전쟁터에 파견되다니 의외이군요. 기사를 잘 쓰셔서 미 제국주의자들의 부도덕한 침략행위를 세계만방에 알려주세요."

"물론입니다. 펑 사령관이 조선에 있는 한 저도 조선에 있을 것입니다."

"아니, 듣자 하니 천시우롱 기자는 조선 전쟁 취재가 목적이 아니고 펑 사령관 취재가 목적이신 것 아닙니까? 은근히 시기심이 나네요. 하하하."

"양쪽 다입니다. 저로서는 조선 전쟁 취재도 중요하지만 펑 사령관 취재도 거기 못지않게 중요합니다. 펑 사령관 같은 분이 있었기에 전 중국이 통일되었고 이제 조선까지도 원병을 나올 수 있었다고 생각합니다."

"아니, 천 기자. 그렇게 나를 너무 치켜세우면 상대방 장군님께 실례예요."

"알았습니다. 주의하겠습니다."

"하하하하."

"하하하하."

모두가 한 바탕 웃어댔다.

펑더화이는 허심탄회하게 말하였다.

"우리 두 나라는 모두 사회주의 진영으로서 강 하나를 사이에 두고 있는 형제의 나라입니다. 당신의 전보를 받고 우리 당 중앙과 마오 주석은 대단히 노심초사했습니다. 하여튼 저는 위급한 시기에 명을 받들고 창졸간에 출진하였습니다. 이번 전쟁을 승리로 이끌기 위해서는 수상과 조선 동지들의 많은 협조가 필요합니다. 지금부터 우리는 어깨를 나란히 하고 싸워서 미 제국주의 침략군을 몰아내야 합니다."

"맥아더는 우리더러 손을 들고 항복하라고 하지만 그런데는 아무래도 익숙하지 않아요."

김일성은 약간 장난기가 발동한 듯하더니 말을 계속한다.

"하지만 적의 병력이 우세하고 화포도 강하고, 비행기도 많아서 우리 부대가 적의 진공을 막는 데는 한계가 있는 것도 사실이에요."

"지금 조선인민군 병력은 얼마나 됩니까?"

"사령관님께 솔직히 말씀드리겠습니다. 지금 우리 수중에는 3개 사단 정도밖에 남아있지 않습니다. 1개 사단은 덕천·영변 이북에 있고, 1개 사단은 숙천에 있고, 1개 탱크 사단이 박천에 있습니다. 그리고 공병연대와 탱크연대 하나씩이 장진 부근에 건재하고 있는 정도입니다."

김일성은 한편으로는 차를 권하면서 계속 말을 하였고, 펑더화이는 이번에는 중국 측에서 설명을 해야 할 차례라는 것을 느끼고 대충 상황을 통보하였다.

"우리 중국지원군 제1진은 어제저녁에 도강을 시작하였고, 10일 이내에 4개 군단, 20개 보병사단, 3개 포병사단, 합계 25만 명이 도강 완료할 것입니다. 제2진이 될 24개 사단을 지금 소집 집결시키고 있고, 제3진도 집결을 시작했습니다."

펑더화이는 출병 상황을 보고한 이후에 이야기를 계속한다.

"우리의 당 중앙과 마오 주석은 참으로 어려운 결정을 내렸습니다. 중국은 금방 해방되었기 때문에 어려움이 아주 많습니다. 그런데도 우리가 출병을 결심하게 된 것은 우리의 가장 친한 형제의 나라 조선이기 때문이지요. 조선을 도와 난관을 극복하게 하고 적에게 패배를 안겨주기 위한 것이지요. 미국은 우리가 만약 출병한다면 중국도 조선과 마찬가지로 전쟁상태로 진입할 것이라고 겁박하고 있지만 그런 정도를 두려워할 중국이 아니지요. 그리고 우리가 참전하면 미국은 우리 동북지방의 도시를 폭격하고 우리 연안 지역을 폭격할 수도 있다는 것을 충분히 고려하고 있습니다. 그러나 마오 주석께서는 미국이 감히 경거망동하지 못할 것이란 것을 충분히 예측하셨지요. 내가 미군 참모장이 아닌 이상 그들이 어느 정도 광분할지는 모르지만요. 하하하하."

김일성은 고개를 끄덕거리면서 경청하다가 감격한 어투로 말하였다.

"마오쩌둥 동지에게 조선인민의 최고의 경의를 표한다고 전해주세요."

펑더화이는 이어서 미군을 분석하고 어떤 전략을 쓸 것인가를 설명하였다. 김일성은 모두 긍정적으로 받아들이고 있었다. 펑더화이는 힘주어 말하였다.

"지금 문제는 거점을 확보할 것인가 못할 것인가인데 다음의 세 가지 가능성이 있습니다. 첫째는 우리가 거점을 확보하고 적을 섬멸함으로써 평화적으로 조선 문제를 해결한다. 둘째는 설사 거점을 확보했다고 해도 쌍방이 대치하여 서로 양보하지 않아 전쟁은 장기화한다. 셋째는 우리가 지탱하지 못하고 전쟁에서 패해서 돌아간다. 이 세 가지 중의 하나입니다. 물론 우리는 전력투구하여 첫 번째 가능성을 쟁취하도록 할 것입니다."

"나는 믿습니다. 조·중 양국 인민의 공동노력 하에 우리는 능히 첫 번째 가능성을 쟁취하여 미제 침략군을 물리칠 수 있을 것이라고요."

김일성의 이 말은 희망을 말함이었고 또 일종의 기구(祈

求)가 들어 있었다.

"지금 우리 중국인민은 모두 조선 전쟁에 관심이 쏠려 있습니다. 수천수만의 청년들이 모두 지원군에 자원하여 조선인민을 위하여 침략자를 격퇴하기를 원하고 있습니다. 중국 청년을 교육하는 말은 다음의 두 마디로 요약할 수 있습니다. '항미원조(抗美援朝), 보가위국(保家衛國), 미국에 항거하여 조선을 원조하고, 가정과 국가(중국)를 보위한다.' 이것이야말로 중·조 양국의 우의가 만고에 빛날 상징이 아닐까요."

"중국공산당은 청년들에게 참으로 좋은 교육을 시키고 있군요."

"자, 이제 구체적인 작전계획을 말해 봅시다. 아무래도 효과적인 작전을 수행하기 위해서는 중·조 양국의 합동사령부가 조직되어야겠지요?"

"그럴 필요 없습니다. 중국인민지원군의 작전방안에 대해서는 펑 사령관께서 직접 지휘 감독하십시오. 조선이 너무 간섭하지 않겠습니다."

"좋습니다. 그럼 중·조 양국은 각자 작전계획대로 전쟁을 수행하되 긴밀한 협조를 하기로 하지요."

"좋습니다."

두 지도자는 굳게 손을 잡고 흔들어댔다.

# 3

 회담이 끝나자 이 궁벽한 두메산골에서 언제 준비하였는지 찜닭 한 마리와 포도주가 나왔다. 멀리서 비행기소리 대포소리가 은은히 산천을 울리는 가운데 양국의 지도자는 술잔을 부딪치며 승리를 미리 자축하였다.
 한편, 10월 21일 펑더화이가 김일성을 만나는 날, 훙쉐즈는 펑더화이로부터 전보를 받았다.

 금일 오전 9시에 동창과 북진 사이의 대동에서 김일성 동지와 만났음. 전방의 상황은 아주 혼란스러워 평양에서 철수하는 부대와는 이미 사흘 동안 연락두절임. 함흥, 순천 이남에는 우군이 없고 함흥의 적이 북진을 계속할지는 불분명함. 덩화, 훙쉐즈, 한셴추 동지는 필수 인원을 대동하고 급히 내가 있는 곳으로 와서 적을 섬멸할 수 있는 병력 배치를 논의하기 바람. 제팡 동지는 잔여인원을 데리고 부대를 따라 그대로 전진할 것.

펑더화이가 극소인원만 대동하고 홀홀히 차 두 대만으로 조선 땅으로 사라졌을 때 그들은 불안해서 살 수가 없었다. 그 뒤로 이틀 동안이나 완전히 소식이 끊기고 말았다. 최고 지도자의 행방을 모른다는 것은 자기들의 너무나 큰 실책이었다. 드디어 연락이 되고 회동하자는 말을 들으니 살 것 같았다. 상황은 시시각각 바뀌고 있었다. 그렇지 않아도 마오 주석으로부터 부대 배치를 바꾸고 펑 총사령관과 합류하라는 전보를 연거푸 받고 있었다. 한셴추는 이미 제40군 사령부와 함께 전선으로 가버렸기 때문에 연락이 되지 않았다. 21일 당일 저녁 7시가 넘어서 기밀을 지키기 위하여 덩화와 훙쉐즈는 약간의 간격을 두고 각각 따로 출발하였다. 훙쉐즈는 지프차 안에서 잠깐 잠이 들었다. 안내원이 잠을 깨워서 보니 사방은 아직 희뿌연 새벽 5시인지라 사주가 분명히 보이지는 않았지만, 조선 특유의 민둥산들이 희미하게 보였다. 연락지점에 도착했다고 해서 보니 10여 호의 인가가 있는 산골 마을이었다. 덩화는 아직 도착하지 않았는데 40세쯤 되는 당 간부인 듯한 부인과 조선인민군 두 명이 맞이한다. 부인은 스스로 연락처 주임이라고 자기소개를 하는데 서투르지만 분명히 알아들을 수 있는 중국어로 말을 한다. 키가 약간 작고 기가 세게 보인 연락처 주임은 어떤 사명의식을 분명히 가지고 있는 태도였다. 조선 여성들은 중국 여성이 도저히 따라갈 수 없는 강한 면이 있다. 이 연락처 주임뿐만 아니고 조선 병사들은 거의가 중국어, 일본어 정도는 할 줄 안다. 중국인은 어느 한 사람도 한국어, 일본어를 아는 사람이 없을 정도이다.

"나는 중국인민지원군 13병단 부사령관 홍쉐즈요. 사령관 펑더화이의 연락원을 만나기로 했는데 그는 지금 어디 있는 것이오."

"연락받고 이미 알고 있습니다. 펑더화이 총사령관의 연락원이 지금 오고 있습니다. 잠시만 기다리십시오."

아침 7시가 되자 덩화도 도착하였다. 그때 미군의 P51전투기가 갑자기 날아와 마을에 한바탕 기총사격을 퍼부었다. 처음에는 이들이 무엇을 알고 사격을 하나 했으나 가만히 상황을 보니 그들은 아무런 계획 없이 무차별 사격을 가한 것에 지나지 않았다. 아침 10시경에야 펑 총사령관의 연락원이 도착하였다.

"펑 총사령관은 이 근처의 대동이라는 촌락에 계십니다. 지금 김일성 수상과 회의를 계속하고 계십니다. 펑 사령관도 어서 만나보고 싶어 하십니다."

홍쉐즈와 덩화가 연락지점에서 출발한 것은 11시가 넘어서였다. 가스67 지프차 위에 나뭇가지들을 꽂아 위장을 하고 산골 마을을 빠져나갔다. 좀 넓은 들판에 이르자 미군 무스탕기 10여 대가 갑자기 나타나 폭탄을 투하하고 기총사격을 가하였다. 그들은 잽싸게 차에서 내려 도랑에 몸을 숨겼다가 다시 타고 빠른 속력으로 산골짜기로 진입하였다. 홍쉐즈와 덩화는 실은 깜짝 놀랐다. 정보에 빠른 미군이라고 하더니 어느새 최고 지휘관들이 있는 곳을 알아내고 공중폭격을 시작하는가 하고. 그러나 이상한 일은 명중도 잘 되지 않는 폭탄에, 기총을 난사하여 실탄만 소비하고 있을 뿐 별 관심도 없는 듯 이내 멀리 사라져 버리고 말았다. 대동까지 가는 약 1시간 되는 거리에서 여러 차례 미군전투기를 만났고 그때마다 차를 숲속에 숨기고 사람은 멀리 떨어져서 은폐물 밑에 엎드렸다. 대동에 이르자 골짜기 입구에 여러 명의 보초병이 서서 차를 막았다.

"누구십니까. 여기는 출입금지 구역입니다."

"나는 중국인민지원군 부사령관 훙쉐즈요. 나와 덩화가 펑 총사령관을 뵙기를 원한다고 전해주시오."

그러자 보초병이 잠깐 기다리라며 들어갔다 나오더니 아주 정중하게 들어가라고 안내한다. 마을로 들어서자 펑 사령관의 경호원이 나왔다.

"펑 사령관은 저 집에서 김 수상과 회담 중이십니다. 이야기가 길어지니 먼저 점심을 들며 기다리라고 하셨습니다."

초조하여 점심을 먹는 둥 마는 둥 하고 기다리니 오후 2시가 넘어서야 들어오라는 전갈이 왔다. 두 사람이 들어가니 널따란 방 가운데 탁자를 사이에 두고 의자에 앉아 두 사람이 화기애애하게 담소를 나누고 있었다. 마치 친한 동무를 오랜만에 만나서 회포를 푸는 듯하였고 김일성 수상은 여유만만한 태도였다.

"어서 오세요. 여길 찾느라고 힘들었지요? 나도 금방 평안북도까지 왔다가 때마침 도착한 펑 사령관을 만났지요. 그런데 적은 아직도 중국인민지원군이 조선에 들어와 있는 줄을 까마득하니 모르고 있어요. 멍청한 것들이지요. 하하하하."

"여기까지 오는데도 여러 번 비행기 사격을 받았습니다."

"그랬을 거예요. 그들은 우수한 화력만 믿고 자신에 차 있을 뿐 우리 빨치산 전법 같은 것은 전혀 모르고 있어요. 이제 중국지원군도 도착했으니 참 재미있는 전투가 될 것 같습니다. 자, 나는 펑 사령관과 이야기 많이 했으니 나가 보겠습니다. 말씀들 나누세요."

산동 사람처럼 덩치도 크고 사나이다운 풍모를 지닌 김 수상은 기분 좋게 한잔하고 어느 잔칫집을 나가는 손님 같았다. 펑더화이는 두 사람을 보고 모든 마음이 다 놓이는지 19일 압록강을 넘어서부터 오늘(21)에 이르는 경과를 설명해 주었다.

압록강을 넘어서 펑더화이는 신의주시 노동당 위원장을 만났단다. 조선 외무상 박헌영도 거기서 같이 기다리고 있었다. 김일성 수상은 지금 어디 있느냐고 물었더니 연락이 안 된다고 했다. 날씨는 가랑비가 진눈깨비로 바뀌어 흩날리고 도로는 진흙구덩이가 되어, 하는 수 없이 박헌영의 제안에 따라서 수풍발전소 안에 들어가서 하룻밤을 지새웠다. 다음 날 20일 정오에야 겨우 김 수상이 대유동의 폐광이 된 금광 안에 피신해 있다는 것을 알아냈다고 했다. 김 수상을 만나러 가는데 펑더화이가 탄 가스67 지프차는 느리고 박헌영의 바르샤바 승용차는 빠르기 때문에 시간을 절약하기 위하여 박헌영의 바르샤바 승용차에 옮겨 타고 달렸다. 그때까지 뒤따르던 무전 차량은 종적도 보이지 않았다. 무전기가 없으니 아무에게도 연락을 취할 길이 없었다. 그러다 오늘(21) 오후가 되어서야 추이룬의 차가 펑더화이를 찾아내서 찾아온 것이다. 두 사람더러 이곳으로 달려와 달라고 전보를 친 것은 바로 추이룬의 통신차량이 도착해서 겨우 가능했단다. 펑더화이는 말했다.

"조선인민군의 병력으로는 미군을 상대할 수 없어요. 조선의 운명은 이제 우리에게 달렸어요."

"네, 저희들도 퇴각하는 백성들과 인민군을 보고 이제부터 모든 조선의 운명은 우리 손에 달렸다는 것을 알았습니다."

"지금은 하루속히 근거지를 점령해 진지를 구축해야 돼요. 그러려면 원래의 계획을 바꾸어 기동 중 기회를 포착하면 즉시 섬멸하는 각개격파 작전을 써야겠어요. 마오 주석의 말씀대로 미군보다 상대적으로 약한 한국군 제6, 7, 8의 삼개 사단을 공략해서 첫 번째 전투를 승리로 이끌려고 하는데 내 계획이 어떻소?"

"바로 그것입니다. 첫 번째 전투를 미군과 하는 것은 피해야 합니다. 첫 승전보를 전해서 사기를 격앙시키려면 한국군을 선택해야 합니다."

먼저 한국군을 공격해야 한다는 것은 마오쩌둥의 최초부터의 발상이었다. 마오가 저우언라이를 소련에 급파하여 협상을 하게 하는 한편 펑더화이 등을 북경에 불러 향후 대책을 협의할 때 결정한 사항이다. 스탈린이 당초 약속인 전투기 지원을 얼버무리자 소련의 전투기 지원이 없더라도 출병 계획은 차질 없이 시행한다는 최종 결정을 내리면서 저우언라이에게도 결정사항을 전보로 알렸었다.

정치국 동지들과 협의한 결과 만장일치로 아군이 조선에 파병하는 것이 유리하다는 결론을 얻었다. 처음에는 한국군을 집중 공략하여야 한다. 한국군과 싸울 경우 승리할 가능성이 높기 때문이다. 원산 평양선 이북의 산악지대에 근거지를 구축하여야 한다. 우선 한국군 몇 개 사단에 타격을 입히면 조선의 전세는 우리에게 유리하게 바뀔 수 있다.

펑더화이와 홍쉐즈, 덩화의 의견도 일치되었다. 먼저 약한 국군을 섬멸 내지 무력화시킴으로써 중국군의 사기를 고양시키고 미군을 고립시켜 섬멸하기 좋은 환경을 만든다. 덩화가 구체안을 피력하였다.

"제 구상은 이렇습니다. 동부전선은 제42군 휘하 1개 사단에 1개 포병여단을 배속시켜 장진 일대를 지키게 해서 국군 수도사단, 제3사단을 막도록 합니다. 서부전선은 3개 주력군을 집중시켜 국군 제6, 7, 8사단을 각개격파하는 것입니다. 제40군을 덕천, 영변 일대에, 제38군은 희천에, 제39군은 태천, 구성, 일대로 진격시켜 적을 섬멸할 기회를 살피게 하겠습니다."

홍쉐즈가 이어서 말한다.

"그런데 제39군이 태천 쪽으로 오게 되면 신의주, 정주가 비게 되어 적이 서해안으로 상륙해 올 경우 일을 그르칠 수 있습니다. 그래서 제 생각으로는 제66군을 안둥, 신의주 일대에 배치하는 것이 옳을 듯합니다."

펑 사령관은 잠깐 생각하더니 내가 왜 그것을 미처 생각하지 못했나 하듯이 단호하게 하달하였다.

"좋소. 당장 군사위원회에 전보를 치시오. 제66군을 내일, 모래 이틀에 걸쳐 톈진(天津)으로부터 급히 파견하여 신의주 정주 일대의 교통선을 장악하고 지원군의 예비대로 쓸 수 있도록 요청하시오."

펑더화이는 이어서 지도를 가리키며 말하였다.

"나와 김일성 수상이 상의한 결과, 인민지원군 사령부는 대유동에 두기로 했어요. 대유동은 이곳 대동의 북쪽이고 이곳과 아주 가까운 거리예요. 당신들은 빨리 사람을 시켜 제팡에게 알리도록 하세요. 병단 사령부 필수 요원들을 데리고 최대한 빨리 대유동으로 옮기도록. 병단 사령부가 대유동에 도착하면 즉시 각 군, 각 사단과 통신연락을 취해 만반의 준비를 갖추도록 하세요."

창성의 대유동 금광은 한말에 프랑스가 개발권을 인수한 이래, 1940년에 조선총독부의 주선으로 당시 돈 1,300만 원에 일본광업 주식회사로 하여금 인수하게 한 거대한 규모의 금광이다. 사면이 산으로 둘러싸인 산골짜기인데, 산골짜기 양편 산기슭에 금광 갱이 여러 개 뚫려 있었다.

펑더화이는 폐광 속이 너무 어둡고 불을 켜면 벌레들이 날아와서 지도를 걸 수가 없었기 때문에 여러 사람의 권고도 무시하고 판잣집의 노동자 창고를 보고 다녔다. 갱 아래에는 낡은 창고의 가건물이 몇 채 있었는데 사령부 겸 숙소로 쓰기로 한 건물은 베니어로 지은 노동자 창고의 가건물이었다.

미군은 평양을 점령한 이후로 완전 안하무인이었다. 이것이 북한의 철저한 실패로 간주하고 있었고 중국은 참전하지 않을 것이 분명하다고 생각했다. 설사 참전할 의사가 있더라도 벌써 시기를 놓쳤다고 생각했다. 병사들은 모두 맥아더의 추수감사절 이전에 전쟁을 끝낸다는 말을 믿었으며 최소한 크리스마스는 본국에 돌아가서 쉴 수 있다고 믿어 의심하지 않았다. 만약의 경우를 위하여 대기시킨 일부 병력을 제외한 전군이 압록강, 두만강의 조·중 국경을 향하여 마지막 총공세를 펴고 있었다. 그들은 4개 군단 10개 사단, 1개 공수여단을 비롯하여 13만여 명의 병력을 주로 서부전선에 집중하며 동부 전선에서도 동시에 몰아붙이고 있었다.

서부전선에서 올라온 병력은 미 8군 사령관 워커(Walton H. Walker) 중장이 이끄는 미군 제1군단과 한국군 제2군단을 비롯하여 모두 6개 사단과 1개 여단, 1개 공수여단이었다. 미군 제1군단 소속 미 제24사단과 영국군 제27여단, 한국군 제1사단은 평양, 사리원 일대에서 경의선 철로를 따라 신의주, 삭주, 벽동 방향으로 진격해 오고 있었다. 한국군 제2군단 소속 제6, 7, 8사단은 성천, 파읍(坡邑), 양덕 일대에서 초산, 강계 방향으로 올라오고 있었다. 예비대로는 미 제1군단 소속 미 기병 제1사단과 제187공수여단이 평양, 숙천 일대에서 진을 치고 있었다.

동부전선에서 올라오는 병력은 알몬드(Edward M. Almond) 소장이 인솔하는 미 제10군단과 한국군 제1군단 등 합계 4개 사단이었다. 미 제10군단 소속 미 해병 제1사단과 미 제7사단 그리고 한국군 제1군단 소속 수도사단, 제3사단이 장진호를 따라 두만강변의 혜산, 강계 방향으로 진격해 오고 있었다.

한국군을 선두에 세워 방패막이로 삼고 미군은 뒤에서 차에 탑승한 보병을 선두로 밀려오고 있었다. 그들의 진격속도가 어찌나 빠른지 동부전선의 국군 수도사단은 벌써 오로리, 홍원 일대를 점령해 중국인민지원군의 예정 방어지역에 도달해버리고 말았다. 그때 압록강을 건넌 중국지원군 5개 사단은 압록강 남쪽의 신의주, 만포 지대에 도착하였을 뿐이어서 예정 방어지역에서 120-270km나 떨어져 있었다. 미군보다 중국군이 먼저 예정지역에 도착하기는 벌써 글렀다. 그런데 보고를 받은 펑더화이와 홍쉐즈, 덩화는 여기서 중요한 저들의 결점을 하나 발견하였다. 서부전선을 맡고 있는 미 제8군과 동부전선을 맡고 있는 미 제10군단 사이가 너무 떨어져 있어 허술한 빈틈이 생기고 있었다. 우환 중에 중국군이 노리고 있는 국군 3개 사단이 돌출되어 있는데 그들은 중국인민지원군이 벌써 조선 땅에 들어와 있다는 사실을 전혀 모르고 있었다. 은폐해 있다가 불시에 적을 분산 포위하여 각개격파하기에 아주 좋은 여건이 조성되고 있었다.

# 7
# 먹구름 속 천둥소리

1

 펑더화이는 비장한 각오로 작전을 위한 마지막 명령을 내린다.
 "지금 시간이 촉박하여 일일이 여러분의 동의를 거치지 못하고 결정한 사항들이 있으니 이해해 주시기 바라오. 중국지원군 당위원회의 조직은 당 중앙과 마오 주석의 지시에 따라 다음과 같이 결정하오. 나는 우리 중국지원군 총사령관 및 부정치위원으로 작전의 총책을 맡을 것이오. 덩화(鄧華) 동지는 제1부사령관 및 부정치위원으로 간부관리와 정치공작을 맡을 것이오. 훙쉐즈(洪學智) 동지는 제2부사령관으로서 사령부 일과 특과병 그리고 후방보급 일을 맡아주세요. 한셴추(韓先楚) 동지는 제3부사령관으로서 최전선에 나가서 작전을 독려하는 일을 맡아주세요. 제방(解方) 동지는 중국지원군 참모장으로 임명하는 바이오. 두핑(杜平) 동지는 지원군정치부 주임을 맡아주세요. 동시에 펑더화이를 지원군의 당서기에, 덩화는 당위부서기에, 홍쉐즈, 한셴추, 제방, 두핑은 상무위원에 겸직 임명하는 바이오."

긴장한 표정으로 듣고 있는 지휘관들을 향하여 펑더화이는 말을 계속한다.

"작전 수행 상 조선인민군과의 협조는 대단히 중요하오. 중국지원군의 지휘부에 조선 고위급 동지 한 명을 상주시킬 필요가 있소. 내가 김일성 동지와 상의하여 박일우 동지로 합의하였소. 박일우 동지의 직위는 부사령관 겸 부정치위원이며 동시에 우리 당위의 부서기를 맡기로 했소."

여기서 잠깐 박일우에 대하여 언급할 필요가 있다. 박일우는 원고향이 함경북도 회령이다. 우리나라 북쪽 끝 두만강 연안에 위치하며 서쪽은 무산군, 남쪽은 부령군, 청진시, 동쪽은 은덕군, 온성군에 접해 있다. 조선조 때는 청나라와 회령개시라는 이름으로 시장을 연 일도 있다. 회령시의 하천은 시의 중앙으로 북류하여 두만강으로 흘러 들어가는 회령천과 보을천 등 중소 규모의 하천들로 형성된다. 두만강이라고 해서 무슨 국경이 아니고 마을의 계천 같은 곳으로 모두 조선 땅인 간도로 이어진다. 그 동쪽의 러시아 연해주 땅도 우리 선조들이 일구어 놓은 발해의 땅이니 회령은 우리나라 최북단이 아니고 우리나라의 중간 정도에 해당한 셈이다. 박일우는 어려서 아버지를 따라서 두만강 건너 연변의 용정 삼합진까지 가서 한약을 지어오기도 하였다. 회령은 담배 생산이 많으며 특히 백살구(알몬드 살구) 산지로 유명한 지역이다. 7월 중순께 누렇게 열매가 익어 7월 하순이 되면 백살구의 수확 철이 된다. 4월 하순이 되면 보통 살구꽃과는 다른 자두 꽃과 비슷한 자잘한 하얀 백살구 꽃이 만발하는데 박일우는 단짝친구 리철근(李鐵根)과 백살구 과수원 길을 따라 이리 뛰고 저리 뛰며 고삐 빠진 망아지처럼 뛰어놀았다. 회령의 성북리에는 일명 오국산성이라고 하는 운두산성이 있었는데 그 동네 선녀라는 여자 아이와 셋이서 숨바꼭질도 하고 굴렁쇠 굴리기, 팽이치기를 하고 놀던 일은 영원히 잊을 수 없다. 마을 사람들의 줄다리기 시합이 있을 때는 박일우, 리철근, 선녀는 항상 같은 편에서 굵은 새끼줄을 힘껏 잡아당기며 소리 지르고 즐거워하였다. 선녀는 옅은 복숭아 빛깔이 도는 발그스레한 볼을 가진 너무나 귀여운 아이였다. 그런데 선녀가 박일우보다 리철근을 더 좋아하는 것이 좀 불만스러웠다. 자라면서 리철근은 역사에 관심이 많았고 독서하기를 좋아하는 사람이 되어갔다. 리철근은 깊은 생각에 몰두하는 학자풍으로 바뀌어갔다.

박일우는 성년이 되자 중국공산당에 가입하여 동북지방의 혁명에 참여하였다. 1931년 '9·18 사변'을 전후하여 옌안(延安)으로 가서 중공중앙당교(黨校)와 중국인민항일군정대학에서 학습하고 적후(敵後) 항일근거지인 허베이성의 라이죠현(淶涿縣)이라는 연합현의 현정부 현장(縣長)과 당위(黨委) 서기를 하였다. 42년 7월에 타이항산(太行山) 항일혁명근거지에서 화북조선청년연합회가 열렸을 때는, 팔로군 부총사령 펑더화이가 당 중앙과 팔로군을 대표하여 축사를 하였다.

"조선 청년 여러분! 중국과 조선은 한 나라입니다. 일제 침략군을 몰아내고 공산혁명을 완수하는데 어찌 국경이 있겠습니까. 오늘 참가한 조선 청년은 비록 20여 명에 지나지 않지만, 곧 수천수만 명에 이르리라는 것을 저는 확신합니다. 저는 당 중앙과 팔로군을 대표하여 조선청년연합회가 성립된 것을 열렬히 환영하며 여러분에게 물심양면으로 적극 지원할 것을 약속드리는 바입니다."

회의는 화북조선청년연합회가 조선독립동맹과 조선의용

군으로 개편할 것을 결정한다. 박일우는 조선의용군에서 활동하고 리철근은 조선독립동맹에서 활동한다. 박일우의 조선의용군 사령원은 무정, 부사령원은 박일우, 박효삼이 맡았다. 그들은 44년에는 화북조선혁명군사학교를 세우고 무정이 교장이 되고 박일우가 부교장이 된다. 이 기간 동안에 산간닝(陝甘寧. 산시〔陝西〕, 깐수, 닝샤) 변구정부의 참의원이 되고 45년 4-6월 사이에는 진차지(晉察冀. 산시〔山西〕, 차하르, 허베이) 대표단 성원으로 중국공산당 7차 대회에 참여한다. 45년 8월 11일, 팔로군 총사령 주더는 대반공(大反攻) 명령을 하달하고 무정과 박일우는 조선의용군 3,000여 명을 인솔하고 옌안, 타이항, 진차지를 출발하여 동북(만주)으로 진출한다. 그들의 임무는 일본군과 장제스 군을 소멸하고 동북에 있는 조선인민을 결합함으로써 조선해방의 임무를 완성하는 것이었다.

 45년 11월에 선양에 집결한 조선의용군은 조선독립연맹과 함께 긴급회의를 열고 중공중앙 동북국의 지시에 따라 일부는 동북에 남고 일부는 조선에 들어가서 건국 준비를 하게 된다. 박일우는 46년 초에 귀국하여 8월에 북조선노동당 중앙위원회 상무위원이 되었으며, 47년 2월에 북조선인민위원회 내무국장에 임명되었다가 48년 9월에 북한 정권이 수립

되자 초대 내무상이 되었다. 6·25 당시에는 군사위원회 회원이었으며 중국 군대의 북한 파병준비를 돕기 위하여 중국인민지원군에 파견근무하게 된다. 리철근은 49년 7월에 무정을 따라 군인선발대 1천 명과 함께 귀국하나, 다음 해 입국한 방호산 휘하의 제166사단에 소속되어 철저히 군인의 길만을 고집스럽게 걸었고, 방호산이 제5군단장이 되자 역시 그 산하에서 1개 사단장을 맡고 있다. 내 민족이 나아가야 할 길을 꼭 군인의 입장에서 생각하고 싶었던 것이다.

승전 퍼레이드를 준비하고 있던 미 태평양함대 사령부는 중공군이 개입한 것 같은 낌새는 있으나 어디까지나 전면적인 개입은 아니라고 단정하였다. 그래도 미 제8군사령관 워커 중장은 좀 불안한 기분이 들어서 휘하부대를 청천강까지 후퇴시킨 후, 정확한 상황을 알아보라고 하였다. 그러나 중공군은 그 많은 인원이 일순간에 산속으로 들어가 숨어버림으로 완전히 자취를 감추어버리고 말았다.

10월 19일 중국인민지원군이 압록강을 넘던 날, 동시에 미군이 평양을 점령했고, 20일은 미 공수부대 제187여단이 평양 북쪽에 낙하산 투하를 하였다. 압록강을 넘은 중국지원군은 아직은 전열을 갖추지 못하고 있었다. 만약 미군이나 국군이 미리 알았다면 중공군이 압록강을 넘어오는 순간 혹은 아직 전열을 갖추지 못한 초기 사흘 안에 집중 공격을 하였다면 엄청난 타격을 입힐 수 있었을 것이다. 그러나 맥아더는 전용기로 공중시찰을 하면서 "이제 한국전쟁은 끝났다."라고 장담하고 있었다.

중국인민지원군은 진지를 구축할 시간도 없이 작전을 해야 할 처지가 되었기 때문에 처음의 계획은 수시로 바뀔 수밖에 없었다. 당초 조직방어 계획을 변경하여 소위 말하는 운동전 방식을 채택하였다. 분산 진격 중인 미군과 한국군을 수시로 각개격파하기로 한 것이다. 펑더화이는 주력 5개 군단과 1개 사단을 동부전선 황초령-부전령 방어선상에 두고 조선인민군과 협력하여 서부전선 주력작전의 측방 안전을 확보한다는 전략을 세웠다.

서부전선의 유엔군은 박천-태천-운산-온정(리)-회천-이원 선에 진출하고 그 선두 부대인 국군 제6사단 7연대는 고장동을 점령한 다음 벌써 압록강의 코앞인 초산까지 들어왔다. 그들 각 부대는 시합이나 하듯이 압록강을 향해 줄달음 치고 있었다. 심지어는 "이미 압록강 물을 말에게 먹였다."라고 하는 풍문까지 나오고 있었다. 중국지원군 쪽에서는 막 조선에 들어오자마자 그들이 이처럼 빨리 치고 올라올 줄은 몰랐다. 그들은 중공군이 벌써 대거 조선에 들어와 있다는 사실을 전혀 모르고 있었다.

중국지원군 본부가 대유동에 도착한 이후, 중국군 서로는 유선전화로 통화할 수 없었고 오직 무전기 연락만이 가능하였다. 전화로 통할 수 있는 곳은 사령부에서 그다지 멀지 않은 전방에 배치된 제40군 118사단이 유일했다.

10월 25일 새벽 2시쯤, 참모장 제팡이 당직을 맡고 있는데 병단사령부 당직전화가 요란하게 울렸다. 제118사단에서 걸려온 전화였는데 정면에서 적을 발견했다는 급보였다. 제팡은 좀 의심쩍었다. 너무나 빠른 적과의 조우였기 때문이다.

"잘 확인해 보라. 적이 확실한가?"

"적이 확실합니다. 알아들을 수 없는 말로 지껄이고 있습니다."

"지금 당신들 위치는 어디인가?"

"네, 북진(北鎭)-온정(溫井) 도로상입니다. 북진에 더 가깝습니다."

"적은 얼마나 되는가?"

"정확한 인원은 가늠이 되지 않습니다."

"적은 미군인가 한국군인가?"

"그것도 현재로선 잘 알 수 없습니다."

"알았다. 적들을 계속 감시하고 우리의 정체가 노출되지 않도록 각별히 조심하고 적정을 수시로 보고하라."

제팡은 이 급박한 상황을 사령부 당직실의 홍쉐즈에게 연락을 하였다. 조금 있으니 118사단장 덩웨(鄧岳)에게서 직접 홍쉐즈에게 전화가 왔다.

"말하라. 전방의 적은 미군인가 한국군인가?"

"아무래도 한국군인 것 같습니다. 우리 정찰대원이 조선말을 들었다고 보고해 왔습니다. 국군 제6사단 병력인 것 같다는 보고도 받았습니다."

"한국군이라면 아직 공격하지 말고 우리 포위망 안으로 깊이 들어오도록 놔둬라."

보고를 받은 펑더화이는 운산 북쪽에 투입된 중국지원군 제40군 120사단에 전보를 보내 1개 연대 병력으로 운산동 북쪽의 간동, 옥녀봉 일대를 먼저 점령하도록 지시하였다.

그런데 국군 6사단 병력을 공격하기 전에, 이미 국군과 소규모 전투가 벌어졌다고 아침 9시쯤에 제40군 120사단으로부터 전보가 들어왔다. 즉 아침 7시쯤 한국군 1사단의 선두부대가 탱크 10여 대를 앞세우고 운산-온정 도로를 따라 들어오는 것을 중국지원군 120사단 360연대가 맹공을 퍼부었더니 흩어져 도주했다는 것이었다.

그러나 첫 접전다운 접전은 오전 10시 20분에 벌어졌다. 10월 19일에 압록강을 넘어와서 25일의 접전이니 만 6일 만의 일이다. 중국인민지원군 제118사단 354연대가 353연대와 합동으로 풍중동, 양수동 일대에 매복해 있는 포위망 속으로 국군 제6사단 2연대 선두 1개 대대가 온정에서 북진으로 진격해 오고 있었다.

10월 20일에 한국의 육군본부로부터 한·만 국경선으로 진출하라는 명령을 받은 한국군 제2군단은 제6사단과 제8사단에게 희천과 온정리를 경유하여 압록강으로 진격하라는 명령을 하달하였다. 이에 23일 공격제대를 편성한 한국군 제6사단은 우일선의 제7연대를 풍장과 고장을 경유하여 초산으로 진격하게 하고, 좌일선인 제2연대를 온정과 북진을 경유해 벽동을 점령하도록 하였다. 원래 유재홍 소장이 이끄는 제2군단은 압록강변을 장악하여 한·만 국경선을 감시하며 통일 작전을 완수하는 임무를 맡고 있었다. 그래서 김종오 준장이 이끄는 제6사단은 수풍댐으로부터 서쪽 지역을 담당하게 하고, 이성가 준장이 이끄는 제8사단은 그 동북쪽의 만포진 방면을 담당하게 하였다. 그래서 김종오 준장은 제7연대를 우일선으로 하여 초산으로 진격하도록 하고, 함병선 대령이 이끄는 제2연대를 좌일선으로 하여 벽동을 목

7 먹구름 속 천둥소리

표로 진격하도록 하는 한편, 박광혁 중령이 이끄는 제10연대를 예비대로 배치하였다. 제2연대는 이날 온정리 서북쪽 동림산(1165고지)을 향해서 진격하던 중 중국인민지원군 제40군의 제118사단, 119사단, 제120사단의 대군과 불시에 조우하게 된다.

국군 제6사단 2연대 선두 1개 대대가 포위망으로 들어올 때까지 미동도 하지 않던 인민지원군은 제2연대 전원이 완전히 포위망으로 들어올 때까지 기다렸다. 온정리는 청천강 하류 계곡의 정략요충지로서 그 서남방 10마일(16km) 지점에 운산(雲山)이 있고, 동쪽의 희천(熙川)은 제2군의 집결지였다. 북쪽의 고장동(古場洞)은 압록강에서 약 50마일(80km) 떨어져 있는 지점인데 온정까지는 자동찻길이 놓여 있으나 산이 많고 길은 아주 험하였다. 이 때문에 온정에서 압록강까지 가려면 소수인원밖에 지나갈 수 없는 길이어서 한국군으로서는 이동이 쉽지 않고 중국인민지원군의 입장에서는 매복 공격하기에 아주 이상적인 장소였다. 중공군의 전법은 일명 구대 전법(口袋戰法. 큰 자루 전법)이라고 하는 전법을 쓴다. 뱀이 아가리를 벌리고 있는 형태를 이루어 그 자루 안으로 들어오게 하고, 보병을 우회시켜 적 후방에 깊숙이 투입시켜 퇴로를 차단하는 것이다.

제2연대 병력이 모두 포위망 안으로 들어왔다고 생각되었을 때 갑자기 신호탄이 하늘 높이 올랐다. 국군들은 무슨 일인가 하늘을 쳐다보는데 조용하고 은은한 꽹과리 소리가 소름 끼치게 들려왔다. 이어서 꽹과리 소리는 오른쪽에서도 왼쪽에서도 앞뒤 쪽에서도 들려왔다. 꽹과리 소리가 점점 커지더니 갑자기 찢어지는 듯한 피리소리가 들렸고 커다란 징소리가 울리면서 일제 사격이 시작되었다. 한국군은 정신이 빠진 듯 우왕좌왕 어쩔 줄을 몰라 아무 데나 총을 쏘며 흩어지다가 나무토막 쓰러지듯이 쓰러져 갔다. 상대가 어디 있는지 보이지조차 않았다. 중공군은 어느 정도 살상이 확인되자 이번에는 "싸(殺. 죽여라)!" 소리와 함께 육박전으로 제1파(第一波)가 돌진하여 왔고, 그 뒤에 제2파가, 그 뒤에 제3파가 쏜살처럼 달려오는 것이 보이는데 국군 수의 백배는 되는 성싶었다. 제1파 제2파 제3파는 전원 국민당 군 패잔병으로 재교육을 거친 일명 형벌부대로서 완전 소비의 대상이었다. 제4파는 공산당군이 약간 섞이고 제5파는 순수 공산당군만으로 구성되어 마지막 섬멸전을 벌일 때 출동하거나 끝까지 출동하지 않거나 한다. 공산당군과 국민당 패잔병의 비율을 아는 사람은 당위(黨委) 이외에는 아무도 몰랐다. 펑더화이조차도 구태여 알려 하지 않았고 해당 군단장도 대충만 알지

자세한 것은 알지 못했다. 압도적으로 우세한 병력으로 전개하는 제파식(諸波式) 집중 공격은 한국군으로서는 생전 듣지도 보지도 못한 전법이었으므로 온통 혼이 나가버리고 말았다. 이러한 중국 특유의 공격 방식을 유엔군은 일명 인해전술(Human Wave Tactics)이라 하였는데 정말 사람의 바다를 이루는 것이 아니고 그렇게 보이게 하는 전법이었다. 실은 중공군은 남쪽의 국군과 유엔군에 비하여 그다지 많은 수가 아니었다. 이날도 실재는 중공군이 국군의 4배밖에 되지 않았다. 그들의 전법은 적은 수를 떼어내서 많은 수가 일시에 공격하는 전법이고, 야간 공격을 하는 전법이고 잠복 기습공격을 하는 국공내전에서 갈고닦은 게릴라 전법이었다.

이때 국군 제2연대 3,100여 명의 병력 중에서 2,700여 명은 청천강 방면으로 도망가고 생존자는 모두 손을 들고 항복하였다. 생포된 자 중에는 미군 군사고문 3명이 포함되어 있었다. 그날 밤으로 인민지원군 제118사단의 주력부대는 온정을 점령함으로써, 초산, 고장까지 쳐들어온 국군 제6사단 7연대의 퇴로를 끊어놓고 있었다. 마오 주석이 펑더화이 사령관에게 첫 접전을 약한 한국군과 하라는 전략은 적중되었다. 계속되는 전쟁에서도 한국군을 먼저 섬멸하고 미군, 영국군을 고립시켜서 공격하는 전법을 쓰라는 것이었다. 이 첫 승전보가 전군에 알려지면서 중국 항미원조군의 사기는 충천하였다.

미군 포로가 생겼다는 소식이 전해오자 마오안잉(毛岸英)과 천시우룽(陳秀蓉)이 달려왔다. 마오안잉과 천시우룽은 만나자마자 마치 친남매처럼 친했다. 한국군에 대해서는 인민지원군 포로 심문관이 상급자로 보이는 몇 명을 1차 심문하였다. 심문을 받지 않은 병사들은 저쪽에 모여앉아 자기들끼리 잡담을 나누고 있었다. 그들은 대화를 나누다가 하나의 중요한 사실을 발견하였다. 그 많은 인원 중에서 대학을 다녔다는 사람은 하나도 없고 고등학교를 졸업했다는 사람만 두 명이 있을 뿐이었다.

"이 많은 수 중에서 대학을 다닌 사람이 하나도 없단 말이야?"

한 병사가 다른 사람도 들을 수 있을 정도로 제법 큰 소리로 말한다. 그러자 다른 병사가 듣고 있다가 또 제법 큰 소리로 대답한다.

"이 바보야. 대학을 다닌 사람이 뭐 하러 군대를 오겠냐? 그 사람들은 다 요령을 부려서 빠지지."

"그럼 우리처럼 못난 사람들만 군대를 왔단 말이야?"

"그렇지. 빽 있고 돈 있는 사람은 다 빠지고 우리처럼 지질히 못난 사람들만 끌려와서 죽는 것이지.”

"정말이야? 나는 국민학교 교실에서 신체검사를 받으면서 불합격했다는 사람을 한 사람도 본 적도 없어. 빼빼 마른 약골도 다 마지막에는 '갑종 합격!'하고 경례를 붙이고 나가던데.”

"빠질 사람들은 신체검사장에 오지도 않는단다. 그전에 빠져버리지. 징집통지서가 가지도 않아.”

그러자 다른 병사가 말을 거든다.

"너는 전쟁터에서 죽으면서 '빽!'하면서 죽는다는 소리도 못 들었냐? 빽 없는 사람만 와서 죽는다고 말이야….”

그러자 또 다른 병사가 말을 한다.

"나는 아까 중공군한테 총을 맞아 죽으면서 '빽!'하는 소리를 들었는 걸.”

"하하하하….”

"뭐라고?”

"하하하하.”

포로가 된 그런 절박한 와중에서 갖는 잠깐의 망중한이었다.

미군들은 한국군보다 더 겁에 질린 것 같았다. 처음 중공군을 대하자 바싹 얼어서 턱이 '더그덕 더그덕!' 소리가 나도록 떨었다. 고문단(Korean Military Advisory Group) 세 명 중 존스 중위와 쎄무엘 중위는 오히려 덜 떨고 있었으나 대위 파울 릴스(Cpt Paul V. S. Liles)는 몸을 가누지 못할 정도로 떨고 있었다.

천시우룽이 특파원으로서 다그쳐 물었고 마오안잉이 통역을 하였다.

"너는 어느 부대 소속이고 이름이 무엇인가?"

"저는 국군 제2연대 미 고문단 파울 릴스 대위입니다."

"이번 포로로 잡힌 미군 중 누가 계급이 가장 높은가?"

"제가 가장 높습니다."

"그대들은 왜 남의 나라 내전에 뛰어들어 분란을 일으키는가?"

"저희들은 모릅니다. 그저 군 복무를 하다가 고문단으로 들어오게 되었습니다."

"다른 부대는 아직 뒤에 있는데 왜 그대들만 이렇게 빨리 올라오게 되었는가?"

"제2연대가 먼저 공로를 세우겠다고 허락해 달라고 해서 허락해 주었습니다."

"제2연대에서 작전지휘권을 가진 사람은 2연대장인가 그대 파울 릴스인가?"

"작전지휘권이 미군에 있기 때문에 연대장은 그저 저희가 허락을 해야 움직일 수 있습니다."

"아까 한국군 포로 심문에서는 한국의 육군본부의 명을 받고 이렇게 빨리 올라왔다고 했다 하던데."

"육군본부의 명령도 미군 고문단의 지시에 따른 것입니다."

"한국군은 정말 아무런 권한이 없는가?"

"그렇습니다. 불의에 대처할 수는 있지만, 원칙적으로 일체 미군의 지시에 따르게 되어 있습니다."

이 온정리에서의 첫 승전보와 미군 포로 심문 소식은 중국의 신화사통신과 소련의 국영 소비에트 연방 통신(타스)을 통하여 순식간에 세계 각지로 퍼져 나갔다.

2

　이승만 대통령은 50년 7월 14일에 한국군의 작전 지휘권을 맥아더 유엔군사령관에게 전격적으로 이양하는 특단의 조치를 감행한다. 당시의 작전지휘권 이양은 신성모 국방장관을 포함한 군 수뇌부의 어느 누구도 예상하지 못했던 일이었다. 북한의 남침 소식을 접한 미국은 소위 '국제평화의 파괴 및 침략행위'로 간주하고 한국을 돕도록 발 빠르게 움직인다. 그것이 바로 50년 6·25 당일과 27일의 유엔안전보장이사회의 결의였다. 아울러 유엔안보리는 7월 7일에 한국에 파병할 유엔회원국 군대를 통합 지휘할 유엔군사령부 설치를 결의하고, 유엔군사령관 임명을 포함해 유엔군사령부가 수행할 작전 전반에 관한 권한을 미국에 위임한다. 그다음은 유엔안보리에서 결의한 '유엔군사령부 설치 결의안'이었다. 그 결의안에는 유엔군 사령부 명칭을 통합군사령부(United Command)라 지칭하기로 하였다.

이승만은 그 기회를 놓치지 않고 유엔군사령부 설치 결의안이 통과된 지 1주일 만인 50년 7월 14일에 작전지휘권을 맥아더에게 넘겨준다. 아주 전광석화처럼 이루어졌다.

7월 8일에 맥아더가 유엔군사령관에 임명되자 그다음 날인 7월 9일에 주한 초대 미국대사 무초가 이승만을 만났다.

"대통령! 맥아더 장군이 어제 유엔군사령관에 임명됐다는 소식은 들었습니까?"

"네 들었습니다. 얼마나 다행인지 모르겠습니다."

"한국군에 작전능력이 없다는 것도 알고 계시지요?"

"알다 마다요. 한국군은 전혀 북한군을 당해 낼 수가 없습니다."

"그래서 하는 말인데, 한국군의 작전지휘권을 아예 미군에 이양하는 게 어떻습니까?"

"그것 참 좋은 생각이네요."

"그렇지요? 어차피 미군이 아니면 당신들은 지는 것 아닙니까?"

"그렇지요. 작전지휘권을 미군에 넘기겠습니다."

그때 워싱턴 정부는 동경의 극동사령부에 지시하여 제8군(요코하마), 극동해군(요코츠카), 극동공군(도쿄)을 지휘하도록 했다. 7월 8일 유엔군이 창설되었으나 유엔군 사령부 대부분은 극동군사령부 자체였던 것이다. 한국에 파견된 각국의 육·해·공군도 각각 미 8군·극동해군·극동공군의 지휘하에 편입되었다. 7월 13일 제8군사령부를 대구에 두었고, 그 이후 휴전이 성립될 될 때까지 한국에 주둔하였으나 유엔군사령부 및 유엔군 해·공군 사령부는 휴전이 성립될 때까지 일본에 위치한다. 일본은 유엔의 한국전쟁 전선사령부였던 것이다.

이승만은 무초 대사의 위협적인 권고를 받고도 오히려 감사해하며 자기가 직접 영문으로 공문을 타이프 하여 프란체스카 여사에게 수정을 보아달라고 하였다. 한국말을 한 마디도 못 하고 배우려 하지도 않은 프란체스카는 문장을 검토한 후 돌려주며,

"나도 쓸모가 있을 때가 있네요. 저는 별로 손 본 게 없어요. 시제가 틀린 것 하나와 스펠링이 틀린 것 두 개를 고친 것이 다예요. 문법은 다 맞네요."하고 돌려준다.

이에 이승만은 13일에 아부밖에 모르는 국무총리서리 겸

국방장관 신성모와 애송이 육해공군사령관 겸 육군참모총장 정일권(33세) 소장을 불러 일방적인 양해를 구하고 7월 14일에 대전에서 한국군 작전지휘권 이양 서신(일명 대전협정)을 무초 대사에게 전달하였다.

> 맥아더 장군 귀하
>
> 대한민국을 위한 유엔의 공동 군사 노력에 있어 한국 내 또는 한국 근해에서 작전 중인 국제연합의 모든 군대는 귀하의 통솔하에 있으며 또한 귀하는 그 최고사령관(Supreme Commander)으로 임명되어 있음에 비추어, 본인은 현재 적대관계가 계속되는 동안 대한민국 육해공군의 모든 지휘권(Command Authority)을 이양(Assign)하게 된 것을 기쁘게 여기는 바입니다. 모든 지휘권은 귀하 자신 또는 귀하가 한국 내 또는 한국근해에서 행사하도록 위임한 기타 사령관이 행사하여야 할 것입니다. 한국군은 귀하의 휘하에서 복무하는 것을 영광으로 생각할 것이며 또한 한국 정부와 국민도 고명하고 훌륭한 군인으로서 우리들의 사랑하는 국토의 독립과 보존에 관한 비열한 공산침략을 대항하기 위하여 힘을 합친 유엔의 모든 군사권을 받고 있는 귀하의 전반적 지휘를 받게 된 것을 영광으로 생각하며 또한 격려되는 바입니다.

귀하에게 심후하고도 따뜻한 개인적인 경의를 표합니다.

1950년 7월 14일

대한민국 대통령 이승만

이 7월 14일이라는 타이밍은 이승만으로서는 절체절명의 찬스였다. 유엔안보리에서 유엔군사령부 설치를 결의할 때, 한국에 군대를 파병하는 유엔회원국은 자국의 국기와 함께 유엔기를 사용하도록 하였다. 그래서 유엔사무총장 리(Trygve Lie)는 상징적으로 유엔군사령부에 게양될 유엔기를 유엔주재 미국 대표를 통해 미국 정부에 전달했고, 미국 정부는 육군참모총장 콜린스(J. Lawton Collins) 대장을 시켜 맥아더 유엔사령관에게 유엔기를 전달하도록 하였다. 이에 콜린스 육군총장이 유엔기를 전달하러 7월 14일에 일본 도쿄에 도착하여 맥아더 원수에게 직접 전달하였다. 이승만은 바로 그 7월 14일을 골든타임으로 캐치하였던 것이다. 비록 맥아더의 손에 닿은 것은 그다음 날(15일)이었지만 자기는 어쩌면 이렇게 기막히게 시기를 잘 잡는가 스스로를 대견하게 생각하고 있었다.

이에 맥아더는 "용감무쌍한 대한민국 국군을 본관 지휘하에 두게 된 것을 영광으로 생각하오." 하는 16일 자 답신을 18

일에 이승만에게 전달한다.

　이승만은 전쟁발발 이틀 후, 서울이 함락되기 하루 전인 6월 27일 새벽 2시에 서울을 탈출하였다. 그런데 소위 몽진(蒙塵) 직후 이승만의 행적을 아는 사람이 거의 없었다. 최고 통수권자의 부재로 제대로 된 국정운영을 이룰 수 없었음은 물론 다른 정부요인들은 그의 묘연한 행적을 찾을 길이 없었다. 내각에서는 대통령이 서울을 떠나고 없는 줄도 모르고 비상 국무회의를 거쳐 수도 사수를 결의하였으나 결제를 할 대통령이 먼저 사라졌다는 사실을 알고 나서야 뒤늦게 피난길에 나선다. 미국대사 무초도 이승만이 서울을 떠난 지 5시간 후에야 대통령 대리로 방문 온 신성모 국방장관을 통해서 알게 되었다.

　그처럼 황망히 서울을 버리고 탈출하면서도 육군교도소에 수감되었던 김구 선생 암살범 안두희를 챙겨갔다. 자기의 지시로 목숨을 건 한 청년에게 의리를 배반할 수는 없던 것이다. 그때 백범 암살 사건의 진실에 대하여 입만 뻥긋한 사람은 무자비하게 보복당하였다. 그 대표적인 인물이 김성주와 장은산 같은 사람이다. 서북청년단 부단장이던 김성주는 술만 먹으면 "백범 선생 암살사건의 흑막을 내가 안다.

내 입을 열기만 하면…"하고 돌아다니다가 엉뚱하게 국가 반란죄로 체포되어 원용덕 헌병사령관(안두희 공판 때 육본 행정참모부장으로 재판장) 집 지하실에서 살해되었다. 포병사령관 장은산은 안두희 직속상관이며 안두희를 백범 암살 하수인으로 직접 선발한 인물이다. 그도 술에 취하여 "내가 안두희의 진짜 보스다."라고 한 말이 특무대장 김창룡의 귀에 들어가, 근무이탈이라는 엉뚱한 죄목으로 체포되었는데 그 뒤로 장은산을 보았다는 사람은 아무도 없다. 그날 이승만이 안두희를 챙길 때, 채병덕과 김창룡의 도움으로 육군교도소를 나온 안두희는 육군특무대 문관이란 완장까지 어깨에 차고 있었다. 안두희를 싣고 온 김창룡은 이승만이 안두희를 태우려고 세워놓은 차를 발견하자 내리라고 해서 같이 걸어갔다. 안두희는 이승만의 모습이 보이자 김창룡도 뒤로 하고 급히 걸어가 땅바닥에 덥석 엎드려 큰절을 드렸다. "각하! 감사합니다. 이 은혜는 평생 잊지 않겠습니다." "쉿! 조용히 하라." 이승만은 마치 자기 아들을 대하듯 따뜻한 시선을 보내며, 비서를 시켜 어서 일으켜 남들의 눈에 띄지 않게 자기 차에 태우도록 지시하였다.

27일에 대전에 도착한 이승만은 다시 대구까지 내려갔으나 "각하, 너무 내려왔습니다."하는 권고로 다시 대전으로 올라간다. 대전에서 방송국장을 찾았으나 방송국장은 6·25 전 날이 토요일이어서 서울 집에 가고 없는지라 방송과장 유병은이 사실상 방송국장 대리를 맡고 있었다. 충남지사(이영진) 관사로 유병은을 부른 이승만은 중계방송기를 직접 가지고 오라고 해서 27일 밤 9시경 전 국민에게 보내는 방송을 내 보낸다.

"동포 여러분. 대통령과 정부는 평상시와 같이 중앙청에서 집무하고 있으며, 국군이 의정부를 탈환하고 있으니 국민은 안심하고 생업에 종사하시기 바랍니다."

하는 방송이었다. 이 방송은 밤 10시부터 11시까지 서너 차례 녹음으로 방송되었다. 대통령의 말만 믿고 피난을 가지 않은 시민들은 떼죽음을 당하고 만다. 특히 이 녹음방송이 시작된 지 몇 시간만인 다음 날 28일 새벽 3시경에 한강 인도교 폭파작전이 육군 공병부대에 의해 실행되어 다리를 건너던 시민 600-1,200명이 수장되고, 그때부터 일반 시민의 피난길은 막히고 만다.

27일에 대전에 도착한 이승만은 새벽 4시에 비상 국무회의를 열어 정부의 천도를 의결하고, 대통령과 내각으로 구성된 망명정부를 일본에 수립하는 방안을 미국대사 무초에게 문의하였고, 이는 그대로 미 국무부에 보고되었다. 대전에서

4일을 머문 이승만은 7월 1일 새벽에 열차 편으로 대전을 떠나 이리에 도착했고, 7월 2일에는 목포에 도착하여 배편으로 부산으로 이동하였다. 이승만은 전쟁이 발발한 황금시간대를 도망치느라고 국토방위의 임무를 수행할 수 없었다.

10월 26일 마오쩌둥은 전문을 보내 인민지원군의 온정리 첫 승리를 경축하였다. 그러나 이런 정도의 승리로 만족할 수 없기 때문에 마오는 펑더화이에게 한국군을 포위하여 외부와의 연락을 끊어 다른 한국군을 끌어들이는 미끼로 삼으라고 독려하였다. 국군의 제2군 군부에서는 정세가 위급함으로 박광혁 대령의 제6사단 19연대와 고근홍 대령의 8사단 10연대로 하여금 온정을 반격하여 수복하고 당지에서 유실한 병기와 장비를 급히 되찾으려고 하였다. 임부택 대령의 제7연대는 26일에 고장에 도착하였으나 그 산하 1개 대대는 초산(楚山)에 도착하여 심지어는 압록강 피안의 중국 경내를 향하여 소총을 난사하기도 하였다. 그 후에야 그들은 상급부대의 명령에 따라서 제6연대를 따라서 남으로 철수하였다.

한국군 제2군을 끌어들이기 위하여 펑더화이는 인민지원군 제118사단에 명하여 먼저 초산과 고장 일대의 한국군 제7

연대를 포위하라 하였다. 그리고는 제119사단과 120사단 병력을 온정 남쪽과 동쪽에 각각 은둔시켜, 한국군 증원군이 파견되어 여기를 통과할 때 공격을 하도록 하였다. 이때 인민지원군 총부에서는 한국군 제6사단 이외에, 제1사단도 아마 용포동을 지나 온정으로 향해 동, 남, 서남에서 합세하는 진지를 이룰 것이라고 생각했다. 이 때문에 새로운 계획을 세우지 않으면 안 되었다. 인민지원군 제40군 주력이 한국군을 유인하여 영변(寧邊) 경내의 구두동(龜頭洞), 입석동, 천수동, 용포동 쪽으로 끌어들이면, 동서 양측에서 제38군과 제39군을 출동시켜 포위 공격하고 온정에서 한국의 각지원군을 섬멸하고자 하였다. 그래서 10월 27일, 인민지원군 제118사단은 온정, 고장의 찻길을 절단하고 한국군 제7연대의 남쪽 철수로를 끊고 고립시켰으나, 국군 제7연대는 연료를 다 소진하였기 때문에 인민지원군이 쳐놓은 바리케이드 지점까지 도달하지도 못하였다.

온정리에서 포로로 잡힌 미군 고문단보다 차라리 한국군 포로가 더 늠름한 데가 있었다. 특히 6사단은 한국군 중에서는 가장 싸움을 잘한다는 부대였다. 한국전 종료 후 최종 평가에서 한국군 중에 가장 싸움을 잘하는 부대는 1위가 육군

6사단(육망〔각〕성 부대), 2위가 육군 1사단(백선엽 부대), 3위가 해병대, 4위가 육군 3사단(백골부대), 5위가 육군 수도사단(맹호부대)이었다.

다음 날인 10월 26일 오전 7시, 국군 제6사단 7연대는 압록강을 향해 멋모르고 진격작전을 계속하고 있었다. 이날은 새벽부터 내린 눈으로 산야가 하얗게 뒤덮인 가운데 제7연대 제1대대가 초산을 향해 전진하고 있었다. 이때 초산 일대에는 북한군 제8사단 소속의 혼성부대 연대규모가 집결하고 있었다. 국군 제7연대 1대대는 초산 남쪽 6km 지점에서 그들과 마주쳐 약 1시간가량 격전을 벌려 격퇴시켰다. 이 교전으로 한국군 제1대대는 초산읍에 도달하였고 첨병소대는 압록강변의 초산에 도달하여 강변에 태극기를 꽂고 이승만 대통령에게 헌수한다고 수통에 압록강 물을 담았다. 잠시나마 한반도는 북진통일이 완수된 것으로 착각하기도 하였다.

국군 6사단 중에서도 가장 용감했다고 알려진 제7연대의 연대장 임부택은 원래 일본군 사병출신이다. 임부택은 한국군의 모태가 된 조선경찰예비대(46년 1월 15일 창설)의 창설멤버이다. 그때 그는 대한민국 사병군번 제1번인 110001번과 함께 중사 계급장을 달고 한국 육군의 모태가 된 제1연대 제1대대 A중대 선임하사관이 되었다. 그러나 4개월 후인 46년

5월 1일에 미 군정청이 조선경찰예비대 훈련소(후에 조선경비사관학교로 개칭, 육사의 전신)를 만들자 입교하여 약 한 달간 훈련을 받고 소위로 임관되었다. 소위가 된 이후 5년 만인 50년 6·25 중에는 중령 계급장을 달고 중부전선 최전방을 방어하는 제7연대장을 맡고 있었다. 제6사단장의 홍안의 청년 김종오(당시 29세) 대령은 일본 중앙대를 다니다가 일본의 학병으로 태평양전쟁에 참전했었다. 해방이 되고 미 군정청이 45년 12월 5일에 군사영어학교를 만들자 입교하여 참위(현재의 소위)가 되었다. 이처럼 이남의 주력군인은 대부분 일본군 출신이고 이북의 인민군 주력은 대부분이 일본군에 항거하던 독립군 출신이었다.

남한 측은 그때까지 대규모 중공군이 들어와 있는지를 모르고 있었으며, 10월 26일 당일에 중국인민지원군 본대는 추가로 제66군, 제50군이 압록강을 도하하고 있었다. 이 중 정쩌성(曾澤生)을 군단장으로 하는 제50군은 전에 국민당 전계(滇系. 운남성 계열)의 제60군으로서, 48년 10월 17일 창춘(長春)에서 공산당에 투항하여 해방군 50군으로 편입된 군대이다. 때문에 이들의 장비는 거의 전부가 미제였고 미군과 작전하는 요령을 가장 잘 알고 있었다. 동시에 사상적으로는 아주 큰 약점을 가지고 있는 부대였다.

10월 27일 저녁, 대유동 중국지원군사령부 가건물에서는 조선의 기름 등불이 밝게 타고 있었다. 펑더화이, 덩화, 훙쉐즈, 한센추, 제팡 그리고 조선의 박일우가 머리를 맞대고 지도를 보며 팽팽한 긴장감 속에서 작전을 짜고 있었다. 조선 측에서 파견 근무한 북한 인민군 여군 전사 리미숙과 상등병 서정희가 잔일을 돕고 있고 특파원 천시우롱과 마오안잉도 일을 도우며 한쪽에 자리를 하고 있다. 펑더화이는 뒷짐을 지고 왔다 갔다 하다가 돌연 소리를 질렀다.

"도대체 38군은 왜 이렇게 속도가 느린 거야? 량싱추(梁興初 38군단장)가 완전히 일을 망치고 있지 않아? 이렇게 중대한 임무를 맡은 자가 아직 공격목표 지점에도 가지 못했으니 답답해서 살 수 있어야지."

량싱추는 이번에는 이런 실수를 하였지만 다음번의 2차 전역 때는 유엔군 1만 1천 명을 섬멸하여 펑더화이가 축하전문에서 '38군 만세!'라고 하여 38군이 일명 '만세군'이 되었지만 1차 전역에서 이런 실수를 저지르고 있었다. 량싱추는 모든 일에 신중을 기하기로 유명하다. 그와 마오안잉과의 이야기도 유명하다. 처음 중국 정부에서 10월 8일 조선에 파병을 결심하고 동북변방군을 중국인민지원군이라고 이름을 바꾸었을 때 마오안잉은 북경기계공장 본공장 총지부 부서기로 있었다. 마오안잉은 벌써 3일 전에 자기도 지원군에 참여하겠노라고 제1착으로 자원하였다. 마오쩌둥은 물론 흔쾌히 승낙했었다. 며칠 후에 마오안잉은 38군단장 량싱추를 찾아와서 말했다.

"량 군단장, 나도 38군에서 연대장을 하나 맡고 싶은데 허락해 주시겠습니까?"
라고 하자, 량싱추는 웃으며 대답하였다.

"38군에서 연대장을 맡고 있는 사람은 90%가 고참 홍군(老紅軍) 출신이에요. 당신은 아직 신병인데 연대장을 맡겠다고요?"

"총정치부의 샤오화(肖華) 부주임은 열여덟 살인데도 지금 연대 정위(政委)를 맡고 있지 않아요? 나는 지금 스물여덟 살이에요. 왜 연대장을 못 맡아요?"

"생각해 보지요."

마오안잉은 군대를 너무 쉽게 생각하고 있는 듯하였다. 그리고 조선에 대한 관념도 상당히 문제의 소지가 있었다.

"조선은 옛날에 중국이었지 않아요? 우리 옛 나라에 간다니까 기분이 좋네요."

"전쟁터를 그렇게 만만히 보아서는 안 됩니다. 그리고 조선은 지금은 엄연히 외국입니다. 조선인은 반대로 중국이 옛

날에 조선이었다고도 말한답니다."

"뭐라고요?"

량싱추는 웃으며 그 자리를 피했으나 끝내 연대장은 주지 않았다. 연대장이란 자리가 얼마나 위험한 자리인데 전투경험도 부족한 주석의 아들을 최전선으로 가라고 할 수는 없었던 것이다. 그의 조선에 대한 관념도 자기로서는 크게 나무랄 위치에 있지도 않았다.

3

10월 27일은 39군 제117사단과 40군 일부가 이미 운산 북쪽에 도착하여 국군 제1사단과 전투에 들어갔다. 제120사단도 벌써 온정 북쪽의 구두동에 이르러 국군 제6사단 19연대 소속의 2개 대대와 전투를 개시하고 있었다. 40군도 벌써 황초령에 도착하였다. 그런데 38군에 문제가 생긴 것이다. 덩화가 보고하였다.

"38군의 행군속도가 너무 느려서 목표지점인 희천까지는 60km나 떨어져 있습니다. 아무래도 희천일대에 반격을 가하기는 어려울 것 같습니다."

조선의 여군 두 사람이 따끈한 엽차로 모두 컵을 바꾸어

놓는데도 아무도 차를 입에 대는 사람이 없다. 무거운 침묵만 흐르고 있었다. 제팡이 신중하게 적정 보고를 하였다.

"지금 한국군은 동, 남, 서남 방향에서 온정리로 몰려들고 있습니다. 온정리에 있는 우리 지원군을 협공하려는 것이 분명합니다. 희천에 있던 상대의 주력은 이미 철수한 듯합니다."

펑더화이는 상당히 흥분하고 있었다.

"말들 좀 해봐요. 이를 어쩌면 좋지. 다른 무슨 방도가 없을까? 그물에 다 잡아넣은 대어를 놓치고 있지 않아."

홍쉐즈가 한참 생각하다가 입을 열었다.

"펑 총, 원래의 계획을 바꿔야 할 것 같습니다. 먼저 희천의 적을 공격한다는 계획은 포기하는 것이 좋을 듯합니다. 따라서 초산 쪽에 있는 제40군 주력을 동원해서 온정으로 몰려드는 국군을 격퇴하는 것이 어떻습니까. 제40군 일부는 국군 제6사단 7연대를 완전히 포위한 다음 희천, 운산에 있는 상대 6, 7개 연대가 지원해오기를 기다렸다가 제38, 39, 40군을 집중시켜 운산 북쪽에서 한꺼번에 공격하면 좋을 듯합니다."

덩화와 한센추가 홍쉐즈의 말을 거들었다.

"지금 상황에서는 홍 동지의 작전계획이 최상이라고 생각합니다."

"저도 동의합니다."

묵묵히 듣고 있던 펑더화이가 결정을 내린다.

"좋소. 그렇게 합시다. 지금 즉각 각 군, 사단에 전문을 보내서 이 사실을 알리도록."

10월 28일 오후가 되도록 지원군 사령부의 수뇌부에서는 작전 보고를 듣고 작전상황을 검토하고 작전계획을 세우느라 분주하게 움직이고 있었다. 덩화가 보고하였다.

"벌써 적과 대치한 지 하루가 지났습니다. 오늘 비로소 국군 제8사단 10연대의 2개 대대가 희천에서 온정 쪽으로 지원하러 왔습니다. 그런데 국군 제8사단의 주력은 여전히 희천, 구장에 있으며 제1사단도 운산 북쪽에 머물러 있습니다. 우리는 적을 북쪽으로 유인하려는 것인데 아마 그것은 실현되기 어렵겠습니다."

이어서 제팡이 보고하였다.

"초산의 한국군 제6사단 7연대는 더 이상 공격할 생각을 하지 않고 고강 남쪽으로 물러났습니다. 그런데 미군 제24사단과 영국군 제27여단은 여전히 서쪽으로 몰려와 각각 태천 동남쪽과 정주 서쪽으로 진격해 오고 있습니다."

바로 이때 양펑안(楊鳳安) 비서가 펑더화이를 향해 "사령관 동지, 마오 주석으로부터의 전보입니다."하며 전문을 건낸다. 펑더화이는 급히 전문을 읽더니 말하였다.

"지금 마오 주석의 말씀은, 이번 공세의 관건은 고장, 초산에 있는 국군 제6사단 7연대를 확실히 붙잡아 도망가지 못하게 해야 한다는 거예요. 그렇게 되면 반드시 국군 제1, 6, 8사단이 증원을 할 것이며 그때는 우리가 싸워서 이길 수 있다는 거예요. 그리고 3개 군을 분산시키지 말고 한꺼번에 집중시켜 공세를 펴나가면 공격 효과를 발휘하고 적을 섬멸하기에 수월할 것이라는 거예요."

펑더화이는 잠시 작전 구상을 하더니 결심이 선 듯 모두에게 말하였다.

"제40군 주력은 온정으로 향하는 상대를 신속히 물리친 뒤 남하하라. 제40군 118사단은 제50군 148사단과 연합하여 고장에 있는 국군 제6사단 7연대를 공격하라. 제39군 115사단은 태천-구성 구간의 도로를 점령해서 미 제24사단의 북진을 차단하고 병력을 집중해서 운산의 국군 제1사단을 포위한 뒤 공격 기회를 노리고 있으라. 제38군은 신속하게 희천을 점령한 뒤 구장, 군우리 쪽으로 돌격하라. 그와 동시에 제66군은 구성으로 전진해서 미 제24사단의 북진을 협력하여 저지하라. 이상. 다른 질문이 없으면 즉시 실시할 것."

10월 28일 낮, 제120사단은 온정리 동쪽의 구두동에서, 희천으로부터 서쪽으로 오고 있는 한국군 제19연대의 2개 대대병력과 마주쳤다. 인민지원군은 한국군 제6사단, 제8사단의 다른 부대가 구원하러 오게 하기 위하여 오직 사단의 부분 병력만으로 그들과 대치하였다. 그런데 그날 밤이 되자 사태는 인민지원군이 바라는 대로 되지 않았다. 한국군 제8사단은 제10연대의 다른 2개 대대만으로 구두동으로 출동하고, 전 사단의 주력이 여전히 구장동에 머무르고 있었고 한국군 제1사단도 단지 운산 북쪽에 머무르고 있을 뿐이었다.

펑더화이는 한국의 제2군이 계략에 빠지지 않는 것을 보고 제119사단과 제120사단에게 명하여 먼저 그들 제10연대와 제19연대를 분쇄하라 하였다. 그리고 제118사단은 제50군의 제148사단과 협력하여 그들 제7연대를 공격하라 하였다. 그날 밤 자정 이후에는 제119사단과 120사단을 시켜 온정 동쪽에서 신속하게 국군 제10연대와 19연대를 공격하라 하였으나, 인민지원군의 공격을 받고 쫓겨 후퇴하는 한국 병사들은 중국 측에서 설치한 바리케이드마저 치우고 차량과 대포를 이끌고 빠져나갔다. 그러나 29일 낮이 되자 한국군은 이미 하룻밤 격전으로 4개 대대가 섬멸되었다. 인민지원군 제40군은 그들로부터 20여 문의 유탄포와 60여 량의 차량을 노획하고 400여 명의 국군을 생포하였다.

이때, 한국군 제6사단 전체에서 많이 살아남은 부대는 가장 북쪽으로 들어갔던 제7연대뿐이었다. 이 연대 전체는 고장에서 회합하여 회목동(檜木洞)으로 철수하려 하고 있었다. 제118사단이 설정한 계획 중에는 이 연대가 도망가는 것을 저지하고 다시 148사단과 합동으로 그들을 섬멸하는 것이었다. 29일, 한국군 7연대는 고장 남쪽의 용곡동(龍谷洞)을 경유하여 철수하려고 준비하고 있었다. 그러나 인민지원군은 벌써 28일 저녁에 용곡-판평(板坪) 구간에 저격 진지를 구축해 놓고 있었다. 그런 줄도 모르고 그들은 그날 오전 9시쯤에 고장 이남 20마일(32km) 지점과 용곡동 부근의 인민지원군 제118사단 353연대의 구역 안으로 들어왔고, 인민지원군은 갑자기 나타나 집중 사격을 가하였다. 뜻하지 않은 사격을 받은 국군 제7연대는 전투기와 곡사포 지원을 받으며 되려 인민지원군 진지를 공격해 왔으나 별 성과는 거두지 못하였고, 오히려 인민지원군에게 측면 포위되고 말았다.

국군 제6사단 사단사령부에서는, 연대인원은 중형장비를 버리고 산간 지구를 넘어 회목동을 향하여 포위망을 뚫고 나오라 하였다. 한국군의 동태를 파악한 인민지원군 제118사단은 148사단의 지원을 기다릴 사이도 없이 직접 최후의 공격을 발동하였다. 2시간 동안의 치열한 전투 끝에 한국군 제7

연대는 전열을 잃고 뿔뿔이 흩어졌다. 연대병력 중 다행히 살아남은 자는 모두 깊은 산속으로 숨어들었고 인민지원군 제118사단은 추격과 수색작전을 병행하였다.

10월 30일이 되자, 대체적으로 제7연대의 조직은 와해되었고 임부택 연대장을 포함한 장교 875명과 사병 3,552명은 산속으로 뿔뿔이 흩어져 도망쳤다. 제7연대는 부연대장 최영수 중령, 제2대대장 김종수 중령, 제3대대장 조한섭 소령이 포로가 되었으며 중대장 12명 중 5명이 전사하는 참변을 당하였다. 아울러 미군 고문단 헤리 플래밍(Maj. Harry Fleming) 소령은 전신에 15곳의 상처를 입고 중국 병사에게 생포되었다.

한국군 제6사단과 제8사단 10연대는 온정 전투에서 여러 차례 타격을 받았고, 이 패전은 압록강 전선까지 연장되어 특히 제6사단은 전투력을 거의 상실하고 말았다. 이로부터 제2군은 괴멸성 타격을 받아 조직이 무너져 회복이 불가능할 정도가 되었다. 이것은 미 제8군의 우익의 문호가 크게 열려 위험한 경지에 이르렀음을 말하며, 남하하며 유엔군에 타격을 가하려는 중국인민지원군 앞에 그들의 약점이 완전히 탄로 나고 말았다는 것을 말한다. 인민지원군 사령부에서는 이를 계기로 또 하나의 미 8군부대에 공세를 발동하여 한국군 제1사단 15연대와 미군 제8기병연대에게 운산 일대에서 참담한 타격을 안겨준다.

온정(리) 전투는 본국의 전 인민해방군과 전 중국인민에게 첫 승전다운 승전을 알린 항미원조전의 서막이었다. 그래서 중국 정부에서는 이날 10월 25일을 '항미원조기념일'로 책정하여 기념하고 있다. 온정 전투가 한국군에게 승리를 거둔 싸움이었다면, 다음의 운산 전투는 미군에 대하여 승리를 거둔 싸움이다.

11월 1일은 아침부터 대유동 지원군사령부 작전상황실이 분주했다. 커다란 지도에는 일목요연하게 작은 깃발이 꽂혀지고 있어 첫눈에 인민지원군과 한국군, 미군의 움직임을 알아볼 수 있게 해 놓았다. 이제부터는 더 적극적인 공세를 준비해야 하기 때문에 작전실은 팽팽한 긴장감이 감돌았다. 여기저기 부대로부터 들려오는 무전 소리는 잠시도 쉴 새가 없었다. 펑더화이는 너무 오래 서 있었기 때문에 잠깐 한갓진 책상으로 돌아와 허리를 기댔다. 이때 앳된 조선군 여전사 리미숙이 새로 우려낸 따뜻한 찻잔을 들고 와서 펑 사령관 책상에 놓는다. 같이 왔던 서정희 상등병이 펑더화이를 보고 말한다.

"사령관 동지, 따끈한 차 한 잔 드십시오."

"고맙소. 이쪽은 너무 어려 보이는데 지금 나이가 몇이요?"
"스무 살입네다."
"그쪽은요?"
"스물셋입네다."
이때 박일우가 걸어와서 말을 거든다.
"리미숙 전사와 서정희 상등병의 부친은 모두 저와 잘 아는 사람들입니다. 리미숙 전사의 부친은 중국에서 인민해방군으로 싸웠던 조선의용대 출신으로 펑 사령관께서도 아실지 모르겠습니다. 서정희 동무의 부친은 제가 데리고 있던 직속 부하였습니다. 지금 저들의 부친들은 동부전선의 일선 지휘관으로 복무하고 있습니다."
"고맙소. 고맙소."
이때 벌써 두 곳에서 펑 사령관더러 전화를 받아달라고 주문을 한다. 펑더화이는 차를 마시는 둥 마는 둥 하고 급히 전화를 받으러 책상을 뜬다.
원래 제38군이 계획했던 대로 희천을 장악하여 상대의 퇴로를 끊었더라면 제39군, 40군과 함께 3개 군의 대병력으로 한국군 제6, 7, 8사단의 3개 사단에 큰 타격을 가할 수 있었을 것이다. 그런데 량싱추의 38군은 아깝게도 제시간에 희천에 도착하지 못했다. 그래서 하는 수 없이 운산에 있는 국군 제1사단을 치기로 하였다. 그때 미 제24사단과 영 제27여단이 각각 구성과 선천에 도착하였다. 미 제1군단 제1기병사단도 평양에서 운산에 도착하여 한국군 제1사단을 지원하였다. 유엔군과 한국군은 청천강 이북에 5만여 명의 병력이 분산되어 있었고 중국지원군은 10개 내지 12개 사단의 병력, 즉 12만-15만 명을 투입할 수 있었기 때문에 상대보다 2-3배의 인원으로 공격할 수 있는 유리한 조건이 조성되고 있었다. 인민지원군은, 한국군의 비교적 열악한 장비를 가진 데다가 신병들이 많은 제8, 7, 1사단을 먼저 공략하고 그 여세를 몰아 미군과 영국군을 공격하기로 계획을 세웠다.

밀번(Frank W. Milburn) 제1군단장의 지시에 의하여 국군 제1사단은 우측에 제6사단과 좌측에 미군 제24사단과 함께 북상하여 10월 25일에 벌써 운산을 점령하였다. 그런데 유엔군은 분산 이동하고 있어서 미 제24사단만 하더라도 한국군 제1사단과의 사이에 15마일(24km)이나 되는 틈새가 벌어지고 있었다. 즉 한국군의 좌익의 보호막이 뚫린 것이다.

10월 25일 오전 10시 30분경, 한국군 제1사단의 김점곤 대령은 12연대를 이끌고 삼탄천 서안에 도착하였고 조재미 대령은 15연대를 이끌고 동안에 도착하려 하고 있었다. 그런데 15연대가 강을 건너려 하자 중국인민지원군 제120사단이 도

중에서 그들을 차단하고 사격을 가하였다. 한국군은 이 공격이 북한군의 최후의 발악 정도로 알고 있었다. 그러나 전쟁 중에 잡힌 중공군 포로의 말을 듣고 그들의 생각은 완전히 달라졌다. 그 포로의 말에 의하면 운산 북쪽에 1만 명의 중공군이 대기하고 있다는 것이었다.

중국인민지원군이 갑자기 대거 출현하는 면전에서 국군 제1사단은 운산 주위의 산악지대를 점령하여 방어진지를 구축하려 하고 있었던 것이다. 그날(25일) 저녁이 되어서야 한국군은 자기들이 중공군 제360연대의 시소게임 전략에 말려들고 있다는 것을 발견하였다. 다음 날(26일)에는 인민지원군 제39군이 운산 서쪽에 도착하여 운산과 용산동(龍山洞) 구간의 차도를 차단하고 국군 제1사단을 완전 포위하였다. 그러나 전투기의 지원 하에서 국군 제1사단 소속의 미 제6 중형전차대대와 제10 고사포대대는 다시 차도를 뚫었다. 국군의 북진은 여러 차례 시도되었으나 28일까지 소강상태에 빠지게 된다.

미군과 한국군은, 제1사단장 백선엽 준장의 전쟁을 빨리 끝낸다는 낙관론에 빠지지 말라는 경고에도 불구하고 이 말은 어디까지나 경고 정도일 것이라고 생각할 뿐 진짜 일의 심각성은 깨닫지 못하고 있었다. 운산 전투가 교착상태에 빠지자 미 제8군 사령관 워커(Harris W. Walker) 장군은 미 제1기병사단 휘하의 제8기병연대 하버트 게이(Hobart R. Gay) 소장으로 하여금 한국군 제12연대와 교체하고 초월 전진하여 압록강으로 진격하도록 명령하였다. 그런데 미 제8기병연대가 10월 29일에 운산에 도착했을 때 한국군 제1사단의 제11연대는 운산에서 철수하였다. 이와 동시에 중국인민지원군은 운산 동쪽에서 국군 제6사단을 붕궤시키고 있었다. 운산은 이제 유엔군이 북부에서 방위선을 펴는 하나의 돌출부가 되어 있었고 그 안에는 미 제8기병연대와 국군 제15연대만 있었다.

펑더화이는 국군 제1사단은 운산에서 견제되리라고 믿고 11월 1일 자신 있게 명령을 내린다.

"제39군은 계속 전진하여 운산 주둔군을 소멸시켜라. 그리고 제117사단은 동북쪽에서, 제116사단은 서북쪽에서, 제115사단은 서남쪽에서 진공하라."

그런데 미 제8기병연대는 벌써 진지에 들어와 있었고 미 제1대대는 운산 이북의 삼탄천을 수비하고 제2, 3대대는 운산 서쪽의 용흥강을 수비하고 있었다. 그러나 유엔군은 병력이 부족하여 제1, 2대대 사이에 1마일(1,600m)의 틈새가 벌어지고 있었다. 다른 한편에서는 한국군 제15연대가 운산 동북방의 미 제1대대의 맞은편 기슭에 참호를 파고 있었다.

11월 1일 오후, 미 제5기병연대와 제8기병연대의 후위에서 차출된 순찰대가 인민지원군 제15사단 343연대에 의해 나팔산에서 중간 차단되어 공격을 당하였다. 그들이 함정을 인식함과 거의 같은 시간인 오후 5시에 즉시 전면적인 공격을 발동하였다. 로켓포의 지원 하에 제117사단 전군이 한국군 제15연대를 공격하고, 제116사단의 4개 연대가 미 제1, 2대대 사이의 틈새를 비집고 들어가 공격을 가하였다.

저녁 11시가 되자 격렬한 전투는 한국군 15연대를 무력화시켜놓았고, 미군 제1, 2대대의 탄약을 모두 소진시켜 놓았다. 유엔군은 운산 주위에서의 방위선에 차질이 생기고 우익의 한국군 제6사단이 붕괴됨을 알고 나서야 밀번 군단장이 마지막 철수 명령을 내렸다.

그러나 철수가 가능하기 전에 벌써 인민지원군 제116사단 347연대는 미군의 2개 대대 사이의 틈을 통과하여 운산으로 들어가고 말았다. 이로부터 얼마 되지 않아, 인민지원군의 바리케이드는 미 제1, 2연대의 후면에 출현하기 시작하였다. 운산이 중국 측에 의하여 점령되자 인민지원군 제116사단 348연대는 운산에서 남쪽으로 진군하여, 새벽 2시 30분에 차도와 만나는 지점에 매복하여 기다리고 있었다. 패잔병

신세가 된 미군은 지친 몸으로 힘들게 후퇴하고 있었다. 그런데 이게 웬일인가 '삐웅!' 하는 이상한 소리와 함께 이상한 신호탄이 하나 하늘 높이 오르고 있었다. 넋을 잃고 바라보고 있는데 사면에서 다른 신호탄이 올라왔다. 그리고는 조용히 꽹과리 소리가 울리더니 점점 소리가 커졌다. 미군은 생전 처음 들어본 사면초가에 눈이 휘둥그레져서 우왕좌왕 서 있었다. 이어서 찢어질 듯한 나팔소리가 났고 커다란 징소리가 울렸다. 동시에 천지가 요란하게 비 오듯 총탄이 날아왔다. 미군은 엎드리기도 하고 반격을 가하기도 하고 도망가기도 하며 허둥지둥하였다. 그러나 진짜 혼비백산할 일이 벌어지고 있었다. 개미 떼 같은 중공군이 미군을 완전히 포위하고 전력질주로 달려오고 있지 않은가? 제1파에 이어 제2파가 그 뒤에 제3파가 그 뒤에 제4파, 5파가 겹겹이 싸고 밀려오고 있었다. 삽시간에 육박전이 벌어졌다. 그러나 백병전에서도 중공군을 당해 낼 수가 없었다. 어찌나 동작이 빠르고 기술이 다양하던지 미군이 연습한 몇 가지 동작만으로는 당할 재주가 없었다. 미군은 겨우 '찔러 총' '개머리판 치기' 정도밖에 할 줄을 모르는데 반하여 중국군의 총검술 동작은 너무나 다양하여 가늠을 할 수가 없었다. 미군은 이제 결사의 탈출밖에 남은 것이 없었다.

모든 도로가 봉쇄되어 버렸기 때문에 미군 제1, 2대대는 그 급박한 와중에 소조를 이루어 중국군 포위망의 약한 부분으로 침투하여 뚫고 철수하였다. 그 대신 연도의 대부분 차량과 중무기를 포기하고 11월 2일에 겨우 유엔군 방위선까지 생환할 수 있었다. 구사일생으로 살아난 병사들은 며칠 동안 혼이 나가서 멍하니 하늘만 쳐다보고 있는 사람이 많았다.

　미군 제1, 2대대가 맹렬한 공격을 받았음에도 불구하고, 제3대대가 주둔 방어하는 지역은 이상하게 저녁 내내 매우 평정한 시간을 보내고 있었다. 그러나 새벽 3시에, 인민지원군 제116사단의 1개 중대의 돌격대가 한국 병사로 위장하고 제3대대의 지휘소로 침투하였다. 그들의 침투 급습으로 말미암아 수많은 차량에 불길이 솟았고 수많은 사상자를 내었다. 그들은 대부분 그 시각에 깊은 잠에 떨어져 있었던 것이다. 이 혼란스러운 전투가 끝난 이후, 제3대대는 인민지원군 제115사단 345연대에 의하여 200야드(180m) 넓이의 자루 형태의 진지 안에 갇히게 되었다. 미군 제5기병연대는 인민지원군 제343연대의 나팔산 방위선을 뚫고 제3대대를 구출하려고 하였다. 그러나 여기서 다시 인해전술을 당하여 혼이 빠졌고, 530명의 사상자를 내고서야, 제5기병연대는 미 제1기병사단장 게이 소장의 명령으로 포위망을 뚫고 겨우 철수하였다. 궁지에 몰린 미 제3대대는 부단한 공격을 받았지만, 다행히 살아남은 병사들이 11월 4일에 천신만고 끝에 포위망을 뚫고 나올 수 있었다. 그러나 미 제3대대가 빠져나와 유엔군 방위선에 도착하고 보니 생환자는 200여 명밖에 되지 않아 절반 이상이 사망하였다는 것을 알았다.

운산에서 성공을 거둔 중국 군대는 진공을 계속하여 유엔군 방위선을 넘었다. 목표는 유엔군을 청천강 맞은편 기슭으로 몰아내고 평양으로 입성하는 것이었다. 그러나 후방 병참 보급이 원활하지 않아 중국 군대 상호 간에 접촉이 어려워져, 하는 수 없이 11월 5일에 진공을 멈추고 일단 제1차 전역(戰役) (50년 10. 25-11. 5)을 끝내기로 하였다.

이번 전투에서 현대화 장비를 갖춘 미 기병부대 제1사단 8연대의 대부분과 한국군 제1사단 12연대의 일부에 손상을 입히고, 상대 2,046명을 섬멸한 가운데 미군이 1,840명이나 포함되어 있었다. 그 외 비행기 4대 포획, 비행기 1대 격추, 탱크 28량 파괴 혹은 나포, 군용차량 116대 포획, 각종 포 190문과 대량의 소총과 탄약을 노획하였다. 그 대신 이번 제1차 전역에서 중국이 얻은 승리는 중국인민지원군 10,700명의 사상자라는 대가를 치른 이후에 얻은 결과였다. 중국인민지원군의 희생자는 거의 전원이 국부군출신이라는 것은 말할 나

위도 없다.

이번 승리의 원인은 마오쩌둥의 10대 군사원칙을 잘 지킨 덕분이라고 그들은 말한다. 즉 미군을 고립 분산시켜 절대적으로 우월한 병력으로 포위 공격하며, 야간전과 백병전을 적극적으로 활용한 결과였다. 그런데 한 가지 재미난 사실을 발견하였다. 운산 전투에서 사로잡은 미군 포로의 배낭 속에서는 대개 조선 놋(유기)그릇이 몇 개씩 발견되었다. 뒤에 안 사실이지만, 미군 병사들은 조선인의 그릇은 모두 황금으로 되어있다는 소문이 퍼져서 싸움을 하면서도 놋그릇만 보면 밥그릇이건 반찬그릇이건 보는 대로 무조건 챙겨서 배낭에 쑤셔 넣고 다녔던 것이다. 놋그릇은 얼핏 보기에 황금과 많이 닮았다. 특히 막 닦아 놓은 놋그릇은 번쩍번쩍 빛나는 것이 영락없는 황금빛깔이다. 그들이 한국에 대하여 얼마나 무지했는지를 알 수 있는 한 토막 에피소드이다.

중국 국내에서는 운산에서의 승리 소식을 듣자 모두 의외로 여겼다. 그것은 상대가 다름 아닌 미군이었기 때문이다. 천시우롱 특파원의 취재는 즉시즉시 중국에 타전되었다. 중국인민지원군의 총검 앞에 손을 번쩍 들고 투항하는 미군의 사진을 본 중국인은 카타르시스를 느끼고 있었다. 6·25를 취재한 세계 각국의 특파원 수는 약 600명으로 추산된다. 항상

175-200명이 일본 도쿄와 한국에 상주하고 있었다. 그중에서도 AP통신의 종군기자 킹(O.H.P. King)은 자유진영의 입장에서 미국의 나약한 한반도 문제 해결책에 대하여 신랄한 비난을 하고 있었다. 중국과 미국이 운산에서 조우한 사건으로 중국 지도자들은 한국전에서의 우려가 많이 불식되었다.

  유엔군의 입장에서는 비록 운산에서 미 8군이 이처럼 큰 손실을 당했지만 아직 중국군의 전면적인 개입을 인정하고 싶지 않았고, 맥아더의 크리스마스 전까지 전쟁을 끝낸다는 허황된 말은 그대로 유효했다. 그것은 다시 청천강 전역과 장진호 전역을 가져오는 결정적인 요인이 되었다.

# 8
# 고래싸움은 계속되고

1

 초겨울의 북한 날씨는 벌써 매서운 추위를 예고하듯 바람을 동반한 차가운 바람이 대유동 중국군 병단사령부 가건물을 흔들어댔다. 리미숙 전사는 인근 조선인민군 부대에서 사령관 동지에게 드릴 양질의 녹차와 전병 등 다과류를 구해서 가슴에 안고 병단사령부로 들어서고 있었다. 서정희 상등병이 기다렸다는 듯이 반갑게 맞이한다.
 "리미숙 전사, 편지야요."
하면서 한 통의 편지를 내민다. 얼핏 보아도 가슴이 미어질 듯 그리운 아버지로부터의 편지이다. 리철근이라는 이름 석 자의 낯익은 글씨체. 참으로 얼마 만에 받아보는 아버지의 편지인가.

나의 사랑하는 딸 미숙이 보아라.
그간 잘 있었니. 건강하니? 네가 보내준 편지를 받고 아버지는 얼마나 기뻤는지 모른단다. 아버지가 근무하는 동부전선은 추위가 더 빨리 찾아온 듯 벌써 제법 매서운 바람이 불어오는구나. 군대이니 지점은 말하지 않겠다만 여기는 깊은 산중이다. 한 차례 전투를 치렀고 지금은 불철주야 미제와 남조선 괴뢰군이 나타나기만 기다리며 매복하고 있다.
그런데 미숙아, 아버지는 믿기지 않아서 오랫동안 생각에 잠겼단다. 네가 중국인민지원군 펑더화이 사령관실에서 당직으로 근무하고 있다고? 이것이 꿈이 아니고 생시란 말이냐. 이것을 두고 대를 이어 충성한다고 하나 보다. 펑더화이 사령관은 아버지가 2년간이나 가까이 모셨던 가장 존경하는 상관이시다. 혹시 기억하실지 모르니 아버지의 이름 리철근을 대어보아라. 혹시 잘 모르시거든 창사(長沙)에서 무정 장군과 함께 있었던 조선의용대라고 하면 아마 기억하실 것이다.
사령관 동지를 아버지처럼 대하여라. 엄마가 살아계시면 얼마나 기뻐하실까. 펑더화이 사령관은 엄마도 아마 기억하실 것이다. 엄마는 워낙 출중한 조선의용대 여군이었으니까. 혹시 모르면 창사에서 다리 부상을 치료해준 장선녀를 기억하느냐고 물어보려무나.

나의 사랑하는 딸아, 지금 작전회의에 참석하라는 전갈이 왔다. 이제 가봐야겠다. 그럼 또 편지 쓰마. 부디 건강하여라.

아버지

편지를 읽고 울고 있는 리미숙이를 펑더화이가 발견하고 묻는다.

"리 동무, 무슨 슬픈 일이라도 있어요?"

"아닙네다. 사령관 동지."

"그럼 왜 울어요?"

"저, 사령관 동지, 혹시 조선의용대 리티에껀(李鐵根)을 아십니까?"

"뭐라고? 리티에껀?"

"네. 리티에껀이요."

"창사의…?"

"네 창사의 조선의용대 리티에껀이요?"

"알아요. 그런데?"

"리티에껀이 제 아버님이셔요."

"뭐라고, 이럴 수가?"

"그럼 여성 조선의용대 장시엔뉘(張仙女)도 아세요?"

"장시엔뉘? 내 다리의 부상을 치료해 주던 만삭의 조선의용대…."

"네, 제 어머니예요."

"뭐라고? 네가 리티에껀과 장시엔뉘의 딸이라고? 오! 하늘이시여."

"사령관 동지!"

"이리 오너라. 이제부터 너는 내 딸이다. 그러고 보니 엄마를 많이 닮았구나."

"사령관 동지!"

펑더화이는 리미숙을 힘껏 안아주었고 리미숙은 펑 사령관 품 안에서 한참을 울었다.

그렇다, 리철근은 무정 휘하의 조선의용대(후에 조선의용군으로 개칭)로 있으면서 펑더화이와 인연을 맺게 되었다. 무정은 일찍이 홍삼군(紅三軍)에서 소대장을 했으며, 펑더화이를 따라서 중앙 홍군의 장정(2만 5천 리 장정)에 참여하고 산베이(陝北)에 도착한 후에는 홍15군단 제74사단의 참모를 하고 홍군대학에서 포병과 교관을 하였으며 항일전쟁 발발 이후는 팔로군 총사령부 작전과장을 맡았다. 당시 팔로군에서 포를 쏠 줄 아는 사람은 펑더화이와 무정밖에 없었다. 리철근은 무정의 조선의용대로서 중국 통일전선에 뛰어들었고 창사(長沙)를 점령하기 전 웨양(岳陽)에서 노획한 야포와 산포는 다음의 창사 점령에 결정적 역할을 해 주었다. 홍군의 펑더화이와 무정은 중앙정치국 중앙공작 총책인 리리산(李立三)의 명령으로 백군(白軍)이 주둔한 창사를 점령하라는 명령 하에 창사를 향하여 주요 지점에 정확히 포탄을 날렸다. 그러나 노획한 포탄의 수효가 많지 않아 얼마 되지 않아 포탄이 바닥나고 말았다. 포탄이 떨어질 즈음, 이제 섬멸성 파괴가 되었으리라 생각하고 점령전에 들어갔다. 그런데 펑더화이가 한 모퉁이를 막 돌아서는데 갑자기 백군 2명이 나타나서 "꼼짝 마라!"하는 소리와 함께 착검한 총을 근거리에서 겨누었다. 펑더화이는 이렇게 죽는구나 하고 순간 눈을 감았다. 그런데 웬일인가 갑자기 "팡팡!"하는 총소리와 함께 자기를 겨누던 백군이 순식간에 쓰러지고 마는 것이 아닌가. 무정과 리철근이 뒤따라오다가 이를 목격하고 순간적으로 대처한 것이었다. 그때 다시 백군 대여섯 명이 어디서 나타났는지 쏜살처럼 덤벼드는 통에 총격전과 백병전이 함께 벌어졌다. 이제는 펑더화이까지 힘을 합하여 그들을 모두 쓰러뜨렸다. 그때 받은 다리의 상처를 치료해 주러 들어온 여성 조선의용대원이 있었는데 아직 어렸지만 이목구비가 뚜

렷하고 잘생긴 여성이었고 꼭 다문 입술에는 비수처럼 날카로운 섬광이 스치고 있었다. 그런데 그녀는 그때 만삭의 몸이었다. 그 뒤로 사흘 후에 창사에서 리미숙을 출산하였다. 그러나 홍군은 세가 약하던 때이기 때문에 창사를 점령했지만 다시 11일 만에 철수하지 않으면 안 되었다. 리철근과 장선녀는 핏덩어리 리미숙을 안고 뛰었다. 그러나 적의 유탄에 맞아 장선녀는 목숨을 잃게 되고 리철근이 딸을 안고 뛰어서 겨우 목숨을 건진다. 그때 공격하던 국민당군은 허젠(何鍵)의 군대였다. 허젠은 당시 장제스의 국민당군 후난성(湖南省) 성장을 맡고 있었다. 허젠은 잔인무도하기로 유명하여 주더(朱德)와 마오쩌둥의 부인을 모두 살해한 자이다. 주더의 부인 우루오란(吳若蘭)을 잡아서 목을 베어 성문 밖 통나무에 달아놓았고, 마오쩌둥의 부인 양카이후이(楊開惠. 毛岸英의 모)는, 잡혀서도 탈당하고 마오쩌둥과의 관계를 끊는 성명서를 발표하라는 요구를 끝내 거부하자 공개 총살을 시키고 말았던 것이다.

펑더화이는 이제 확실히 기억이 났다. 그렇다, 그때 무정과 함께 자기의 생명을 구해준 병사 이름이 리티에껀이었고 다리의 자상을 치료해준 만삭의 조선의용대 여성의 이름이 장 뭐라고 했는데 이제 더듬어보니 바로 장시엔뉘였던 것이다. 창사를 점령한 때가 1930년 7월 27일이니 리미숙의 나이가 스무 살이 정확히 맞지 않은가.

　유엔군 측에서는 중공군이 조선으로 들어온 것은 분명한데 그 정확한 규모를 파악할 수 없어서 수시로 정찰기를 띄워 공중정찰을 하였다. 결과적으로 파악된 중공군의 수는 5만-7만 명 정도라는 판단이 섰기 때문에 충분히 대적할 수 있는 규모라고 생각하였다. 그러나 자기들이 알고 있는 숫자보다 25만 명이 더 있다는 사실을 그들은 까마득히 모르고 있었다. 위장의 천재인 중공군은 낮에는 꼼짝하지 않고 산속에 숨어 있기 때문에 정찰기가 찾아낼 길이 없다. 전형적인 삼각편제(3개 보병연대, 1개 포병연대, 기타 지원부대)로 조직된 중공군의 보병사단은 '항미원조지원군'이란 이름으로 10,000-11,000명으로 조직되었다. 그런 1개 사단의 이동이 마치 1개 중대(100여 명)의 이동만큼이나 민첩했다. 그들은 제공권을 확보하지 못한 상태에서 한반도에 발을 디뎌놓은 이상 양호한 도로를 피하고 일부러 험준한 산악지대를 따라서 집결지로 이동하였다. 그들은 매일 저녁 7시부터 다음 날 새벽 3시까지 야간행군을 하고 집결지에 도착하면 참호를 파고 나뭇가지로 위장하고 휴식을 취하였다. 유엔군 측은 낮에는 활동하고 밤에는 잠을 자야 했지만 중공군 측은 낮에는 잠을 자고 밤에는 활동을 하고 있었으니, 유엔군 측의 활동 시간과 정반대의 시간대를 이용하고 있었던 것이다.

맥아더의 모든 기반은 일본 도쿄에 있었기 때문에 데이코쿠 호텔의 숙소와 다이이치 빌딩의 사무소를 오가며 한국전선은 이따금씩 둘러보고 당일로 도쿄로 날아갔다. 일선 지휘관인 미 8군 사령관 워커는 신중론자이기 때문에 심상치 않은 중국의 동태를 수시로 보고하고 있었으나 맥아더는 크게 개의치 않았다. 아시아의 시저(Caesar)를 자처하는 맥아더는 자기가 소장이었을 때 트루먼 대통령은 일개 포병 대위였으며, 유럽에서 공산세력을 막기 위해 창설(49년)한 나토(NATO)군 초대 사령관(50년) 아이젠하워는 자기가 중장일 때 자기의 참모장에 불과했다. 브래들리(Omar N. Bradley) 대장을 수석으로 하는 미 합동참모본부 연석회의도 맥아더를 신뢰하여 그의 작전에 동의하였으며, 미국 국가안전보장회의마저도 세계를 제패하려는 글로벌 전략에 입각하여 트루먼 대통령에게, 중국의 출병 의도가 판명되기 전에 빠른 속도로 조선 전체를 점령하여야 하며 맥아더의 작전임무를 바꾸어서는 안 된다고 건의하였다. 아울러, 뒤에는 안전보장회의에서 맥아더가 압록강 위의 모든 조선 다리를 폭발하려는 계획을 승인하였다.

이러한 상항에서 워커 사령관은 1차 전역 이후 중공군의 동태를 파악할 겸 11월 6일부터 20여만 병력으로 동서부 전선에서 동시에 시험적인 도발을 시도하였다. 서부전선에서는 미 8군 예하의 8개 사단(국군 4개 사단 포함), 3개 여단 그리고 별도의 1개 연대를 동원하였다. 한국군 제7사단을 비호산(飛虎山) 쪽으로 진격시키고 한국군 제8사단을 덕천 쪽으로 진격시키고, 미 제24사단과 영국군 제27여단 및 미 제1기병사단을 각각 청천강을 건너 박천, 영변을 잇는 전선으로 진격시켰다. 서쪽의 청천강 어귀에서부터 북으로 가산, 동으로 장산동, 용산동, 사동에서 영변에 이르는 전선을 확보하여 공격 개시선으로 삼으려는 계획이었다. 동부전선에서는 미 제10군단 예하 5개 사단(국군 2개 사단 포함)을 투입하여, 먼저 미 해병 제1사단이 황초령(黃草嶺)을 향해 진격하고 미 제7사단의 일부는 풍산을 향하고 한국군 수도사단의 일부가 명천을 점령했다.

미 안전보장회의의 승인 아래 미군은 중국의 지원을 저지하기 위하여 뒤늦게 압록강의 모든 교량을 목표로 2주간의 공중폭격이 감행되었다. 맥아더는 만주 국경에 있는 북한 쪽의 모든 국제 교량을 파괴하고 국경에서 전선에 이르는 구역의 모든 교통수단, 군사시설, 공장, 도시와 농촌을 폭격하도록 명령을 내렸다. 맥아더의 명령 하에 미군 전투기는 매일 1천여 대가 출동하여 엄청난 융단폭격을 감행하였다.

인민지원군 쪽에서는 유엔군을 깊숙이 끌어들여 기습적인 반격으로 각개격파하여 공세를 마비시키고 전선을 청천강 선에서 평양-원산 선으로 추진한다는 계획을 수립하고 있었다. 서부전선에서는 주력 6개 군 18개 사단을 집중하여 남측의 주요 부대에 반격을 가하되 우선 2개 군으로 유엔군의 우측방 취약부대에 돌파구를 형성하고, 그로부터 우회하여 퇴로를 차단함과 동시에 정면 3개 군과 합하여 '운동전'으로 유엔군을 격파한다는 전략을 세웠다.

동부전선은 제42군 주력을 고토수, 구진리, 부전령 일대에 배치하고 1개 사단은 영변에, 사단의 다른 일부 병력은 덕천에서 양덕 방향으로 움직여 기동전을 펴도록 하였다. 동시에 마오 주석과 당 중앙에 전보를 보내 산둥성(山東省)에 주둔하고 있는 제9병단을 급히 조선에 파송해 달라고 요청했다. 제9병단의 3개 군은 동부전선의 장진호 지역에 배치하여 미 제7사단과 미 해병 제1사단을 분할 포위한 다음 각개격파하기로 계획을 수립하였다.

동부전선의 유엔군은 고토수, 풍산, 길주를 기세 좋게 공격하면서 강계를 돌아 오히려 인민지원군의 퇴로를 끊으려 하였다. 서부전선에서는 유엔군이 병력을 집중해 청천강을 따라 북진하고 있었다. 펑 사령관은 갑자기 훙쉐즈와 덩화에게 물었다.

"저들의 공세를 막을 최정예부대가 어느 부대인가?"

"최정예부대라면 38군 제112사단이라고 할 수 있습니다만, 왜 그러십니까?"

훙쉐즈가 의아스럽게 반문한다. 38군 제112사단은 원래 항일전쟁과 국공내전에서 철군으로 불리던 제4야전군의 선봉사단인 제1사단이었기 때문이다.

"최정예부대를 선봉에 세워야 하겠어. 저들은 우세한 공군력을 앞세워 몰아붙이고 있거든. 저들의 공격 예봉을 꺾고 상대를 깊숙이 끌어들이자면 처음부터 최강부대를 앞에 세우는 길밖에 없어요."

이렇게 해서 펑더화이의 전략으로 이번 전역의 미끼 노릇을 할 주력부대를 38군 제112사단에게 맡기기로 결정하였다.

조선에 들어온 미국의 3개 군단은 모두 미 8군 사령관 워커 중장의 지휘하에 있어야 하지만, 편제의 모순으로 제10군단장 알몬드 소장은 조선 작전에서 워커의 말을 잘 듣지 않았고 워커도 알몬드가 이끄는 제10군단에 대하여 크게 간여하지 않았다. 그래서 서부전선의 미 제1군단과 제9군단은 워커 중장의 명령에 따르고, 동부전선의 미 제10군단장 알몬드 소장은 따로 행동하되 직접 도쿄에 있는 극동사령관 맥아더의 통제를 받고 있었다. 중공군에서는 그들의 큰 허점을 발견한 것이다. 또 서부전선과 동부전선은 80-100km의 틈이 벌어져 있었고, 그 틈새를 한국군이 메워주고는 있었지만 그들은 벌써 사기가 떨어져 있었고 장비도 아주 열악하였다. 서부전선의 미 8군 동쪽은 덕천, 영변 주둔의 한국군이 맡고 있었다. 이 약점을 알아낸 펑더화이는 제38, 40, 42군의 3개 군의 대병력으로 덕천, 영변에 주둔하고 있는 국군의 뒤를 돌아 퇴로를 끊도록 하였다.

그중 제38군 112사단이 최선봉에 나서 희천에서 구장을 잇는 도로를 지키고 있다가 공격을 가하고 일부러 후퇴하는 척하면서 다른 병력을 끌어들였다. 38군의 113사단과 114사단, 40군 전 병력은 덕천의 북서쪽에서 동남쪽으로 이동하였다. 동부전선의 제42군 주력은 황초령에서 영변 쪽으로 이동하였다. 그래서 동부전선은 산둥성에서 건너온 제9병단이 맡게 되었다. 제39군과 제66군은 각각 태천과 구성에 집결하여 덫을 놓은 상태에서 유엔군 측을 대기하고 있었다.

11월 7, 12, 19일에 제9병단의 3개 군은 사령원 겸 정치위원 숭스룬(宋時輪)의 인솔하에 지안(輯安) 린장(臨江)을 통하여 조선에 들어와서 동부전선의 작전 임무를 맡았다. 숭스룬은 당시 40대 초반이었지만 다른 중공군 장교들과는 달리 황포군관학교에서 제대로 군사학을 전공하였다. 홍군 초기부터 마오쩌둥의 부대에 가담하여 대장정에도 참여하였고, 그 후 20년간 국민당군과 일본군을 상대로 연속 부단으로 전투를 치른 경험이 있다. 그 때문에 이론과 실제를 겸비한 역전의 용사이며 유능한 게릴라전 지휘관이었다. 당시는 중공군에게 계급이 없었지만, 한국전 이후 1955년 계급제도가 도입되면서 대장에 임명된다.

2

　인민지원군의 전선 작전병력은 이미 9개 군 30개 사단의 38만여 명에 달하고 있었다. 유엔군 쪽 전선 부대의 1.72배에 달한 것이었다. 그 가운데 동부전선의 유엔군 쪽 병력은 9만여 명인데 인민지원군은 15만여 명(북한군 제외)으로 유엔군 쪽의 1.66배에 달하고, 서부전선은 유엔군 쪽 병력이 13만여 명인데 인민지원군은 23만여 명이어서 유엔군 쪽 병력의 1.76배에 달하고 있었다. 동서 양 전선에서 일단 병력면에서 우세를 점하였다.
　적후(敵後) 유격전과 인민지원군의 전역 행동에 직접 협력하기 위하여 중국과 조선 쌍방은, 인민지원군 제42군의 2

개 대대와 조선인민군의 1개 연합팀이 유격대를 조직하여 11월 중순에 적후인 맹산, 양덕, 성천 구간에 침투하여 유엔군 측의 교통운수선을 파괴하고 교란작전을 펴기로 하였다.

한편, 작전 승리를 위하여 후방운수 작전을 강화하고 인민지원군의 공급로선을 개선하여 운수역량을 보강하기로 하였다. 원래 있던 3개의 후방 지원대에 새로 하나의 후방 지원대를 더하고, 따로 철도병 제1사단을 본국으로부터 조선에 파견하게 하여 철로선의 응급수리를 맡게 하였다. 동시에 각 군 공병대대로 희천, 행천동(杏川洞)에서 영원, 덕천에 이르는 찻길을 급히 수리하여 식량과 탄약 등 물자의 운송을 원활하게 하였다.

금방 조선에 들어온 동부전선의 제9병단 병력 일부는 구진리 남쪽에 진지를 구축하고 전투태세에 들어갔다. 주력부대는 구진리 남서쪽과 동남쪽에 집결하여 장진호 쪽으로 진격해 오는 미 해병 1사단 제2연대와 맞붙어 본격적인 전투에 들어갈 작정이었다.

펑더화이는 벌써 11월 8일에 이러한 작전계획을 마오쩌둥에게 보고했고 마오 주석은 바로 다음 날(9일) 회신을 보내와 펑더화이의 작전계획에 동의하였다.

11월과 12월 초까지 1개월 이내에 동서 양 전선에서 한두 차례의 공세를 펼 것. 상대의 7-8개 연대를 무력화시키고 전선을 평양-원산 간 철도까지 확대한다면 일단 성공한 것임. 또한 적기의 공습으로 손실된 차량은 소련 차량이 대규모로 공급될 것임. 추위를 이겨낼 의복, 식량, 탄약의 충분한 제공을 위해서 동북군구 주석 가오강(高崗)에게 방법을 강구하도록 지시했음.

펑더화이와 마오쩌둥은 거의 매일 전문을 주고받고 있었기 때문에 마오쩌둥은 한국전선을 손바닥 들여다보듯이 들여다보고 있었다.

11월 13일 아침 8시 30분, 부사령관 훙쉐즈, 덩화, 한셴추, 부정치위원 두핑 등 지원군 사령부의 수뇌들이 상황실에 도착했다. 38군단장 량싱추, 39군단장 우신췐(吳信泉), 40군 군단장 원위청(溫玉成), 42군 군단장 우루이린(吳瑞林), 66군 정치위원 왕즈펑(王紫峰) 등도 참석했다. 펑더화이는 심기가 불편한 표정으로 상황실로 들어섰고, 브리핑에서 지원군사령부 작전처 부처장 양띠(楊迪)가 사소한 실수로 지도를 잘못 짚자 벌컥 화를 내며 "정신 똑바로 차리라우."하며 버럭 소리를 질렀다. 이어서 작심한 듯 38군단장 량싱추를 향하여 소리를 지른다.

"량싱추, 고개를 들고 나를 똑바로 봐요. 내가 뭐라고 했어. 내가 분명히 적보다 먼저 희천에 도착하라고 했지. 그래서 적을 섬멸할 기회를 기다리고 있으라고 했지. 당신의 그 느린 행군 때문에 희천을 점령하고 구장, 군우리로 진격한다는 작전계획이 다 틀어졌지 않아. 당신의 실책으로 다 잡은 한국군 6, 7, 8사단의 병력을 다 놓쳐버리고 말았단 말이야. 뭘 하느라고 그렇게 꾸물대고 있었어. 그러고도 주력부대라고 할 수 있어. 주력은 무슨 놈의 주력. 39군은 운산에서 미 제1기병사단을 멋들어지게 공격했잖아. 40군은 온정에서 한국군 6사단에 엄청난 타격을 입혔고. 그런데도 최정예부대란 38군이 시간에 목표지점까지도 오지 못해? 할 말 있으면 한번 말해봐."

량싱추는 얼굴이 벌겋게 달아오르면서도 꿀 먹은 벙어리다. 여기서 변명을 했다가는 펑더화이의 화가 더 치솟을 판이었다. 펑더화이는 펑더화이대로 계산이 있었다. 전체 앞에서 혼쭐을 내놔야 다음의 전역에서 요긴하게 써먹을 수 있었기 때문이다.

오후에도 회의는 속계 되었다. 펑더화이는 인민지원군 수뇌부를 너무 다그치면 사기가 떨어지기 때문에 이제 목소리를 좀 낮춰 희망을 줄 필요가 있다고 생각했다.

"맥아더를 미국이나 유엔에서는 너무 신뢰하고 있어요. 자기 자신도 과대망상증에 걸려 있고. 우리로서는 아주 좋은 기회를 얻은 거지요. 우리를 깔보고 있기 때문에 우리는 많은 허점을 포착할 수 있어요. 만약 치밀한 신중론자가 그들의 우세한 화력과 합치된다면 우리는 아주 불리해질 수 있어요. 그러나 그들은 우리가 대거 조선에 들어와 있다는 것도 아직 모르고 있고, 계속해서 들어올 것이라는 것은 아예 생각도 못 하고 있어요. 지금도 제9병단 휘하의 3개 군, 12개 사단이 노도와 같이 조선으로 들어오고 있는데 그따위 전투기 몇 대로 막아낼 수 있을까요. 맥아더는 빨리 조선을 점령하고 추수감사절(11월)은 병사들이 본국에 돌아가서 쇠게 하겠다고 큰소리치더니 온정리 전투, 운산 전투에서 망신을 당하자 이제는 크리스마스(12월)를 본국에 돌아가서 쇠게 해주겠다고 허튼소리를 하고 있어요. 그렇게 될까요? 미군이 본국에 돌아가서 크리스마스를 쇨 수 있을까요?"

"아니요!"

"아니요!"

"하하하하…."

모두 합창을 하듯이 아니요 라고 대답했고 한바탕 웃음이 터져 나왔다. 펑더화이는 참모진들의 사기가 살아나는 것을 보고 말을 계속한다.

"저들을 보니까 미 제8군은 청천강을 따라 북상하고, 미 제10군단은 장진호 서쪽으로 진격해 오다가, 강계 남쪽에 있는 무평리에서 만나서, 우리와 조선인민군을 어항 속의 물고기 신세로 만들어서 섬멸하고 중·조 국경으로 진출한다는 계획이에요. 맥아더의 계획은 언제나 그렇지만 아주 환상적이지요. 그러나 그렇게는 절대 안 된다는 것을 여러분이 잘 알고 있기 때문에 더 이상 설명을 하지 않겠어요. 단 하나 분명한 사실은 우리의 작전계획만 모두 차질 없이 시행해 준다면 승리는 확신해도 좋아요. 내 생각으로는 서부전선에서는 대관동, 온정, 묘향산, 평남진을 잇는 선까지 적을 끌어들인 후 기습공격을 시도하고, 동부전선에서는 구진리, 장진을 잇는 선까지 유인해서 공격하면 되겠어요. 저들이 만약 오지 않으면 어떨까 하는 문제가 있는데 저들은 반드시 오게 되어 있어요. 저들이 진격을 멈출 이유가 없지 않아요. 만에 하나 저들이 오지 않는다면 우리가 먼저 치고 나가면 돼요. 우리는 늦어도 올해 안으로 한바탕 전투를 벌여 최소한 적의 6-7개 연대 병력은 궤멸시키고 전선을 평양, 원산 선까지 밀고 내려가야 해요."

펑더화이는 어디서 나온 용기인지 얼굴에 자신감이 철철

넘쳐흘렀고 맥아더를 하나의 철없는 아이 대하듯이 하고 있었다. 회의가 끝난 뒤 중국 수뇌부는 전면전에 대비하여, 박일우에게 부탁하여 조선인민군과 연합하여 유격전을 벌이기로 하였다. 조선인민군 1개 연대와 중국인민지원군 42군 제125사단의 2개 보병대대가 합동으로 유격대를 구성하여 남한 측 후방인 맹산, 양천, 성천 지역에 침투하여 그 지역에 산발적으로 주둔하고 있는 조선인민군과 합동으로 후방교란작전을 펴기로 하였다. 아울러 유엔군 측후방에 남아 있는 조선인민군 제2, 제5군단 예하의 11개 사단과 3개 여단은 철원평야지대 근방에서 유격 활동을 펴서 적에게 심리적인 불안감을 주기로 하였다. 장진에 있던 조선인민군 제3군단은 중국인민지원군 제9병단에 배속시켜 연합작전을 펴도록 하였다.

회의가 끝나고 잠깐 휴식을 취하고 있는데 대유동의 중국지원군 사령부에는 반가운 손님이 한 사람 찾아왔다. 리철근 중장(한국군 소장급)이다. 그는 펑더화이를 상관으로 모셨던 사람이고 박일우와는 고향 소꿉친구이며 리미숙 전사의 아버지이다. 그가 들어서자 사령부 사무실은 웃음과 울음이 범벅되었다. 펑더화이와 박일우는 반가워 소리 질렀고 리미숙은 아버지를 보고 울음부터 터뜨렸다. 더구나 이번에 리철근의 모친이 상을 당하여 회령까지 가서 상을 치르고 귀대하는 길이라는 것을 알고 리미숙은 더 슬펐다. 자기한테는 연락도 안 한 아버지가 야속하고 자기를 업고 자장가를 불러주시던 할머니가 보고 싶어서 더 크게 울었다.

한참 동안 직성을 푸는 해후가 있고 난 후, 리철근과 박일우는 단둘이 대유동 가건물을 나와 작은 냇가로 나왔다. 리철근이 단둘이 만의 산책을 제안한 것이었다. 눈 개비는 조용히 흩날리고 있었으나 모처럼 날씨는 그다지 춥지 않았다. 리철근이 박일우의 얼굴을 한 번 쳐다보더니 조용히 말을 꺼낸다.

"자네는 이번 우리의 전쟁을 어떻게 보는가?"

"어떻게 보다니. 미제 침략군을 몰아내고 조국 통일을 해야지."

"자네는 그렇게 되리라고 생각하는가?"

"그야 어렵겠지만 지금 조·중 연합군이 잘 싸우고 있지 않은가?"

"내가 보기에는 이번 전쟁은 장기전이 될 것 같네. 미군이 몰리고는 있지만 호락호락한 상대가 아니라는 것은 자네가 잘 알고 있지 않은가. 대륙에서 장제스 군을 돕다가 실패하였기 때문에 조선에서만은 실패하려 하지 않을 것이네. 내 생각으로는 우리가 가장 성공을 해보았자 전쟁 전의 38선을 그대로 유지하는 것일 걸. 아마 중공군도 38선까지만 밀고 내려갈 수 있다면 그대로 만족하지 않겠는가?"

"그렇게 되면 큰일이지. 우리는 이 여세를 몰아 조국 통일을 해야 하네."

"그랬으면 오죽 좋겠는가만, 6·25 조국통일전쟁에서 기회를 놓쳤네. 물론 미제만 개입하지 않았으면 목적은 달성하였겠지만 그것은 처음부터 불가능한 일이었어. 미제의 덫에 걸린 것이었어."

"그래도 이번에 우리는 어떻든 조국 통일을 해야 하지 않겠나?"

"그것은 우리의 희망사항이네만 통일이 되어도 문제일세."

"그 말이 무시게 소리인가. 통일이 되어도 문제라니?"

"우리 힘으로 통일을 해야지 남의 힘으로 통일이 되었을 때 그 나라 꼴이 어떻게 될 것인가는 뻔하지 않은가."

"통일을 못 해서 탈이지 통일만 된다면 우리가 독립국이 될 수 있지 않은가?"

"어려운 일이네. 특히 중국의 힘에 의하여 우리나라가 통일이 된다면 참으로 국가의 운명은 풍전등화일세."

"그 말이 무슨 말인가?"

"중국은 영토의 야욕이 있는 나라일세. 중국의 천하일통이니 사해위가(四海爲家)니 하는 사상은 국경도 없고 민족의 구별도 없네. 그저 자기 나라처럼 생각하는 것이고 자기 나라로 만드는 것일세. 그런 감언이설에 말려 들어가면 큰일이 나네. 중국 내 수십 개 소수민족이 다 그렇게 해서 병합이 되었지 않은가."

"설마 우리나라가 그렇게 되리라고?"

"그렇게 안 되었으면 오죽 좋겠나. 그러나 그렇게 될 확률이 십중팔구일세. 미국에 의하여 통일이 된다면 차라리 그들의 군사적인 식민지는 되겠지만 국토는 보존될 것일세."

리철근이 여기까지 이야기하자 박일우는 자기들의 대화가 너무나 엄청난 내용을 담고 있어서 아무도 없는 줄 뻔히 알면서도 주위를 한 번 살펴본다. 리철근은 말을 계속한다.

"우리에게 선택의 여지가 별로 없었네만, 자네나 나나 너무나 중국을 믿고 같은 나라 취급을 했던 것도 큰 잘못이야. 지금 우리의 조국통일전쟁이 사실상 중·미 전쟁이 되어버리고 말았지 않은가. 펑더화이와 맥아더의 한판 대결이 되어버렸어. 기가 막힐 일이로 구만."

"어떻게 했으면 좋겠는가?"

"이제 주사위는 던져졌으니 어떻게든 결말은 나겠지. 미국이고 중국이고 다 자기들을 위하여 싸운 것이지 우리를 위하여 싸운 것이 아니네. 그들은 우리에게 투자한 열 배 이상을 빼낼 자신이 있기 때문에 투자를 하고 있는 것일세. 생각해 보게, 그들이 무엇 때문에 우리를 위하여 그 귀중한 목숨과 재산을 바치며 싸워주겠나. 북조선은 중국에 감사하고 남조선은 미국에 감사하고 있는 자들이 많지만 참으로 어리석은 일이 아닐 수 없네."

"중국이 그렇게 위험한 세력인가?"

"그렇지. 어느 민족이나 역사에서 배우지 못한 민족은 불행하네. 신라가 당나라 세력을 끌어들여 삼국이 다 망해버린 역사를 모르는가?"

"우리는 그 덕에 삼국통일을 하지 않았는가?"

"아닐세. 신라 화랑들의 매국 행위 때문에 고구려 백제는 말할 것도 없이 신라까지 멸망해 버렸지. 신라왕도 자기네 점령지의 계림 도독에 임명했었네."

"그래도 어떻게 일부라도 차지했지 않은가?"

"천행이었지. 그때 마침 토번(티베트)의 송첸캄포의 군대가 당나라의 주력군을 몰살시켜버리고 말았었네. 그 덕분에 청천강 이남만이라도 겨우 차지할 수 있었어. 그러나 그런 행운이 또 오리라고는 절대 장담할 수 없네. 우리의 거대한 고구려 땅, 백제 땅의 만주벌판, 요동반도, 산동반도, 연해주, 왜(倭)를 다 잃어버리고 그래도 살아남기는 하였네만."

"나는 거기까지는 생각 못하고 있었네. 듣고 보니 걱정이 되는구먼."

"동학혁명 때도 그러네. 전봉준 장군은 조선관군과 동학농민군이 힘을 합하여 일본군을 몰아내자고 피를 토하며 호소하였네만 정부에서는 정반대로 관군과 일본군이 힘을 합하여 동학농민군을 진압하고 말았네그려. 그래서 우리 백성 20만 명을 학살하고 조선은 '일본과 동등한 독립국'이라는 허울 좋은 조약을 맺고 청나라에서 떼어내어 일본의 식민지로 만들었다가 병합해 버리고 말았었네. 국가는 자력으로 힘을 기르지 못하면 어쩌다 살아남는다 해도 또 위기는 닥치는 것이고 결국은 망하게 되어 있네. 우리가 스스로 강한 자주독립국가가 되는 길 이외에는 다른 어떤 방법도 없네. 지금 우리가 나아가야 할 길은 분명하네. 북조선의 인민군과 남조선의 국군이 힘을 합하여 미군과 중공군을 몰아내야 하네. 그런데 그러기는커녕, 우리는 중국을 등에 업고 국군을 죽이고 있고, 남조선은 미국을 등에 업고 인민군을 죽이고 있으니 이렇게 못난 민족이 이 지구상에 어디 또 있단 말인가?"

"으으음."

박일우는 이를 부드득 갈더니 주먹을 불끈 쥐었다. 그는 리철근에게 마치 학생이 선생님에게 묻듯이 간절한 표정으로 질문을 한다.

"여보게. 무슨 좋은 수가 없겠는가?"

"또다시 요행을 바라는 수밖에 없네. 중국은 최대한도로 성공을 하여도 38선 이상은 밀고 내려가지 않으려 할 걸세. 마오쩌둥이 펑더화이에게 내린 주문이 바로 그걸 테니까. 중국도 미국은 두려워하지. 그것은 미국도 마찬가지일세. 중국은 무서운 상대이지. 대륙에서 한 번 패해 보았으니까. 그래서 한 말인데 만약 다시 원래대로 38선으로 북남이 갈라진다면 북쪽은 중국이 좌지우지할 것이고 남쪽은 미국이 좌지우지할 것이 뻔하니 걱정이 아닐 수 없네. 그러나 우리가 죽기를 각오하고 북남이 합치겠다고만 하면 불가능한 일도 아닐세. 결과적으로 중국과 미국의 손아귀에서 완전히 벗어나는 길만이 우리 민족이 사는 길일세."

"자네는 이런 깊은 속말을 평소에는 누구와 나누고 있나?"

"내 부관으로 대륙에서 팔로군 제4야전군 산하의 병사였던 김준한과 최재걸이란 자가 있네. 아직 계급은 소교(소령) 중교(중령)에 지나지 않지만 참으로 국가 대세를 논할 수 있는 도량이 있는 자들일세."

리철근은 이들과 함께 어느 땐가 기회가 오면 쿠데타를 일으켜 군권을 장악하고, 전등석화처럼 남조선과 힘을 합쳐 평화통일을 이룩해 버릴 구상도 있다는 말을 하려다가 그 말만은 꿀컥 삼켜버리고 말았다. 아무리 옛 친구지만 그 뒤로 어떻게 변했는지 모르며, 이 말만은 누구에게 말해도 어차피 생사를 좌우하는 말이기 때문이었다. 그때 눈발이 그치더니 파란 하늘이 빼꼼히 대지를 비추며 강한 햇살이 쏟아진다.

"아버지, 펑 사령관께서 찾으셔요."

어느새 리미숙이 가까이 와서 아버지를 부른다. 리철근과 박일우의 대화는 그렇게 일단 끝이 났다. 사무실로 돌아온 리철근과 박일우는 펑더화이를 위시한 인민지원군들과 한참 대화를 나누다가 아쉬운 작별을 고해야 했다. 리철근은 딸을 안고 놓아줄 줄을 몰랐고 리미숙도 아버지의 품을 떠나기 아쉬워 눈물바다가 되었다. 이 광경을 보고 있던 사나이들도 눈시울을 붉혔다.

3

 다음 날인 11월 14일, 미군기가 어떻게 찾아냈는지 인민지원군 사령부가 있는 대유동 골짜기에 맹폭을 가하였다. 인민지원군은 초긴장을 하였다. 그런데 나중에 알고 보니 그들은 사령부 본부를 찾아내서 공격하는 것이 아니고 볏짚으로 덮어 놓았던 차량들을 공격하고 있었다. 1차 전역에서 미군으로부터 노획한 차량들을 대유동 골짜기에 숨겨놓고 짚단으로 덮어놓았는데 그것을 찾기 위하여 미군 전투기 4대가 지상에서 10m 정도의 저공으로 날아다니며 찾고 있었다. 미군은 그들의 장비가 중국군으로 넘어가는 것을 극히 경계하고 있었기 때문에 1차 전역 때 그들이 도망간 지 한두 시간 만에 전투기들이 다시 날아와 자기들이 버리고 간 무기나 장비들에 소이탄을 퍼부어 불태워버렸다. 이번에도 하도 저공비행으로 날아다닌 통에 볏짚이 날아가 버리고 번쩍이는 미군 차량들이 모습을 드러내자 맹폭격을 하였고 지원 요청을 받은 전투기 수십 대가 합세하여 폭격하였다. 인민지원군은 뻔히 얼굴을 알아볼 정도로 저공비행 하는 미군기를 향해 온통 소총 사격으로 대응하였다. 그래도 숨겨놓은 차량의 절반이 더 되는 30여 대가 잿더미로 변하고 나머지도 거의 못쓰게 되고 말았다. 펑 사령관은 홍쉐즈에게 버럭 화를 냈다.

"어떻게 뺏은 차량인데 그렇게 다시 잃고 마는 거야?"

"걱정하지 마십시오. 그까짓 차량 또 뺏으면 될 것 아닙니까?"

"또 뺏을 자신 있어?"

"그럼요. 자신 있다마다요."

11월 16일 펑 사령관은 제팡 참모장에게 인민해방군의 미끼 작전과 유엔군 측의 공격 상황을 보고하라 하였다. 이날도 아침부터 덩화, 한센추, 홍쉐즈 부사령관, 제팡 등이 다 모여 작전상황을 논의했다.

"아군은 계획대로 서서히 물러나며 적을 유인하고 있습니다. 서부전선에서 제38군 112사단은 개천(价川)의 서북쪽에 있는 비호산 일대의 진지를 포기하고 물러났습니다. 비호산은 군우리와 동쪽의 덕천, 남쪽의 순천을 넘볼 수 있는 요충지이기 때문에 미군을 유인하는 큰 미끼가 될 수 있습니다. 제39군 115사단도 덕천을 포기하고 물러났습니다."

"동부전선 상황은 어떻소?"

"아군은 황초령을 포기하고 물러났습니다. 동부전선에서 더 빨리 미끼에 걸려든 것 같습니다. 미군은 황초령, 풍산, 명천의 세 곳에서 북상하고 있습니다. 그런데 저들의 속도가 그다지 빠르지 않습니다. 아마 1차 전역에서 혼이 나서 신중을 기한 것 같습니다. 서부전선에서는 박천, 용산동, 영변, 덕천을 잇는 선까지 올라와 있고, 동부전선에서는 약간 속도가 빠르다고 하지만 하갈우리(下碣隅里), 풍산, 명천 북쪽을 잇는 선까지 올라왔을 뿐입니다."

듣고 있던 홍쉐즈가 건의한다.

"저들이 눈치채게 해서는 절대 안 됩니다. 우리가 무작정 물러나고 있다는 것을 알면 의심할 수 있기 때문에 소규모 기습작전을 펴서 패하고 물러난 것처럼 위장하여야 합니다."

"좋아, 홍 부사령관의 의견대로 하자고요."

이렇게 하여 인민지원군은 서부전선에서 운산, 구장을 잇는 북쪽과 영변 동북쪽에서 싸우다 후퇴하고, 동부전선에서는 제20군이 유담리 서쪽과 서북쪽에 집결하고, 제42군 주력이 황초령 북쪽에서 하던 저격 임무를 이어받아 공격을 하다가 영변 동북쪽 일대로 후퇴하기 시작하였다.

유엔군 측은 인민지원군이 겁을 먹고 후퇴하는 것으로 생각하고 있었고 또한 기껏해야 6만-7만 명 정도로 알고 있었기 때문에 그 정도라면 깔봐도 될 상대로 판단하고 있었다. 11월 21일에는 이미 자기들이 예정한 '공격 개시선'에 들어서고 있었다. 미 제24사단은 박천 서쪽의 가산에 이르렀고, 한국군 제1사단은 박천 북쪽의 장신동에 도착했고, 영국군 27여단은 용산동에 도착했으며, 미 제1기병사단은 영변 북쪽의 입석에 도착했고, 미 제2사단은 구장 남쪽의 강정에 이르렀다. 한국군 제7사단은 군우리 지구에서 동쪽의 덕천, 용문산으로 이동하고, 한국군 제8사단은 영원 및 그 이북으로 이동했다. 미 제25사단, 영국군 제29여단 그리고 터키여단도 계속하여 2선에서 전선으로 이동하였다. 유엔군은 인민지원군이 적유령산맥에 포진하고 있는 것으로 알고 있었고, 워커가 설정한 공격 개시선은 박천 서쪽 20km 지점의 납청정으로부터 태천, 운산, 온정, 희천을 잇는 선이었다. 동부전선의 미군은 미 해병 제1사단이 하갈우리 북쪽에 이르렀고, 미 제7사단 주력이 풍산에 들어왔는데 그 선두 연대는 벌써 압록강변의 혜산진에 도착했다. 한국군 수도사단은 청진 남쪽의 영원동에 이르고 역시 한국군 제3사단은 합수에 들어왔다. 미 제3사단은 함흥, 영흥에 이르렀다.

 이때, 인민지원군 주력은 이미 전부 예정한 집결지역에 도착하였다. 서부전선에서 제50군, 66군, 39군, 40군, 38군, 42군 주력은 이미 정주 서북쪽 구성, 태천, 운산, 덕천 북쪽과 영원 동북지구에 도착하여 기다리고 있었다. 동부전선에서는 제9병단의 27군이 이미 구진리 지역에 도착하였고, 제26군은 후창강 어구에 도착하였다. 이때쯤 제9병단의 3개 군 12개 사단은 이미 전부 비밀리에 전역 대열로 집결하고 있었다. 제9병단의 진군과 집결의 행동은 유엔군이 발동하고 있는 공중 저지에 걸려들지 않았고 어떤 낌새도 채지 못하게 하였다. 이 때문에 미국 언론계 인사들은 훗날 인민지원군의 위장전술을 보고 '당대 전쟁 사상의 기적'이라고 경탄한 바 있다.

 11월 넷째 목요일(23일), 그날은 미국인들의 추수 감사절이다. 청천강 남쪽에 포진한 미 제8군 13만 6천여 명의 병사들과 동부전선의 미 제10군단 병사들에게는 추수감사절의 칠면조 고기와 소스, 감자, 수프가 나왔다. 그런데 어떻게 된 일인지 아직 12월도 오지 않았는데 살인적인 추위가 닥쳐왔다. 음식이 얼어 버릴까 봐 나오는 즉시 빨리 먹어치우고 후루룩 들이마셔야 했다. 기온은 영하 40°까지 내려갔으니 한국 역사상에 이렇게 기온이 꽁꽁 얼어붙은 적이 있었던가? 이것이 무슨 하늘의 조화인가? 그러나 이유는 분명히 있다. 지구상의 젊은이들이 이 좁은 한반도에 모여 서로를 죽이려고 이를 부득부득 갈며 살기 등등이 버티고 있는데 어찌 하늘이 얼어붙지 않겠는가. 인간의 독기가 하늘까지 솟구쳐 올라갔던 것이다.

미군 병사들이 이 추위를 이기는 방법은 눈싸움밖에 없었다. 편을 가를 새도 없이 약간만 넓은 공간으로 나온 병사에게는 무조건 아무에게나 눈을 뭉쳐 던졌다. 한 병사가 눈싸움에 몰려 구석으로 가더니 넘어졌다. 또 한 병사가 눈을 던지다가 그 병사 위로 넘어졌고, 무엇이 그리 재미있는지 깔깔대고 서로 웃어댔다. 둘이 엉키고 보니 백인과 흑인이었다. 백인 병사가,

"야, 넌 이름이 뭐야?"

"나? 앤드류."

"넌?"

"나? 로버트."

"야, 너 내 여자 친구 사진 한 번 볼래?"

"어디? 야 예쁘다."

"나도 여자친구 사진 있다."

"어디? 와우 내 여자 친구보다 더 예쁘다."

"난 이번에 돌아가면 프러포즈할 거야."

"와, 어쩜. 나도 이번에 돌아가면 프러포즈하려고 모든 계획을 다 짜 놓고 있다고. 고백할 문구까지 다 적어두었는데."

"넌 어디서 왔어?"

"나? 플로리다."

"넌?"

"나? 몬태나."

"우린 양쪽 끝에서 왔네."

"우리 꼭 돌아가서 프러포즈하고 결혼하고 아들딸 낳고 잘 살자."

"그러자. 브라보!"

그들은 처음 본 사이인데도 오래전부터 알았던 친구처럼 금방 친해졌다. 미국인이 흑인과 백인이 같은 부대에서 복무하고 같은 내무반을 쓰고 식사를 같이한 것은 한국전쟁에서가 처음이다. 더 정확히는 스미스부대(Task Force Smith) 때부터이다. 흑백혼합이 무슨 철학이 있어서가 아니고 갑자기 여분의 부대가 합류하여야 하는데 시간도 없고 하여 흑

8 고래싸움은 계속되고

백이 일단 함께 부대를 조직했던 것이다. 그 전의 미국인은 자기들이 노예로 잡아 온 흑인을 불결한 짐승 대하듯이 하여 어디서나 섞이지 않게 분리하였다. 스미스부대(대대장, Charles B. Smith)는 한국전에 참전한 최초의 미군으로 전쟁 초기에 남침한 북한군의 예봉에 맞서 22일간이나 사투를 벌였던 부대이다. 스미스부대의 참전은 미 의회의 승인이 있기 이전에 임시로 맥아더의 요청으로 전격적으로 이루어진 것이었다. 당시 미군의 군사력은 걱정스러울 만큼 약했다. 그나마 남아있던 미군 병력은 유럽에 조직한 반공기구인 북대서양조약기구(NATO)에 거의 집중되어 있었고 극동에 배치된 미군의 수는 상대적으로 적었다.

그 후 6월 30일에 트루먼 대통령은 필요한 모든 지상군을 한국에 보내겠다고 약속하였고, 7월 1일에 일본에 주둔하고 있던 스미스부대가 우선 부산에 도착한 것이다. 선발대로 선정된 스미스부대는 찰스 스미스 중령이 지휘하는 제21연대 1대대였다. 그때 1대대는 2개 중대의 병력밖에 없었기 때문에 나머지 2개 중대는 3대대로부터 보충하기로 하였다. 전체 병력은 지원부대까지 합하여 406명에 지나지 않았다. 대대에 주어진 최초의 임무는 '지연'이었다. 스미스 중령이 받은 명령은 단지 "한시바삐 부산에 도착한 후 대전으로 이동하라.

가능하면 북한군이 더 남쪽으로 내려오기 전에 막아라. 자세한 정보는 한국에 가 있는 처치(John H. Church) 준장으로부터 받아라." 정도가 다였다. 당시 실제로 극동사령부가 가지고 있는 정보는 그것이 전부였다. 7월 초에 스미스 중령이 이끄는 특수임무부대는 오산에서 남쪽으로 진군하는 북한군을 발견하게 된다. 산속에 숨어 있다가 모든 화력을 다하여 저지작전에 들어갔으나 손바닥으로 하늘을 가리는 격이었다. 밀려오는 북한군 탱크를 4대는 파괴하였지만, 나머지 33대는 스미스부대를 지나 계속 남진하였다. 즉 스미스부대는 완전히 포위되어 버리고 말았고 사력을 다하여 겨우 포위망을 뚫고 나왔으나 전선은 최후의 낙동강 전선까지 밀리고 말았다. 이들 스미스부대는 첫 번째 전투에서 150명의 사상자 및 행방불명자를 내고 72명이 포로로 잡히고 말았다.

인민지원군 제38군은 덕천까지 이동했고, 42군은 서쪽으로 연변까지 이동했으며, 운산의 40군은 희천 정면으로 이동했고, 제40군과 태천의 39군은 청천강 북쪽 정면에서 은폐 매복하고 있었다. 11월 24일에 서부전선에서 유엔군은 자기들의 공격 개시선을 돌파하여 북진을 계속하고 동부전선에서도 유담리, 신흥리(新興里) 등을 돌파하였다. 24일, 이날은 맥아더가 도쿄에서 날아와 미 제8군사령부에 총공세를 직접 격려하며 크리스마스는 본국에서 쇠게 해주겠다고 힘주어 강조하였다. 동경의 정보참모 윌로비 소장이 맥아더에게 준 정보는 "오직 16,500명에서 34,000명의 중공군이 북한에 들어와 있다." 정도였다. 이 당시만도 30만 명 이상의 중공군이 들어와 있었는데도 맥아더는 유엔에 제출한 특별보고서를 통해 "소수의 의용군이 개별적으로 참전하는 수준"이라고 보고하였다. 그러더니 또 갑자기 돌변하여 중공군 병력이 한반도로 들어오는 것을 막기 위하여 압록강의 모든 교량을 파괴하라는 명령을 내린다. 또한 합동본부에 "대규모 병력과 물자가 압록강을 건너고 있으므로 이를 빨리 저지하지 않으면 미군을 비롯한 유엔군이 희생을 치러야 한다."고 말했다. 합동본부에서는 맥아더의 돌변에 어리둥절했다. 그는 더 나아가 11월 중순에 합동본부에 서한을 보낸다.

> 2주 이내에 김일성을 완전하게 항복시키겠음. 30개쯤의 원자탄을 사용하여 압록강과 두만강 지역에 방사선 물질 코발트 벨트 지역을 만들어 어느 나라도 통과 못 하게 할 것임. 그 후 장제스의 국부군 50만 명에게 코발트 활성지역의 경계를 맡길 것임. (만주와 블라디보스토크에) B-29기를 동원, 원자탄을 투하

하여 그들을 달콤하게 만들겠음.

맥아더는 한국전쟁을 완전히 오판하고 있었다. 전쟁을 빨리 끝내려는 맥아더는 장기전을 벌이려는 워싱턴과 윌로비의 전략을 알 턱이 없었기 때문에 바보가 되는 길밖에 없었다.

동부전선은 도쿄의 유엔군총사령부가 직접 지휘하는 미 제10군단이 미 해병 제1사단, 미 제7사단, 제3사단을 지휘해 장진호에서 무평리, 강계 방면으로 진격하였다. 다음 날인 25일이 되자 유엔군 병력은 중국인민지원군이 덫을 놓고 기다리고 있는 자루 속으로 속속 들어오고 있었다. 저녁 무렵, 중국인민지원군 제38군, 42군은 정면의 각 군과 협동하여 먼저 약한 덕천, 영변의 한국군 제7, 8사단을 향해 기습적으로 맹공을 가하였다. 2차 전역(1950. 11. 7-12. 24)이 시작된 것이다.

# 9
# 청천강전투, 장진호전투

1

　미군으로부터 노획한 차량이 폭파된 후, 당 중앙에서는 수차례 전보를 보내와 따로 방공호를 파서 작전에 차질이 없게 하고 지휘관들의 신변에 각별히 안전을 기하라고 주문하였다. 인민지원군 사령부의 안전문제는 홍쉐즈의 책임이었기 때문에 그가 가장 열렬히 방공호 굴착을 주장하였다. 홍쉐즈는 숙소에서 몇 10m 떨어진 골짜기에 방공호를 뚫기로 하고 1개 공병중대를 동원하여 서둘러 작업을 시작하였다. 공사를 하려면 자연히 폭약도 사용해야 하므로 폭파음 소리도 대단했다. 펑더화이는 아주 못마땅하게 생각했다.
　"이 사람아, 지금이 어느 땐데 한가롭게 방공호나 파고 있는 거야. 당장 집어치워."

"안됩니다. 이는 당 중앙의 지시이고 무엇보다도 사령관 동지의 안전을 위해서 필수불가결합니다."

그렇게 하여 기어코 방공호를 완성하고, 그 방공호 위쪽 몇 10m 떨어진 곳에 더 큰 방공호를 파서 인민지원군 작전상황실로 삼았다.

11월 24일 오후에는 두 차례나 미군 공습이 있어 산비탈에 있던 변전소가 완전히 파괴되었다. 저녁에는 무스탕 정찰기가 유유히 사령부 상공을 맴돌더니 사라졌다. 펑더화이, 덩화, 홍쉐즈 세 사람은 밖에 나와 산책을 하다가 이 광경을 보고 지원군사령부의 위치가 미군에 발각된 것 같다는 결론에 이르렀다. 그날 밤 9시경, 지원군 사령부는 긴급회의를 열고 새로운 방공대책의 결정을 내렸다. '첫째, 새벽 3시에 기상하여 아침 식사를 마치고 당직자 외에는 새벽 4시 전에 모두 새로 굴착한 방공호로 자리를 옮길 것. 둘째, 4시 이후는 모든 거처에서 연기를 뿜는 일이 없게 할 것'이었다. 그런데 25일 당일, 마오안잉은 새벽 3시에 일어나긴 하였으나 잠이 많은 까닭에 밥도 먹지 않고 다시 책상에 엎드려 잠이 들었고, 이내 침낭으로 기어들어가 차분하게 5시간 동안이나 잠을 잤다.

25일은 아침 4시부터 모두 방공호로 옮기기 시작했고 5시에는 전원이 완전히 식사까지 마치고 이동을 완료하였다. 작전상황실 이전문제는 제팡이 책임을 맡고 실시하였다. 모두 자리를 옮겼는데 펑더화이 사령관은 마지막까지 남아서 일을 보고 있었다. 훙쉐즈는 밖에 있는 경호원들을 불러 거의 떠밀다시피 하여 펑더화이까지 방공호로 옮기는 데 성공하였다. 아직 당직근무 중인 가오루이신(高瑞欣)과 청푸(成普)는 사령부 숙소에 남아서 마지막 마무리를 하고 있었다.

그런데 또 한 명 마오안잉이 남아 있는지는 아무도 몰랐다. 마오안잉은 9시가 넘어서야 깨어나 난로를 피우고 계란에 밥을 볶아서 먹었다. 전날 저녁에 북한 인민군 차수 박일우로부터 펑 사령관에게 계란 여남은 알을 보내왔던 것이다. 당시 어려운 사정에 비추어 볼 때 그 정도의 계란도 귀한 선물이었다. 저녁 식사 후에 가져왔기 때문에 펑더화이가 먹지 않은 채 남아 있었던 것이다. 아침에 양띠(楊迪. 지원군사령부 작전처 부처장)가 사령부 사무실 옆을 지나는데 연통에서 연기가 나오고 있어서 황급히 들어가 보니 방 안에서 세 사람이 계란에 밥을 볶아 먹고 있었다.

"정신 나갔군. 당신들 뭐 하고 있어? 지금 연통에 연기가 나고 있지 않아. 그리고 그 계란은 펑 사령관에게 온 선물이란 말이야. 당장 난로의 불을 끄고 방공호로 이동!"

"저희들이 어찌 계란을 먹겠습니까. 마오안잉이 볶은 것입니다."

"뭐라고? 정신 나가도 단단히 나갔군. 빨리 나를 따라서 방공호로 들어와!"

양띠는 저들이 뒤따라오겠지 하고 혼자 뛰어서 방공호로 들어갔다. 그런데 오전 11시쯤, 미 공군의 F80 슈팅스타(Shooting Star) 전투기 12대가 저공으로 쏜살처럼 내습하였다. 전투기들은 은색으로 번쩍거리는 네이팜탄을 사령부로 쓰던 건물에 투하하고 번개처럼 사라졌다. 순식간에 사령부의 목조건물은 불길에 싸였고 불과 2분도 안 되어서 폭삭 주저앉고 말았다. 네이팜탄은 극도의 고열을 내는 소이제가 담긴 액체 폭탄이다. 그 고열은 아주 멀리서도 뜨거움을 느낄 정도여서 옷에 그 불붙은 액체가 붙으면 고무처럼 붙어서 떨어지지 않고 태우는 독성을 지니고 있었다. 그런데 그 엄청난 불길 속에서 누가 몸에 불이 붙은 채로 뛰어나왔다. 작전실에서 근무하던 작전부부장 청푸였다. 그는 불붙은 옷을 벗어 던지며 비명과 함께 소리를 질렀다.

"빨리 구하세요. 안에 마오안잉과 가오루이신이 있어요."

그러나 높은 고열 때문에 아무도 접근할 수 없었다. 불이다 타고 나서야 두 사람의 유해를 수습할 수 있었다. 청푸는 폭탄이 떨어지자마자 날쌔게 뛰쳐나왔기 때문에 얼굴에 약간의 화상만 입었을 뿐 무사하였으나, 마오안잉과 펑 사령관의 참모 가오루이신은 변을 당하여 형체도 알아볼 수 없는 숯덩어리가 되어 있었다. 다행히 소련제 손목시계를 보고 마오안잉의 시체를 구별할 수 있었다. 11월 25일에 참변을 당했으니, 마오안잉이 북한에 들어간 지 34일 만이다. 명령을 따르지 않고 개별행동을 하다가 당한 참사였다.

저우언라이는 이 소식을 차마 알리지 못하고 마오안잉이 전사한 지 1개월도 넘은 1951년 1월 2일에야 마오쩌둥의 비서 예즈룽을 통해서 전보문을 마오쩌둥과 장칭(江靑)에게 보냈다. 그때는 중국인민지원군의 제3차 전역이 감행된 이후였다. 마오쩌둥은 며느리 리우쓰지(劉思濟)에게 전선에 나간 아들의 죽음을 비밀로 지키다가 3년 만에야 일러주었다. 그 뒤로 며느리가 수차 남편의 유해를 중국으로 송환시켜 달라고 요청하였으나 마오쩌둥은 거절하였다. 저우언라이가,

"주석! 리우쓰지(劉思濟)의 말대로 마오안잉의 유해를 본국으로 모셔오지요."

"안 돼요. 마오안잉은 조선에 묻혀있어야 해요."

"왜요?"

"마오안잉이 조선에 묻혀있는 것 하나로 우리는 조선에 대하여 큰 제어력을 가진 거예요."

"하지만 며느리가 저처럼 원하고 있는데요?"

"두말하지 말아요. 아들 하나와 조선 하나와 맞바꾼 거예요."

"네?"

그 말의 뜻을 모를 바도 아니기 때문에 그대로 넘어갔지만, 마오안잉의 유해는 평남 회창군 '중국인민지원군 열사묘'에 묻힘으로 그들의 대조선(對朝鮮) 생색내기는 이 뒤로도 영원히 지속할 모양이다.

마오쩌둥은 대개의 위인이 그러하듯이 결혼을 여러 번 하였다. 후난성 샹탄현(湘潭縣) 사오산촌(韶山村)에서 열네 살 때 부모가 시킨 첫 결혼은 그가 신부 꼴을 보려고 하지 않아 자연히 깨지고 말았다. 창사 사범학교 재학 시절에 존경하던 스승 양창지(楊昌濟) 교수의 딸 양카이후이(楊開慧)와 사랑에 빠져 두 번째 결혼을 하였다. 그 뒤에 결혼한 허스전(賀子珍)이나 장칭에게서 낳은 자식들도 있었으나 어찌 된 셈인지 결국 남은 것은 양카이후이에게서 낳은 세 아들뿐이었다. 첫째가 마오안잉, 둘째가 마오안칭(毛岸靑), 셋째가 마오안롱(毛岸龍)이다. 어머니가 허젠(何鍵)에게 피살된 이후

외할머니와 당에 의하여 보육되었다. 이 기간 동안에 4살짜리 셋째는 병에 걸려 죽고, 둘째는 거리에서 경찰에게 심하게 구타당하여 정신이상이 되었다. 첫째 마오안잉만이 제대로 큰 것이다.

  1930년 생모가 피살되자 마오안잉 형제들은 보석으로 출옥된다. 그들은 중국공산당의 알선으로 상해로 가서 중공에서 지하 경영하는 기독교 계통의 '다퉁(大同) 유치원'에 다녔고 일명 왕 목사라고 하는 둥젠우(董健吾)의 집에서 자랐다. 1937년에 둥젠우의 알선으로 봉계(奉系) 지도자 장쉐량(張學良)의 부하 리뚜(李杜)가 두 형제를 데리고 불란서 마르세유로 가게 된다. 다시 공산국제대표단 부단장 캉성(康生)이 모스크바로 데리고 가서 '국제 제2아동원'에 입학시킨다. 마오안잉은 1942년 소련과 독일의 전쟁 때는 소련홍군에 참여하였고, 1943년에는 소련공산당(볼세비키)에 가입하고, 아울러 프룬제 군사학원(Frunze Military Academy)을 졸업하고 탱크중대 지도원으로서 폴란드 해방전투에 참가한다. 1946년 1월 비행기를 타고 옌안에 돌아오고, 1947년 국부군이 옌안을 진공할 때 캉성이 그를 데리고 산시(山西)로 가서 토지개혁에 참여했으며, 북경으로 가서 중공중앙사회부장 리커농(李克農)의 비서 겸 통역원이 된다. 1950년 8월 중순에는 북경기기총창(北京機器總廠) 부서기를 하였다. 이즈음에 리우쓰지라는 처녀와 결혼까지 하게 되었는데 신혼생활 일년도 되지 않아 한국전선으로 가게 된 것이다.

마오안잉, 그는 어떤 사람인가. 그는 실은 경험도 쌓기 위해 조선을 유람차 잠깐 보고 올 심산이었다. 그는 장모 장원치우(張文秋)와 작별인사를 할 때 '길면 반년, 짧으면 3개월'에 다시 중국으로 올 것이라고 했다. 그래서 그가 근무하던 북경기기총창에는 그의 의복, 이불, 서적들이 정리도 되지 않은 채 그대로 있었다.

1951년 1월 2일에 마오쩌둥은 자기 아들이 사망한 사실도 모르고 자료를 뒤적이고 있었다. 그때 예즈롱(葉子龍. 기요비서)이 왔다는 말을 듣고 고개도 돌리지 않고 말했다.

"즈롱, 내가 너를 찾으려고 했었다. 안잉을 불러들이자. 봐라 그가 문서를 이렇게 쓰고 있다. 아무런 발전이 없을 뿐만 아니라 오히려 퇴보하고 있다고 말이야."

이때는 마오안잉이 조선으로 떠난 지 2개월 10일 되던 때였다. 만약 그가 희생되지 않았더라면 북경에 개선장군처럼 돌아왔을 것이다. 그의 장모에게 '짧으면 3개월'이라고 말했던 것은 처음부터의 계획이었다. 만약 그가 정말 3개월만에 돌아왔다면 아마 마오쩌둥을 이어 2대 세습을 했을 가능성이 아주 컸다. 그러나 그가 조선에서 죽어줌으로써 중국으로서는 오히려 홀가분한 나라가 된 셈이다.

　그는 의외로 아주 경박한 성품이었다. 마오안잉은 조선지원군 사령부에 모두 34일간 있었는데 그가 마오쩌둥의 아들이란 것을 모두 알고 있었다. 원래 그의 신분은 기밀이어서 남들이 알아서는 안 되는 것이었다. 그런데 누가 물으면 "맞아, 우리 아버지가 마오쩌둥이야." 하는 말을 전혀 거리낌 없이 했다. 그는 평상시 허리에 권총을 차고 다녔다. 사람들이 물어보면 권총을 뽑아 들면서 자랑스럽게 말했다. "이 권총은 내력이 있다. 스탈린 동지가 나에게 선물한 것이다." 그러면 모두 놀라고 부러워하며 말했다. "당신은 소련에 가 보았는가? 스탈린을 만나 보았는가?"

　마오안잉은 소련에 10년간 머물면서 폴란드 내전에 참여하고 소련홍군이 베를린을 점령하는 데 참여하였고, 스탈린도 마오안잉이 마오쩌둥의 큰아들이란 것을 알고 각별히 대해준 것도 사실이다. 그는 으쓱하여 스탈린이 직접 권총을 선물하면서 자기에게 "왜 소련 아가씨를 처로 삼지 않느냐?"고 물었다는 말을 무용담처럼 말하기도 했다. 이런 경력은 일반간부나 전사는 물론이고 펑더화이라 하더라도 부러워 할만한 경력이었다. 이런 극비 사항을 농민 노동자 출신자들에게 이야기한다는 것은 자랑하기 좋아하는 경박한 성격을 단적으로 드러내는 것이라 할 수 있다.

1차 전역이 끝나고 펑더화이 주재로 지원군당위확대회의를 주재하고 있었는데 실질적으로 이는 최고 작전회의였다. 펑더화이는 38군단장 량싱추를 추상같이 질책하였다. "당신은 군령을 위반했다. 군율에 따르면 즉결처분 감이다."는 심한 말까지 하였다. 전군 고위 지휘관들은 모두 무서워 벌벌 떨고 입을 꽉 다물고 있었다. 이어서 펑더화이는 제2차 전역 (1950. 11. 7-12. 24)을 위한 방법을 말했다.

"나의 의견은 먼저 물러나는 것이다. 우리의 주력은 현재 진지에서 30km 내지는 50km까지 물러난 후, 맥아더에게 우리가 그들을 무서워한다고 여기게 만든다. 이렇게 하면 그는 더욱 기고만장할 것이고 전방의 군대가 앞으로 진격할 것이다. 우리는 그 허점을 찾아서…."

이때 모든 사람이 생각지도 못할 일이 벌어졌다. 마오안잉이 회의 탁자를 벗어나 펑더화이 반대쪽에서 뚜벅뚜벅 걸어 나왔다. 그리고 작전지도를 가리키며 자기가 총사령관이나 되는 양 말한다.

"적이 도망치고 있지 않습니까. 그들은 패배한 것입니다. 왜 우리는 승기를 잡아 추격하지 않고 오히려 후퇴합니까?"

모두 어안이 벙벙하였다. 자기를 마치 흠차대신 정도로 착각하고 있었던 것 같다. 이는 마오안잉의 인물됨을 단적으로 말해주는 것으로 감히 최고 작전회의에 마오안잉 정도가 끼어들 자리가 아니었던 것이다.

중국인민지원군은 서부전선에서 11월 25일, 동부전선에서 11월 27일 황혼을 기하여 차례로 반격작전을 개시하여 제2차 전역을 본격적으로 가동한다.

유엔군이 서부전선의 '공격 개시선'에 이르고, 동부전선에 유담리, 신흥리까지 진격하였을 때, 맥아더는 득의만만하여 11월 24일에 성명을 발표하고 한국전쟁은 성탄절 이전에 종결짓는 '총공세'를 발동한다고 선포하였다.

남측의 이번 진공은 조선에 와 있는 전체 미군, 영국군, 터키군(3개 군단, 7개 사단, 3개 여단) 그리고 대부분의 한국군(2개 군단, 6개 사단)인데 미군이 대부분 돌격 역량을 담당한다. 맥아더는 비행기를 타고 공중에서 직접 지휘했다. 그들은 심지어는 역사적으로 압록강은 넘을 수 없는 장애물이 아니라고 큰소리치며 침략을 진일보할 것을 대수롭지 않게 생각했다. 유엔군이 포진하고 있는 진공로를 보면, 서부전선에서는 좌익, 정면, 우익의 3로로 나눈다.

미 제8군은 좌익으로 미 제1군단이 미 제24사단, 한국군 제1사단, 영국군 제27여단을 지휘하고, 가산, 고성동 지구로부터 각각 신의주, 삭주(朔州) 방면으로 진공한다. 정면은 미 제9군단이 미 제25사단, 제2사단을 지휘하고 입석, 구장 지구로부터 각각 삭주, 벽동(碧潼), 초산 방향으로 진격하고, 편의에 따라 편성된 터키 여단은 군우리 지구로 이동하고, 미 기병 제1사단은 순천지구로 탄력적으로 이동한다. 우익은 한국군 제2군단이 국군 제7, 8사단을 지휘하고 각각 덕천 이북의 사동과 영원지구로부터 희천, 강계 방향으로 진격한다. 편의에 따라 편성된 한국군 제6사단은 북창리, 가창리 지구에서 탄력적으로 이동하다. 영국군 제29여단은 평양에서, 그리고 낙하산부대 제187연대는 사리원에서 집단군의 예비대가 된다.

동부전선에서는 미 제10군단이 미 해병 제1사단, 미 제7사단, 제3사단을 지휘하고 장진호를 따라 무평리(武坪里), 강계 방향으로 진공한다. 한국군 제1군단은 국군 수도사단과 제3사단을 지휘하고 동해안을 따라 두만강 변으로 밀고 나간다.

유엔군 측이 전면적인 진공을 발동한 이후, 인민지원군 측은 한층 더 그들이 착각을 가져오게 운동방어전을 펴면서 적을 깊숙이 유인하였다. 서부전선의 각 방면에서 유엔군은 이미 인민지원군이 설정한 예정지점까지 들어오고 있었다. 그런데 그들은 병력이 분산되어 있었고 옆 날개가 뚫려 있었고 후방이 텅 비어 있는 상태였다. 이때 서부전선 중국지원군의 각 군은 이미 예정한 부서로 진입하여 공격할 태세를 갖추었다. 11월 25일 황혼 녘에 서부전선의 인민지원군 제38군, 42군 그리고 제40군의 정면 각´군은 긴밀한 협동 하에 남측이 아직 거점을 확보하기 전, 먼저 덕천, 영원의 한국군 제7, 8의 두 개 사단에 반격을 가하여 적의 의표를 찔렀다. 약한 한국군을 보기만 하면 마음 놓고 먼저 공격하는 것은 인민지원군의 일관된 전략이었다.

중국지원군 제38군은 3개 사단으로 세 길로 나누어 덕천의 한국군 제7사단을 공격한다. 상대의 우익으로부터 덕천 이남으로 우회하는 제113사단은 한국군 제7, 8 두 개 사단의 접합지점을 뚫고, 신평리에서 대동강을 건너 한국군 제6사단의 1개 연대의 저지를 격파하고, 26일 아침 8시에 덕천 이남의 차일봉(遮日峰)에 도착하여 상대가 남쪽으로 도망가는 퇴로를 차단하였다. 상대의 좌익으로부터 진공하던 112사단은 26일 새벽 5시에 덕천 서쪽의 전삼리, 운송리, 안하리에 끼어들어 덕천과 군우리의 병력이 연계를 갖지 못하도록 차단하였다. 상대의 정면에서 진공하던 제114사단은 26일 11시에 덕천 이북의 갈동(葛洞), 두명동, 마상리 선을 점령하였으며, 사평참에서 한국군 제7사단의 유탄포 대대를 섬멸함으로써 덕천의 병력을 포위하는 데 성공하였다. 인민지원군은 원래 이날 저녁에 총공세를 가하려 하였으나 그들이 포위망 돌파를 시도하고 있는 것을 발견하고 계획을 앞당겨 14시에 공격을 개시하였다. 15시에 그들은 다량의 전투기 엄호를 받으며 서남쪽으로 포위망을 뚫으려 하였으나 인민지원군에 의하여 저지당하였다. 싸움은 이날 19시까지 계속되었고 인민지원군 38군은 국군 제7사단 5,000여 명을 남평참 부근에서 대부분 섬멸하고 미군 고문단 7명 전원도 생포하였다.

인민지원군 제42군은 제125사단과 124사단의 병력으로 정면과 측후(側後)로 나누어 한국군 제8사단에 공격을 가하였다. 다른 126사단은 맹산 이북의 용덕리로 파고들어 영원과 맹산의 병력이 연계하지 못하게 차단하였다. 인민지원군 제124사단과 126사단은 상대의 측후에서 끼어들다가 잘못하여 발각되어 맹산 동북지구의 한국군 제8사단의 제16연대(편의에 따라 편성된 연대)에 의해 저지당하였다. 영원지구에 있던 국군 제8사단 주력은 자기들의 측후가 위협받고 있는 것을 보고 남쪽으로 움츠러들기 시작하였다. 정면 진공을 하던 인민지원군 제125사단은 기회를 포착하고 맹공을 퍼부어 신속하게 영원성을 점령하고 상대의 지휘계통을 교란시켰다. 격전은 26일 새벽까지 계속되었고 인민지원군이 영원을 점령하고 상대를 대부분 섬멸하자 패잔병들은 남쪽으로 도망갔다. 인민지원군 제124사단과 126사단은 남쪽으로 도망가는 상대의 일부를 차단 궤멸시켰다.

인민지원군 제40군 주력은 제38군과 협력하여 작전하였다. 25일 저녁에는 구장 이북의 신흥동, 소민동 지구의 미 제2사단(1개 연대쯤 병력)에 진격하여 신흥동의 3개 중대와 소민동의 2백여 명을 섬멸하자 나머지는 도주하였다. 다음 날 10시에 상대는 다시 소민동을 점령하여 제40군의 작전을 방해하였다.

11월 26일 저녁, 인민지원군 제38군은 덕천지구에서 상대를 소탕하고 패잔병들까지 소탕하였으며, 제42군은 맹산을 향하여 진격하고(27일에 점령), 제40군이 소민동의 적을 공격하자 수비병은 남쪽으로 도망하였다. 제39군은 상구동, 상초동, 계림동의 상대를 공격하여 일부를 섬멸하고, 아울러 시산동(柴山洞)에서는 상대의 포로를 이용하여 메가폰으로 항복을 권유하여 미군 1개 중대(115명)의 투항을 받아냈다. 제66군은 태천 동북방의 송천동의 상대를 공격하고, 제50군은 정주의 상대를 공격하자 수비 병력은 모조리 흩어져 도망하였다.

27일, 유엔군 측은 전역의 약한 부분을 메꾸기 위하여 터키여단을 파견하여 개천에서 덕천 방향으로 이동하고, 미 제1기병사단은 순천에서 신창리 방향으로 이동하여 인민지원군의 전진을 저지하려 하였다. 이날 저녁, 동부전선의 인민지원군 제9병단도 역시 반격을 개시하였다.

펑더화이는 급전을 보내 제38군의 주력을 원리, 군우리 쪽으로 이동하게 했다. 아울러 일부는 군우리 남쪽의 삼소리(三所里)로 이동하여 군우리, 개천에 있는 상대의 퇴로를 차단하도록 하였다.

"제38군은 반드시 삼소리를 장악하여 개천과 평양 간의 연결고리를 끊어라. 차단만이 승리의 열쇠임을 잊지 마라."

고 엄명하였다. 당시 38군의 전위는 제113, 114사단이 맡고 있었다. 부군단장 장융후이(江擁輝)가 직접 전위부대의 지휘책임을 맡고 있었다. 그런데 장 부군단장은 제114사단과 함께 체류하며 전방지휘소를 운영하고 있었으므로 삼소리의 장악 임무는 자연스레 제113사단이 맡게 되었다.

제38군 주력은 27일 황혼 녘에 도로를 따라 개천으로 쳐들어갔고, 28일 새벽 녘에는 사일령(嗄日嶺)과 그 서쪽 일대를 점령했다. 이 사이에 터키여단 1개 대대를 공격하여 대부분을 섬멸하였다. 동시에 미 제1기병사단의 2개 대대를 궤멸시켰다. 이 틈을 타서 인민지원군 제113사단은 오솔길을 따라 삼소리를 향해 출발하였는데, 이틀 밤을 자지도 못하고 행군을 계속하였으나 목적지에 이르지 못하였다. 일부 중대장으로부터 불평 섞인 건의가 들어왔다.

"병사들이 너무 지쳐 있습니다. 휴식을 좀 취해야겠습니다."

"밥도 못 먹고 이틀 밤을 꼬박 행군했습니다. 목이라도 축이고 숨을 돌리게 해주세요."

그러나 113사단의 정치위원 위진산(于近山)과 부사단장 리우하이칭(劉海淸)은 이를 허락하지 않았다.

"안 된다. 숨을 돌릴 시간이 없다. 펑 사령관께서 우리 사단에 내린 명령을 잊었는가. 삼소리를 1분이라도 빨리 장악하는 것이 우리의 임무다. 쓸데없는 소리 말고 따라와."

그 명령이 너무나 단호하였기 때문에 누구도 감히 불평하지 못하고 행군을 계속하였다.

2

그런데 행군 도중에 하나의 아이디어가 떠올랐다. 몸에 걸친 위장이 오히려 거추장스럽고 오히려 위험할 수도 있다는 것을 깨달은 것이다. 한국군이나 미군은 자기들처럼 위장을 하지 않기 때문에 미군 전투기에서 보면 첫눈에 중공군이란 것을 알 수 있기 때문이다. 여기서 인민지원군은 완전히 한국군 흉내를 내기로 작정하였다. 중공군은 밤에만 행군을 하고 험난한 산길만 이용하는 것이 원 코스이나, 정반대로 낮에 위장을 다 풀고 큰길을 따라서 행군하였다. 미군이 공중에서 보았을 때는 영락없는 한국군이었다. 식사는 머물러 할 시간이 없기 때문에 행군 도중에 미숫가루로 때웠다. 그리고 모든 무전기는 다 꺼버리기로 하였다. 미군은 우수한 무전 감청 기술을 가지고 있기 때문에 쉽게 발각될 수 있기 때문이다.

총사령부 작전상황실에서는 제113사단이 갑자기 무선이 끊기자 답답해서 살 수가 없었다. 펑 사령관이 훙쉐즈와 덩화에게 버럭 소리를 질렀다.

"도대체 어떻게 된 거야. 113사단은 어디로 사라져 버린 거야. 무전 연락이 안되니 답답해서 살 수가 있어야지. 혹시 미군들한테 당한 것 아닌가?"

"아닐 것입니다. 다른 조치를 취해 알아보겠습니다."

훙쉐즈가 말하고 무전실로 뛰어가자 덩화도 뒤따라왔다. 제팡 참모장도 작전처장, 통신처장을 대동하고 무전실로 뛰어 들어왔다. 제38군 사령부와는 무전이 통했지만, 그들도 113사단의 행방은 모르겠다는 것이었다. 이번 전역은 113사단이 목적지 삼소리에 제때 도착하느냐 못하느냐가 관건인데 연락이 두절됐으니 실제 상황을 알 길이 없었던 것이다. 113사단은 무전이 미군에 감청될까 봐서 총사령부에도 38군에도 연락하지 않고 재량껏 움직이고 있었다. 그 덕분에 113사단은 28일 아침 8시에 무사히 삼소리를 완전히 장악할 수 있었다. 이로써 미 제9군단이 군우리로부터 삼소리를 거쳐 순천 쪽으로 도망가려는 퇴로를 차단하였고 미군 전체의 포진을 뒤흔들어 놓았다. 72km나 되는 장거리를 불과 14시간 만에 강행군하여 올린 대성과였던 것이다.

제113사단은 삼소리를 점령한 연후에 무전을 열고 연락좌표음어를 지원군사령부에 보고하였다. 통신처장 추이룬(崔倫)이 좌표를 풀어보더니 소리를 질렀다.

"야! 113사단이 삼소리에 도착했다. 무사히 도착했어."

초조하게 기다리고 있던 모든 사람들이 환호를 질렀다. 즉시 이 소식을 작전상황실의 펑 사령관에게 보고하자 펑 사령관도 크게 안도의 한숨을 쉬었다.

"됐어. 이제 어려운 일은 다 끝난 셈이야."

삼소리가 점령당하자 미 8군 사령관 워커는 자기들의 퇴로가 막힌 줄 알아차렸다. 그런데 미쳐 연락을 받지 못한 미 제1기병사단 5연대 병력이 즉시 북쪽의 개천 쪽에서 밀려왔다. 인민지원군 제113사단과 최정예로 알려진 미 제1기병사단 사이에 치열한 공방전이 10여 차례나 벌어졌다. 113사단은 기어코 그들의 공격을 물리쳤을 뿐만 아니라 남쪽에서 밀려오는 미군 지원군마저 물리쳤다.

그들은 삼소리를 거쳐 남쪽으로 퇴각하려던 계획이 실패하자 다른 퇴로를 찾으려 하였다. 그때 전방 제38군 전방지휘소로부터 급히 연락이 왔다.

"삼소리 서북쪽에 용원리가 있다. 그곳의 도로가 순천으로 이어지므로 바로 그들의 남쪽 퇴각로이다. 신속히 용원리를 점령하라."

제113사단은 28일 황혼에 주력 제337연대 병력으로 급히 용원리로 출동하라 명령하고, 동시에 원래 계획대로 1개 대대 병력을 안주, 숙천 방향으로 파견하여 도로와 교량 파괴 임무를 완수하도록 하였다.

337연대는 29일 새벽 4시경 용원리를 점령하였다. 원래 미군은 삼소리가 인민지원군에 의하여 점령되자 길을 돌아 용원리를 통해 퇴각하려 하였으나, 113사단이 미군보다 먼저 용원리를 점령해버린 바람에 그들의 이쪽 퇴각로마저 봉쇄되어버리고 말았다.

그들만 곤경에 처한 것이 아니고 미 제2사단과 25사단, 터키여단의 일부, 미 제1기병사단, 국군 제1사단의 일부가 역시 인민지원군에 의해 삼면 포위되고 말았다. 유엔군에 대하여 기선을 잡은 인민해방군은 11월 29일에는 전면적인 총공세를 개시하였다.

이때가 되어서야 맥아더는 잠에서 깨어났다. 인민지원군은 결코 소수 병력이 아니며 결코 만만한 군대가 아니란 것을 알게 된 것이다.

서부전선의 미군은 29일 낮부터 전 전선에서 철수를 단행했다. 미 제1군단은 청천강 북쪽 기슭에서 안주로 철수했으며, 미 제9군단도 개천과 그 이남 지역으로 퇴각하였다. 펑 사령관은 제38군 전방지휘소에 전보를 보내 제114사단과 112사단으로 하여금 삼소리 북쪽의 군우리를 차단하라고 명령하였다. 미군이 퇴각하는 낌새를 알아낸 펑 사령관은 급히 제팡 참모장을 시켜 113사단에 명령을 하달하였다.

"귀 사단이 삼소리, 용원리를 때맞추어 장악하고 임무를 완성했음을 축하한다. 현 위치에서 상대의 반격을 사수하고 그들의 퇴로를 완전히 봉쇄하라."

이에 유엔군 측에서는 29일부터 이틀에 걸쳐 대대적인 화력으로 인민지원군 제113사단 진지를 공격하였다. 그러나 113사단은 만난을 무릅쓰고 그들의 지상 및 공중의 공격을 모두 막아내는 데 성공하였다.

인민지원군 제40군은 30일 새벽, 군우리를 점령한 후 군 주력은 안주 방면으로 계속 진격했다. 제39군은 30일 아침, 군우리 서북쪽에서 청천강을 건너 서남쪽을 공격했고 40군 일부 병력은 제38군과 합동작전으로 청곡리, 신창리의 유엔군을 물리쳤다. 38군이 삼소리와 용원리에서 미군에게 맹공을 퍼부은 후부터는 점점 포성이 사그라들었다.

　미군은 줄줄이 두 손을 들고 항복하여 왔다. 수십 리 길의 도로며 산기슭에는 미군들이 도망가면서 버리고 간 고가의 자동차, 대포, 탄약, 군량 등이 질펀하게 널려 있었다. 그중 최신형 자동차만도 1,500여 대나 되었다. 미군들은 인명에 위협을 느낄 때는 미련 없이 값비싼 군수품들을 헌신짝 버리듯이 버리고 도망을 친다. 인민지원군이 차량 한 대, 탱크 한 대를 지키기 위하여 사력을 다하는 모습과는 사뭇 다르다. 전에 대유동에서 미군으로부터 노획한 차량이 30여 대나 파손됐을 때 펑 사령관이 홍쉐즈를 크게 질책하자, "그까짓 차량 또 뺏으면 될 것 아닙니까"하고 큰소리쳤는데 과연 홍쉐즈는 보라는 듯이 펑 사령관을 보며 "어떻습니까. 또 뺏었지 않습니까?"하고 웃자, 펑 사령관도 만족한 듯 "좋았어. 좋았어"하며 파안대소하였다.

　그런데 저 많은 차량들을 빨리 안전한 곳으로 옮겨야겠는데 운전을 할 수 있는 병력이 턱없이 부족하였다. 이때 펑 사령관은 한 생각이 번득 떠올랐다.

　"미군 포로들을 시켜서 차를 몰고 가게 하라."

　그러나 일부는 옮기고 일부는 아직도 들판에 널려 있는데 미군 전투기들이 하늘 가득히 몰려왔다. 자기들의 군수품이 중국군 손에 넘어가지 않게 하기 위하여 흰 날개를 번쩍이며 소이탄을 소나기처럼 쏟아부었다. 전투기들이 사라진 뒤에 점검해 보니 1,500여 대에서 온전한 것은 겨우 200대 정도뿐이었다. 펑 사령관은 급히 본국에 전보를 보내 운전병 급파를 요구하고 자체 내에서도 급히 운전병 양성을 하라고 지시하였다.

이번 전역에서 38군은 먼저 한국군 제7사단을 무력화시킨 데 이어 터키여단과 미 제1기병사단의 맹공을 분쇄하였다. 아울러 삼소리 등 전략요충지를 점령한 후 그들의 증원부대와 철수부대의 합류를 차단하는 혁혁한 공로를 세웠다. 펑 사령관은 한센추로부터 온 제38군의 전황 보고서를 부사령관들에게 보여주며,

"잘했어, 잘했어. 이것 좀 보라우."하며 의기양양하였다.

"역시 항일전쟁 때의 명성이 거짓이 아니었습니다. 우리 군의 주력은 주력이네요."

하며 덩화가 말을 거들자 홍쉐즈도 한마디 하였다.

"1차 전역 때 실수로 사령관 동지로부터 질책을 받고 정신이 번쩍 든 모양입니다."

펑더화이는 38군에게 축전을 보내야 한다며 급히 전보 문구를 작성하였다. '량싱추 군단장, 리우창하이 부군단장 그

리고 38군 전체 동지들' 하며 시작한 전보에는 승전한 무공을 일일이 나열하고 극찬을 아끼지 않았다. 발신자는 펑더화이, 덩화, 홍쉐즈, 제팡, 두핑의 명의로 하였다. 전보문을 들고 전보를 치기 위해 나가려는 참모더러 "잠깐!" 하더니 다시 전보문을 빼앗아, 끝에 '38군 만세!'라고 덧붙였다. 그리고 모두에게 보이자 모두가 좋다고 고개를 끄덕였다.

　미군은 삼소리, 용원리에서 포위망을 뚫지 못하고 있는데 설상가상으로 인민지원군이 정면에서 좁혀 들어오자 독 안에 든 쥐 신세가 되어버리고 말았다. 미 8군 사령관 워커는 자기네 부대가 포위당한 것을 알고 장비들을 최대한 버리고 가벼운 차림으로 안주 쪽으로 탈출했던 것이다. 그러나 그들은 자동차, 탱크 등 현대장비로 이동하기 때문에 도보로 쫓아가는 지원군은 따라잡지를 못하고 거리가 점점 멀어지고 말았다. 그들은 안주를 돌아 숙천을 거쳐 평양 쪽으로 도주하였다. 인민지원군은 서부전선에서만 한국군 제7, 8사단과 터키여단의 대부분을 무력화시켰다. 아울러 미 제2사단과 제25사단 그리고 미 제1기병사단에게 결정적 타격을 안겨주는 전공을 이룩하였다. 서부전선 청천강 일대에서 인민지원군은 미군과의 전투에서 대대적인 승리를 거둔 것이다.

3

　동부전선에서 인민지원군은 더 큰 성과를 올린다. 주로, 산둥반도에서 급파된 제9병단이 미 제10군단의 보병 제7사단, 해병 제1사단과 장진호에서 싸워 대승을 거둔 것이다. 장진호는 북한에서 가장 큰 호수로서 황초령(黃草嶺)에서 발원하여 유담리(柳潭里)와 하갈우리(下碣隅里) 사이에 있으며 마지막으로 압록강으로 흘러간다.

　인민지원군 제9병단은 원래 제3야전군 소속이었다. 예하 제20, 26, 27군의 12개 사단으로 이루어진 약 15만 명의 병력이다. 제20군과 27군으로 제1선을 이루고 제26군은 제2선의 예비대로 편성하였다. 병단사령관은 숭스룬(宋時輪), 부사령관 타오용(陶勇), 정치위원은 꼬화루오(郭化若. 그가 북경으로 전출된 후에는 숭이 정치위원 겸함), 참모장 탄젠(覃建), 정치주임 세요우파(謝有法) 등이 수뇌부를 이룬다.

11월 27일 밤, 동부전선의 인민지원군 제9병단 예하 제27군과 20군이 각각 유담리, 하갈우리, 고토리(古土里) 그리고 두창리 등에 주둔하고 있는 미 제10군단에 대해 공격을 개시하면서 동부전선의 전투가 시작된다.

서부전선에서 25일에 인민지원군이 반격을 시작하고 있을 때, 동부전선에서는 미 제7사단 주력과 미 제3사단 일부 병력이 미 해병 제1사단과 밀집 대형을 취하여 장진호 방향으로 진공해 오고 있었다. 동부전선의 인민지원군은 일부가 아직 진격 출발지점에 도달하지 않았고, 기차에서 압록강변에 하차한 지 얼마 안 되었기 때문에 약간의 휴식이 필요했으므로 이틀 후인 27일에 공격을 시작한 것이다.

원래 동부전선에는 인민지원군 제42군단이 황초령에 진입하였으나 마침 북진하여 오는 한국군 제3사단과 전투가 벌어졌고, 이어서 제42군 산하의 124사단이 황초령에서 유엔군 후속대의 미 해병 1사단 7연대와 2주간이나 전투를 벌였으나(황초령 저지전) 인민지원군이 밀려서 황초령을 포기하자 미 해병 제1사단이 장진호 지구로 몰려왔다. 인민지원군은 우선 급한 대로 제42군 예하 2개 사단을 동부전선에 잠정적으로 배치하였으나 미 제10군단은 강계 방면으로 치고 들어와 인민지원군의 퇴로를 끊은 뒤 혜산과 두만강을 점령하려 하였다. 유엔군이 강계를 점령하고 인민지원군의 퇴로를 끊는다면 엄청난 출혈을 각오하여야 할 판이었다. 강계에는 북한 정부가 피난해 있었기 때문이다(북한 정부는 12월 6일에 평양에 재입성한다). 그때 때맞추어 제9병단이 참전을 하게 된 것이다.

그런데 제9병단은 날씨가 비교적 따뜻한 산둥반도 주둔 병사들이어서 한국의 혹독한 추위에 무척 시달려야 했다. 미 제10군단장 알몬드 소장은 인민지원군이 이렇게 신속히 동부전선에 투입될지는 예상하지 못했다. 압록강을 넘어 동부의 개마고원으로 몸을 숨겨 투입되는 제9병단 15만의 대부대를 미군 정찰기가 찾아내지 못하였으니 그들의 위장술이 얼마나 뛰어난 줄을 알 수 있다. 그러나 그들의 장비는 조잡하였다. 포병은 소련 장비와 바꾸기 위해 대부분의 장비를 만주에 그대로 두고 왔다. 사단마다 국민당 군으로부터 노획한 무기인 미제, 일제의 75mm 야포 10여 문씩을 가져왔을 뿐이었다. 개인적으로는 80-100발의 실탄과 몇 개의 방망이 수류탄을 휴대하고 있었고 찐쌀, 옥수수, 콩가루로 만든 4-5일분의 미숫가루를 지녀 따로 보급은 필요치 않았다.

린뱌오의 치밀한 국부군 인원 안배책으로 일반 병사들은 서로의 출신도 몰랐으며, 대부분 만주로 가는 열차 안에서 처음으로 조선 참전 통지를 받았고 솜옷도 처음으로 차 안에서 배급을 받았다. 일부는 월동 의복의 부족으로 솜신발, 솜모자도 없이 수건으로 머리를 두르고 모포로 몸을 감싼 병사들마저 수두룩했다.

장진호 일대는 11월 말인데도 추위가 살을 에는 듯하였으며 밤에는 수은주가 영하 20~30°는 보통이고 영하 40°까지 내려간 적도 있다. 거기에 시속 60km의 강풍은 체감온도를 더 떨어뜨렸다. 미 해병대가 진지를 구축하기 위해서 휴대용 야전삽으로 참호를 팠으나 땅의 얼음 두께가 40cm나 되어 삽이 부러져버림으로 전동착암기가 필요할 지경이었다. 중공군에게서 빼앗은 곡괭이가 그래도 약간 효용에 닿았다. 장진호 전투는 바로 5년 전에 끝난 제2차 세계대전에서, 독일군과 소련군이 벌인 독·소전쟁의 모스크바 전투, 스탈린그라드 전투와 함께 역사상 가장 치열했던 3대 동계전투 중 하나로 꼽힌다.

장진호 전투에서 중국과 미국의 사상자 수는 교전에서보다 추위 때문에 발생한 수가 훨씬 많았다. 장진호 전투는 모스쿠바 전투는커녕 그보다 더 추운 스탈린그라드 전투와도 비교가 안 될 정도로 추웠다. 스탈린그라드 전투에서 영하 30°이하의 전투는 전투기간 내내 딱 한 번 기록되었지만, 장진호 전투에서는 영하 30°이하를 걸핏하면 기록하였다.

반대로 여름의 낙동강 전선에서는 38°가 넘는 극심한 더위로 시체 썩는 냄새가 진동했었다. 백선엽의 제1사단 방어진지를 인수하여야 하는 미군이 시체를 치워주지 않으면 인수를 하지 않겠다고 한 이야기는 유명하다. 그런데 캘리포니아의 절반 면적 밖에 안 되는 한국의 온도 차이가 이렇게 굴곡이 심할 줄은 미국으로서는 상상이 되지 않았다. 4계절이 칼로 자르듯이 분명한 한국에서 그들은 예상에도 없던 혹서기와 혹한기 전투를 6개월 안에 모두 경험하게 된 것이다.

미 제10군단장 알몬드는 11월 21에 하나의 계획을 세우는데, 이 계획은 미 해병 제1사단은 유담리로부터 서쪽으로 밀고 나가고, 육군 제7사단의 연대급 전투부대는 신흥리에서 우익을 보호하며, 미 제3사단 더러는 후방의 안전을 도모하고 우익을 보호하라는 것이었다. 그런데 이때 미 제10군단은 전선이 400마일(640km)이나 분산되어 있어서, 군사에 지식이 없는 상식적인 사람이 생각해도 작전거리를 이렇게 길게 잡고 부대를 분산 배치하는 일은 미련한 짓이아닐 수 없었다. 더구나 도로는 좁은 데다가 산길이었으며 장진선, 신흥선 같은 경우는 아예 강삭철도로 철로를 운행하는 지경이었다. 인민지원군 쪽에서는 매복하기에 아주 좋은 환경이 조성되고 있었다.

처음 미 해병대가 원산에서 상륙하자 마오쩌둥은 10월 31일에 숭스룬에게 전문을 보내, 한국군 수도사단과 제3사단, 미 해병 제1사단과 미 제7사단을 궤멸시키라고 명령하였다. 긴급명령을 받은 숭스룬은 11월 7, 12, 19일에 부대를 이끌고 입북하고 일부는 신속하게 11월 17일에 장진호 지구로 이동하여, 제9군의 제20군단은 유담리에서 제42군단과 교체하였다.

알몬드가 지휘하는 미 제10군단은 그때 동북부에 분산 배치되어 있었는데 그 본대와 지원부대는 상당한 거리가 떨어져 있었다. 장진호의 미 제10군단은 스미스(Oliver P. Smith) 소장의 제1해병사단의 주력과 데이비드(David G. Barr) 소장의 미 제7사단의 부분 단위 및 영국 황가(皇家) 해병대 제41독립돌격대가 진 치고 있었다.

그런데 뜻하지 않게 인민지원군의 맹렬한 공격을 받게 되자 맥아더와 알몬드는 상황이 돌변하였음을 알고 해병 제1사단장 스미스 및 직할부대에 명령하여 11월 26일부터 포위망을 뚫고 싸우면서 흥남부두를 향하여 후퇴하라고 명령하였다. 27일 저녁, 제9병단 제20, 27사단은 진공을 시작하여 장진호를 따라 고토리의 도로에 매복하였다. 유담리에서는 미 제5사단, 제7사단 그리고 제11해병연대가 인민지원군의 제59사단, 제79사단 그리고 제89사단에 의하여 포위 공격을 받았다. 동시에 미 제31연대가 신흥리에서 인민지원군 제80사단과 81사단에 의해 각각 매복 공격을 당하였다. 마지막으로 지원군 제60사단은 북쪽에서 고토리의 미 제1해병연대를 포위하였다. 11월 28일까지 유엔군은 의외로 유담리, 신흥리, 하갈우리 그리고 고토리에 병력이 각각 분산되어 있었던 것이다.

  11월 27일, 알몬드의 지시에 따라 스미스는 제5해병연대에 명령하여 서쪽의 무평리를 공격하라 하였다. 그러나 공격한 지 오래지 않아 즉시 인민지원군에 의해 진로가 가로막히자, 하는 수 없이 해병대원은 유담리 주위의 산비탈에 천신만고로 참호를 파고 수비하고 있었다. 저녁이 되자 인민지원군 제79사단의 3개 연대가 북쪽과 동북방에서 유담리 산기슭을 향하여 진공하여 수비군을 일거에 섬멸하려 하였다. 공격부대는 해병대의 진지 후면으로 살그머니 돌아가 근접전을 폈다. 그러나 제5, 제7해병연대는 방어선을 잘 지키고 오히려 중국 군대에게 심한 타격을 주었다. 상대는 사방을 탱크로 에워싸고 포 공격을 하는 반면 중국군은 소총과 수류탄 정도로 밀어붙이니 화력 면에서 밀리고 있었다. 게다가 급히 출동하는 바람에 월동준비를 제대로 하지 않아 동상에 걸린 병사가 속출하여 전투력 손실이 컸다. 가장 북쪽에 있는 미 제32연대 제1대대는 제312해병 전투비행대대 소속 크르세어 전투기 4대의 지상공격에 힘입어 그런대로 방어해 나갔지만, 5km 후방에 있던 맥클린 특수임무부대(Task Force Maclean)는 패배하여 대대장 두 명이 모두 부상당하였고, 특히 포병대대 부대대장은 전사한다. 그들은 인민지원군에 의해 유선도 끊겨 있었고 제57포병대대의 포격 지원도 받지 못한 상태였다. 다만 후동리에는 22대의 전차만이 아직 공격을 받지 않고 있는 상태였다. 미군은 중국군의 세찬 공격을 받더니 전투기의 엄호 아래 자동차나 트럭 등을 이용하여 후퇴하기 시작하였다. 동부전선은 날씨는 춥고 높은 산들이 많아 미군 기계화 부대의 공격은 별 효과가 없었다.

 11월 28일 새벽, 중국군은 유담리를 지키고 있는 미군의 방위권 주위에서 서로 한 치의 양보도 없이 대치하고 있었다. 유담리 개전과 동시에 인민지원군 제59사단은 미 제7해병연대의 C중대와 F중대에 대하여 공격을 개시하였다. 아울러 유담리와 하갈우리 사이의 도로를 봉쇄하였다. 이번 진공의 성공으로 C중대는 유담리로 쫓겨 들어갔고 F중대만 덕동산(德洞山) 고개에 남게 되어 지원군은 아주 중요한 산 입구를 장악하게 되었다. 29일은 미 제7해병연대가 여러 차례 F중대 원조 활동을 벌여 중국군에 타격을 주려 하였으나 번번이 실패하였다. 하갈우리의 화포와 해병대의 전투기 지원을 받으며 F중대는 인민지원군 제59사단의 지속적인 공격을 5일 동안이나 사수하였다.

지원군 제9병단 지휘부는 나중에야 알게 되었다. 유담리 주둔의 미군은 미 제1해병사단의 주력군으로 중국이 알고 있는 수의 두 배나 되었다. 계속 공격을 해도 아무런 도움이 안 된다고 확신한 숭스룬은 제9병단에 하달하여 11월 28일부터 30일 사이에 유담리를 포기하고 주요 공격목표를 신흥리와 하갈우리로 돌리라 하였다.

이와 동시에 서부전선에서 미 제8군은 청천강 전투에서 밀려 전면적인 후퇴를 하고 있었다. 맥아더는 알몬드 장군에게 명령하여 제10군단도 흥남항구로 철수하라 하달을 한 것이다. 유담리로부터 하갈우리로 포위망을 뚫고 중국 저지 군과 격렬한 전투를 하며 철수하는 미 제1해병사단의 스미스 소장은 "우리는 후퇴하는 것이 아니다. 우리는 다른 방향으로 진격을 하는 것이다."라고 '아Q'(루쉰의 《아Q정전》에 나오는 주인공 이름. 지고도 이겼다고 정신승리법을 쓰는 비열한 자의 표상) 같은 명언을 남기기도 하였다.

맥아더는 워싱턴의 합동참모본부에 보고하였다.

> 우리는 전혀 새로운 전쟁에 직면해 있다. 우리 전투병력의 현 상태는 중공이 선전포고도 없이 시작한 전쟁을 치를 준비가 확실히 충분하지 않다는 것이다. 본 사령관은 가능한 범위 안에서 취할 수 있는 조치는 다 취했으나 본관의 통제능력을 벗어나는 상황에 직면하고 있다.

동시에 대책회의를 동경에서 연다고, 바빠서 눈코 뜰 새가 없는 알몬드 소장과 워커 중장을 현해탄을 건너 1,120km나 떨어진 동경의 맥아더 사령부까지 소환하였다.

궁성 바로 앞에 있는 다이이치 빌딩의 맥아더 집무실 앞은 헌병 1개 대대 병력이 삼엄한 경계를 펴고 있었다. 바로 앞에 일본 왕궁이 있지만 그때는 벌써 일본 왕은 맥아더의 눈치만 볼 뿐, 실질적인 일본의 왕은 맥아더로 착각할 정도였다. 먼저 도착한 알몬드가 지프에서 내려 급히 6층의 맥아더 집무실로 올라간다. 약간 후에 도착한 워커도 헌병 대장의 경례를 받는 둥 마는 둥 집무실로 급히 올라간다. 맥아더가 반갑게 맞이한다.

"어서 와요. 워커 장군."

"장군, 그간 안녕하셨습니까"

워커는 맥아더와 인사하면서도 자기보다 먼저 와서 맥아더와 다정하게 이야기를 나누고 있는 알몬드를 힐끗 보고 심술궂은 심줄 한 가닥이 실쭉 움직였다. 알몬드도 그것을 인식하는 듯 워커를 보고 "안녕하십니까. 장군."하고 비꼬는 듯 인사를 드리자 워커는 "나는 중공군에게 잡혀 죽은 줄 알았더니 무사하시구려."하고 첫마디부터 뼈있는 말을 던진다.

"지금 분침을 다투는 이 시각에 저희들을 꼭 동경까지 불러야 하겠습니까?" 워커가 맥아더에게 한마디 던지자, 맥아더도 얼굴에 웃음기를 가시며 대답한다.

"그럼 내가 한국까지 가서 그대들을 만나야 하겠습니까?"

이번에는 알몬드가 맥아더에게 말을 한다.

"저희들은 후퇴할 이유가 별로 없습니다. 저희들은 계속해서 북진하겠습니다."

"무슨 소리! 당신은 지금 동부전선에 중공군이 몇 명이나 투입되었으며 그들의 정체가 누군 줄이나 파악하고 있는 거요?"

"정확한 숫자나 정체는 완전히 파악하지 못했습니다만 기껏해야 소총에 몽둥이 수류탄이나 들고 있는 농민군 수준의 그들이 세면 얼마나 세겠습니까?"

"닥쳐! 하룻강아지 범 무서운 줄 모르고. 지금 동부전선의 중공군은 10군단 정도가 막아낼 군대가 아니야."

알몬드는 의외였다. 맥아더가 이렇게 화를 낸 것도 처음 보며, 그토록 깔보던 중공군을 오히려 자기보다 더 과대평가 하고 있지 않은가. 워커가 알몬드를 향해 말을 던진다.

"당신은 내 말도 듣지 않은 사람이니까 이번에는 맥아더 사령관의 말도 듣지 않을 심산이오? (맥아더를 보며) 장군! 도대체 제10군단은 저희 8군 소속입니까, 어느 독립부대입니까?"

"그게 뭐가 그리 중요해요. 지금 전쟁 중에 대책회의에 와서 그따위 문제나 가지고 시간 낭비를 하고 있을 판이오? 하여튼 서부전선의 8군은 평양을 방어하다가 측면이 위협받으면 즉시 후퇴하고, 동부전선의 제10군단은 장진호에서 철수하여 함흥-흥남의 해안에 병력을 집중하시오."

맥아더가 아주 신경질적으로 소리를 질렀다. 어떻든 동경의 전쟁 대책회의에서는 알몬드 장군의 제10군단이 계속 전진하겠다는 주장도 받아들여지지 않았을뿐더러 동서부 전선에서 모두 후퇴를 결정하는 회의가 되었다.

4

 11월 29일 오후 4시 40분, 동부전선의 미군 상황은 절망적이었다. 하갈우리 남쪽 고토리도 앞뒤로 포위되었다. 고토리에서 하갈우리까지의 보급로선을 개통하기 위해서 영국 해병 41특공대의 드라이스데일(Douglas B. Drysdale) 중령의 지휘 아래 제3대대 G중대, 31연대 B중대, 해병 특공대, 사단 부대 등 총 900명으로 구성된 돌파부대가 출발하였다. 이미 중국군은 능선마다 우글거렸으나 드라이스데일 부대는 엄청난 양의 집중사격을 받으며 돌격을 개시하였다. 드라이스데일 중령은 하갈우리에 있던 스미스 장군에게 이 위험한 돌파를 계속해야 하느냐고 무전으로 질문하였다. 스미스는 "어떠한 희생이 있더라도 반드시 돌파하라."고 하달하였다. 그런데 선두 부대가 드디어 하갈우리와 고토리 중간에 이르렀을 때, 하필이면 탄약차에 박격포탄이 명중되어 엄청난 폭발이 일어났다. 이 때문에 중간 부분의 길이 끊겼는데 선두 부대는 그대로 진군을 하고 있었다. 그러나 결국 탄약차 때문에 후속 부대는 중국군의 총탄 세례를 이겨내지 못하고 그 자리에 남겨져 모두 희생양이 되고 말았다.

덕동 고개에 포위된 F중대의 위기는 심각했다. 헬리콥터의 지원도 소용없게 되자 제7연대의 2개 중대, 제5연대 1개 중대를 동원하여 혼성 대대를 만들어 구출작전에 나섰으나 진출한 지 몇 분도 안 되어 도로 양쪽에서 빗발치는 중국지원군의 기총사격을 받고 그냥 방치하고 퇴각하는 수밖에 없었다. 30일 아침이 되어서야 제7사단장 데이비드 바(David G. Barr) 소장이 장진호 동안의 예하부대를 헬리콥터로 방문하고 처참한 상황을 확실히 알았고, 제10군단에 배속된 해군 상륙작전 전문가 에드워드 포니(Edward H. Forney) 대령의 브리핑으로 알몬드 소장도 비로소 장진호 방면의 심각한 상황을 파악하였다. 이에 즉각 L-19 경비행기를 타고 하갈우리로 날아가 해병 제1사단장과 육군 제7사단장에게 하갈우리에 집결한 뒤 사단 내 모든 편제화기와 장비를 파괴하고 함흥으로 이동하라고 명령하였다.

  12월 1일 오전, 미 제7해병연대 제3대대는 1,542고지와 1,419고지에 투입되어 인민지원군 제59사단 제175연대와 전투하였다. 그러나 중국 군대의 완강한 수비로 즉시 해병대의 공격은 정지되었다. 오후가 되어 중국군 호위대가 미 제7연대 제3대대의 진지를 통과할 때, 그들은 여전히 도로와 산상봉 사이의 산비탈에 갇혀 있었다. 하갈우리를 아직 점령하지 못했기 때문에 중국지원군 상층부는 급히 제79사단에 명령하여 유담리를 공격하도록 하는 한편, 제89사단 더러 남쪽의 고토리로 급히 진격하라 하였다.

  중국 군대가 야간에 맹렬한 공격을 하고 있는 중에 뒤쪽의 엄호부대가 미군 비행기의 공격을 받는 형세가 되었다. 전투는 12월 2일 오전, 모든 미 해병대가 유담리에서 완전히 철수할 때까지 계속되었다. 미군은 유담리에서 후퇴할 때 불도저로 180cm의 기다란 구덩이를 파고 낙하산 천에 싸인 85구의 시신을 합동으로 묻기도 하였다.

  이와 동시에, 미 제7해병연대 제1대대는 12월 1일에 아직도 중국군이 가로막고 있는 1,419고지의 저지를 돌파하려 안간힘을 쓰고 있었다. 전투 중 엄중한 사상자를 내면서도 기근과 혹한 속에 인민지원군은 5개 소대를 투입하여 굳게 지키고 물러서지 않았다. 어둠이 깔리기 전 미 제7해병연대 1 대대는 마지막으로 산의 상봉을 점령하고, 아울러 도로 동쪽 산지를 뚫고 전진을 하였다. 과연 제7해병연대 1대대의 돌출 행동은 몇 개의 도로상의 중국 수비 진지를 성공적으로 돌 파할 수 있었다.

오전 10시, 페이스(Don C. Faith) 중령은 하갈우리로 철수를 결심하였다. 후퇴 순서는 페이스부대(제32연대 제1대대), 제57야전포병대대, 중박격포중대, 제31대대 제3중대 순이며, 제15대공포대대 그리고 D포대의 반궤도(코비블럭) 장갑차는 대열 중간중간에 배열되었다. 약 3천 명의 병력이 22대의 트럭으로 후퇴하기 시작하였다. 태워야 할 부상자가 너무 많아 사전에 트럭에 실어놓은 시신들을 트럭 밖으로 던져버렸고, 시신들은 떨어진 그 자리에 방치되었다. 600명의 부상자를 포함한 수천 명의 육군 병력은 코르세어기의 도착을 기다리고 있었다. 이윽고 1시가 되어서야 코르세어기가 나타나 병력을 싣기 위해 착륙하면서 안전을 위하여 네이팜탄을 떨어뜨렸다. 그런데 네이팜탄을 너무 가까이 떨어뜨린 바람에 불길이 사람 바로 앞쪽에 떨어져 일부 병사들이 불기둥으로 변하였다. 그 순간 공포에 싸인 병사들은 도로를 따라 무질서하게 도망가기 시작하였다. 그때까지 건재했던 소대 중대의 편제가 오히려 다 무너져버린 것이다.

  오후 5시경, 페이스 중령은 남은 병력들이 다시 싸우도록 명령하였지만 모두 넋이 나가 있었다. 페이스 중령은 전투를 거부하며 트럭 짐칸에서 "나는 부상을 당했습니다."라고 일본어로 말하는 카투사 2명을 그 자리서 사살해 버리고 말았다. 페이스는 정규훈련을 받고도 도망가기 바쁜 미군 병사를 이렇게 한 명도 사살한 적이 없다. 그들 장진호의 카투사들은 길을 걷거나 논밭에서 일하다가 아무런 사전 경고도 없이 강제로 끌려와 대개 미 제7사단에 내던져진 한국 민간인들이었다. 그들 카투사들은 주로 경북지방에서 농사짓던 농군들로 영어는 한마디도 모른 채 병력보충용으로 각 소대, 분대로 흩어져 배속되었다.

  하여튼 미 병사들이 얼어붙은 호수를 건너가자 인민지원군들이 사격하기에 아주 편했다. 주변에는 아무것도 없었고 보름달은 휘어청 밝았다. 엄폐물이 전혀 없이 외롭게 달려가던 병사들은 하나씩 하나씩 모두 사살되었다.

  12월 2일, 고립된 덕동 고개의 F중대를 구출하기 위하여 미군은 안간힘을 썼다. 원래 계획대로 제5연대가 유담리 방어를 전담하고 제7연대가 먼저 남쪽으로 진격하여 덕동 고개의 F중대를 구출하고 이어서 하갈우리까지 뚫고 내려가야 했다. 먼저 미 제7연대 제1대대가 12월 1일 야간에 산길로 진격하였다. 그들은 정상에 있는 참호에서 중국군 얼음덩이를 꺼냈는데 놀랍게도 아직 살아있어서 눈동자가 움직이고 있었다. 결국 인민지원군 방어 전초 병력은 대부분 얼어 죽어버려 미 제7연대 1대대 병력은 저항 없이 1,520고지를 차지할 수 있었다. F중대는 5일간 격전으로 전사 26명, 실종 3명, 부상 89명 등 총 118명의 사상자를 냈다. 장교는 7명 중 6명이 부상당하였다. 당시 F중대에는 중국군 포로로 천(陳)이라는 자와 차오(曺)라는 자의 두 명이 있었다. 제7대대 B중대 소대장인 중국계 츄엔 리 중위가 그들을 심문하니 놀랍게도 장제스 밑에서 공산군과 싸웠던 국민당 군 출신이라고 하였다.

"천 씨, 당신은 국부군 출신인데 어떻게 한국전선에까지 오게 되었는가?"

"잘 모르겠습니다. 쓰촨(四川)에서 산둥의 제9병단으로 전출 온 지 이틀 만에 동북으로 이동하였고, 동북의 기차 안에서 우리가 조선전선으로 가고 있다는 것을 알았습니다."

"(차오 씨를 가리키며) 차오 씨도 국부군 출신이라고 하던데 둘은 서로 아는 사이인가?"

"모릅니다."

"차오 씨, 당신은 어떻게 여기까지 오게 되었는가?"

"나는 후베이(湖北)에서 산둥으로 차출된 당일로 동북을 거쳐서 조선으로 오게 됐습니다."

"공산군과 국부군의 비율은 얼마나 되는가?"

"잘 모릅니다. 내 주위엔 모두 국부군 출신만 있었습니다. 나는 공격조에서 항상 제1파에 섰으며 우리 조에는 전원이 국부군 출신이었습니다."

츄엔 리 중위는 이해할 수가 없어서 고개를 갸우뚱거렸다. 유담리의 미 해병 4-5개 대대는 인민지원군 3개 사단을 막아내며 성공적으로 후퇴한 반면, 풍유리 후동리의 육군 2개 대대는 인민지원군 1개 사단을 상대로 방어는 그런대로 해냈지만, 그 과정에서 풍유리의 페이스 부대만 남기고 후동리의 부대가 먼저 후퇴해 버렸다. 홀로 남겨진 풍유리의 페이스 부대는 외롭게 후퇴하다가 제대로 싸워보지도 못하고 일방적으로 공격을 당하고 말았다.

12월 3일에도 후퇴는 계속되었다. 유담리에서 후퇴하던 미군 2개 연대의 부상자 수는 놀랄만하였다. 차량으로 이동하는 부상자 1천여 명에 도보로 이동하는 부상자 8백여 명이었다. 중간에 합류한 폭스힐에 주둔해 있던 F중대의 부상자를 태울 자리가 없을 지경이었다. 자리가 없어 부상자들은 지프차 보닛 위에 3명씩 눕혀놓아 추위와 총탄 세례에 그대로 노출되어 있었다. 시신은 대충 길가에 묻거나 트럭 흙받기(Fender) 심지어는 대포의 포신에 묶어놓기까지 했다. 살갗을 찢는 듯한 혹한에 극도의 피로가 겹쳐 행군이 멈출 때마다 다들 그 자리에 쓰러져 잠이 들었다. 인민지원군 쪽도 상황은 안 좋아 미군의 허점이 뻔히 보이는데도 공격하지를 못했다. 중간에 방어호에 있던 인민지원군은 꽁꽁 얼어붙어 있었는데, 숨 쉴 때마다 허연 입김이 피어오르고 후레쉬로 비추면 눈동자가 불빛을 따라 돌아가는 것을 보고 아직 살아 있다는 것을 확인할 수 있었다. 심지어는 도로 곳곳에 미군이 피워놓은 화톳불에 인민지원군이 몰려와 미 해병들과 같이 불을 쬐다가 몸이 녹으면 다시 산비탈로 올라가는 일까지 발생하였다. 자동적으로 무언의 혹한대비용 평화협정이 이루어진 셈이었다.

하갈우리 동안의 육군 페이스 부대도 정신만 차리고 이동했더라면 해병항공대의 지원으로 무사히 철수했을 수도 있었을 텐데 장교들은 지휘하기를 포기하고 인가로 숨어들었고, 병사들은 저격당한 운전병 대신 운전대 잡기를 두려워했다. 그 때문에 제대로 된 공격도 받지 않았는데 알아서 산발적으로 흩어져 도망치다가 저격당하고 마는 사태가 벌어졌다.

12월 4일. 제10군단장 알몬드 중장은 전선을 방문하여 언제나처럼 낙관론만 펴다가 돌아갔다. "걱정할 것 하나도 없다. B-17과 B-29 폭격기가 여러분을 함흥까지 완벽하게 엄호할 것이다." 그러나 그 말을 믿는 사람은 아무도 없었다. 그는 군단장답게 한 명의 사단장과 두 명의 연대장, 그리고 수송대대장에게 무공십자훈장을 수여하고 돌아갔는데, 돌아가는 길에 고토리를 방문하여 지금까지 아무것도 한 일이 없는 육군 제31대대 2연대장 윌리엄 라이디 중령에게도 훈장을 수여하여 뭇 사병들의 웃음거리가 되었다.

그런데 이날 흑인이 기념할 만한 일이 하나 생겼다. 미 해군 최초의 흑인 비행사 제스 브라운이 피격당해 하갈우리 인근에서 불시착했다가 사망한 일이 있었다. 그 후에 미국 최초로 흑인 이름을 딴 녹스(Knox)급 호위구축함 D-1089함을 '제스 브라운 호'로 명명하여 그를 기리게 되었다. 흑인과 백인이 같이 부대를 이루고 같은 내무반을 쓰는 것도 한국전에서 처음 이루어진 일인데 이제 흑인의 이름으로 구축함 이름까지 생겨나게 된 것이다. 한국전쟁은 이래저래 흑인들의 지위를 향상하는 역할을 하고 있었다.

이날 맥아더는 중공군 100만 명이 북한에 집결 중이라고 발표하였다. 인민지원군 25만 명이 압록강을 건너와 1차 대공세를 펼 때는 한국군이 헛것을 본 것이거나 소수의 의용군이 참전했다고 한 사람이, 이제 중공군의 참전이 부정할 수 없는 상황에 이르자 100만 명이 참전했다고 허황된 말을 한 것이었다. 원래 공포에 질리면 적이 실제보다 커 보이는 법이다. 실지는 유엔군 수나 중공군 수나 엇비슷했고, 중공군 수가 약간 많은 것에 불과했다. 단 유엔군은 작전계획을 잘못 짜서 병력이 분산되어 있었고 중공군은 집결되어 있으니 공격을 받은 유엔군 쪽에서 볼 때는 자기들 보다 열 배도 더 많은 수가 몰려온 것처럼 보였다.

  동부전선의 유엔군의 철수를 위하여, 12월 1일 시험비행의 이착륙을 거쳐 12월 2일부터 5일까지 하갈우리의 임시 활주로에서는 무려 4천 명 이상의 해병과 육군 부상자들을 공수하였다. 최종적으로 부상병 4,321명과 시신 173구가 후송되었고, 보충병 500명과 보급품이 하갈우리에 도착하였다.

  12월 5일, 서부전선의 미 8군은 평양을 포기하고 후퇴하였다. 다음날 한국군마저 철수하여 평양은 완전히 북한의 손에 넘어갔다. 동부전선에서는 미 보병 제7사단이 압록강 혜산진에서 신흥리로 철수 완료하였다. 서울에서는 국립박물관의 주요 문화제를 부산으로 소개하기 시작할 정도로 전황은 남측에 아주 불리하였다.

12월 6일은 하갈우리에서 흥남 쪽에 더 가까운 고토리로 탈출하는 날이다. 이때까지의 부대 배치를 보면 하갈우리 북쪽에는 여전히 인민지원군 제58, 59, 79, 80사단이 남아 있었고, 이날부터 새롭게 하갈우리와 고토리 사이의 18km 구간에 인민지원군 제76, 77사단이 추가 투입되었다. 고토리에서 황초령을 지나 진흥리(흥남에 더 가까움. 신흥리와는 별개)까지는 여전히 인민지원군 제60사단이 차단 중이었고, 진흥리 남쪽에서 수동을 지나 마전동까지는 유담리 북쪽에 있던 인민지원군 제89사단이 남하하여 차단하였다. 유엔군은 기존의 인민지원군 6개 사단과의 전투도 버거운데 새롭게 2개 사단이 더해진 것이었다.

미 제7해병연대가 철수부대의 선봉에 섰고 제5해병연대가 후방 엄호를 맡았다. 차량이 1천 대 가량 있었지만, 동상방지를 위해 운전병과 부상병을 제외하고 모두 도보로 이동했다. 이때쯤 완만한 행동으로 오던 인민지원군 제26군단이 하갈우리에 도착하여, 그 제76사단과 77사단은 제58, 60사단과 임무 교대를 하였다. 미 제7해병연대가 하갈우리의 남쪽에서 인민지원군 제76사단을 향하여 나아갈 때 미 제5해병연대는 인민지원군 제76사단으로부터 동쪽 고지를 탈환하였다. 인민지원군 제76, 77사단은 하갈우리 방어권에서 전면적인 야간 진공을 단행하였으나 미 해병대원은 중국군의 진공을 격퇴하고 모처럼 막대한 살상을 안겨주기도 하였다.

　동시에 미 제7해병연대는 도로 주위의 고지를 탈환하고 하갈우리와 고토리 사이의 도로를 뚫었다. 그러나 해병연대가 막 떠나자 인민지원군 제77사단이 즉시 양측의 산봉우리에서 돌아와 철수하는 대오를 향하여 맹공을 퍼부었다. 대부분의 병사들은 행군이 너무 힘들어 대열이 멈출 때마다 쓰러졌는데 쓰러진 병사들은 발로 세게 걷어찰 때까지 일어나지 못했다. 인민지원군 포로들은 동상을 입은 채 걸어가고 있었고, 일반인 피난민들은 만약의 경우를 대비하여 대열 밖에서 거리를 두고 걷게 하였다. 이날 밤, 유엔군은 완전한 인해전술이라는 전법을 실감나게 경험한다. 해병 제5연대가 방어하는 하갈우리로 3시간에 걸쳐 중공군은 피리 소리, 꽹과리 소리, 징 소리와 함께 엄청난 인원이 제1파, 제2파, 제3파에 이어 제4파까지 파도를 이루며 밀려왔다. 해병대는 전차, 야포, 박격포, 로켓포, 기관총 등 모든 화기를 동원하여 방어하였다.

　하갈우리 남쪽 평지에는 마을에 3백 호 1천여 명의 주민이 살고 있었다. 많은 주민들이 정든 고향을 뒤로하고 미 해병대를 따라 무작정 피난길을 따라나섰다. 남한은 따뜻하고 전쟁이 없다는 소문이 퍼진 것이었다. 미군은 이러한 피난민을 부대에 섞이지 못하도록 총칼로 위협하며 일정 거리를 유지하게 하였고, 중공군은 수시로 그 틈바구니로 끼어 들어와 미군을 공격하였다. 미군이 응사하면 죽어나가는 것은 중공군이 아니고 한국 피난민이었다. 그들은 수많은 시신을 남기며 흥남을 향해 걷고 있었다.

12월 7일은 미 해병대가 진흥리에 집결하는 날이다. 아침이 되어 먼동이 트자 어마어마한 광경이 눈앞에 전개되었다. 중공군의 시쳇더미가 하갈우리 A중대의 진지에서부터 철로 옆 보급품 야적장을 거쳐 이스트힐의 산기슭까지 질펀히 널려있었던 것이다. 대충 짐작으로도 1천구 이상은 되었다. 이에 비하여 방어의 주력이었던 미 해병 제5연대 1대대는 전사자 10명에 부상자 43명에 불과하였다. 인해전술로 쳐들어온 중공군을 우세한 화력과 투지로 모두 물리쳤던 것이다. 인해전술에도 큰 한계가 있었던 것이다.

한순간에 모든 부대들이 하갈우리를 빠져나가자 유담리에 이어 이번에도 미 해병 제5연대 2대대가 후위를 담당하기 위해 홀로 남았다. 그중에서도 E중대가 마지막으로 출발하였는데 이들은 후퇴하면서 모든 장비와 보급품을 해체하거나 불태웠다. 이때의 불길은 18km나 떨어진 고토리에서도 볼 수 있었다. 이들 해병을 따라 수많은 피난민이 함께 길을 나섰는데 피난민이 중국군의 공격에 겁을 먹고 미군들 속으로 파고들자, 미군들은 총검으로 위협하여 대열로부터 100m쯤 떨어져 뒤에서 따라오게 하였다.

  동부전선의 제9병단은 후퇴하는 미 제10군단과 한국군을 추격하였으나 상대는 12월 24일 흥남에서 전투기와 군함의 화력지원에 힘입어 동해상으로 무사히 철수한다. 12월 12일부터 개시된 해상 철수 작전과 함께 흥남 남쪽에 위치한 연포비행장을 통한 항공 철수도 이루어졌다. 교두보 밖에 중국군이 몰려들기는 하였지만, 공격은 예상 밖으로 미약하였다. 중국군의 입장에서 본다면 당시 흥남 일대에 밀집된 미 제10군단과 한국군 제1군단을 일거에 격멸시킬 수 있는 절호의 기회였다. 그러나 그들 주력의 대부분은 장진호 일대에서 미 해병 제1사단과 힘겨루기로 대부분 무너졌고 남은 병력도 유엔군의 강력한 함포사격과 공습의 집중포화 장벽을 넘을 수 없었다.

  이에 앞서 북한 인민군은 11월 9일에 원산을 되찾았고 11월 17일에는 인민지원군 제9병단이 조선인민군 제3사단과 협공으로 함흥을 되찾았다. 12월 23일 제2차 전역이 끝나갈 무렵, 계속해서 제3차 전역을 준비하기 위해 펑더화이 사령관은 훙쉐즈 부사령관에게 중앙군사위원회 동북군구에게 보고서를 작성하도록 하였다.

"펑 총, 어떤 내용을 쓸까요?"

"음, 제일 필요한 게 미숫가루야. 미숫가루만 충분하면 미군은 문제없어. 그럼 받아쓰라구. '적기의 파괴행위 때문에 밤낮으로 불을 지펴 밥을 짓기 어려움. 야간행군 작전 때 모든 부대원들은 동북에서 보내준 미숫가루에 감사하고 있음. 이후로는 영양가가 더 충분한 누런 콩, 쌀 등을 많이 섞어 소금이 가미된 미숫가루를 보내주기 바람.' 어때?"

"좋습니다. 그대로 전문을 발송하겠습니다. 그런데 사령관 동지, 무기나 병력을 보충해 달라는 것이 아니고 고작 미숫가루나 보내달라고 하면 동북군구에서 웃겠습니다. 적을 너무 가볍게 보시는 거 아닙니까?"

"그런가? 하하하하. 병력 문제는 내가 당 중앙에 따로 요구할게요."

"하하하하."

이번 청천강 일대와 장진호에서 벌어진 제2차 전역을 중국에서는 일명 청장대첩(淸長大捷)이라고 한다. 청은 청천강이고 장은 장진호이다.

장진(長津)을 미군들은 쵸신(Chosin. ちょうしん)이라고 발

음했다. 이것은 장진에 대한 일본어 표기이다. 당시 미군이 가진 작전지도가 일제강점기 때 일본이 작성한 지도를 영어로 옮긴 것에 불과한 수준이었기 때문이다. 그들은 그 뒤로도 장진호 전투를 줄곧 '쵸신호 전투(Battle of Chosin Reservoir)'라 해오고 있고, 장진호 전투에서 구사일생으로 살아남은 소수 인원들의 모임을 '쵸신 퓨(Chosin Few)'라 하고 있다. 당시의 뉴스위크지는 "진주만 피습 이후 미군 역사상 최악의 패전"이라고 혹평하였다. 미국 워싱턴 DC 6·25 전쟁기념공원에는 쵸신 전투에서 희생된 척후병들의 동상이 있다. 일리노이주 6·25 전쟁기념비에는 쵸신 전투의 장면이 조각되어 있다. 미네소타주 맨카토 참전기념비에는 쵸신 전투 참전자를 기념하고 있다. 미군들은 한국의 쵸신에서 얼마나 격렬히 싸운 줄 아느냐고 하지만 한국인은 쵸신이 어딘지 모른다. 한국인은 미군들에게 장진호를 말해도 미군은 '장진'이 어딘 줄 모른다. 바로 동상이몽을 상징적으로 말해주는 좋은 예인 것이다.

한국인은 '일본 놈' 하면 공산당보다 열 배는 더 싫은 존재이지만 미국은 그런 의식이 없는 둘도 없는 동지이다. 그래서 51년 10월 26일 원산 상륙작전을 할 때도 이북이 설치한 어뢰 때문에 상륙을 못하자 일본 특공대를 데리고 와서 어뢰제거를 시켰던 것이다. 그때 알몬드의 미 제10군단은 지뢰 때문에 상륙을 못 하자 2주일 동안이나 동해를 오르락내리락하다가, 일본이 어뢰 제거를 하자 겨우 상륙하는데, 그 때문에 미 10군단의 상륙은 실기하여 아무런 의미도 없게 되었다. 그 안에 벌써 국군 1군단 제3사단과 수도사단이 원산을 점령한 뒤였기 때문이다. 51년 1월 12-15일 사이에 벌어진 경북 문경 적성리의 빨치산 소탕전에 투입된 이남 특수부대도 일본 오키나와에서 3개월간 지옥훈련을 받은 3백 명이었다. 50년 10월에 유엔군이 38선을 돌파하자 북한군 제2군단 제10사단 유격대원 3천 명을 이방남(조선의용군 출신) 소장의 지휘하에 숨겨두었던 것이다. 하여튼 한국특수부대는 대구 동천비행장에 무전 연락이 닿아 미군 항공포격의 지원을 받아 1,247명 사살이라는 대공을 세우지만, 이 역시 일본군과 싸우던 조선의용군 이방남 소장과 일본에서 훈련받아온 특수부대와의 싸움이었다.

크리스마스 이틀 전, 황급히 도망가다가 교통사고로 사망한 워커의 후임으로 리지웨이 장군이 취임하였다. 리지웨이는 중도적 인물로서 2차 대전 때 공수사단장을 하던 사람이다. 그때 리지웨이가 친구에게 보낸 편지에서 미군에 대하여 솔직한 자신의 심정을 말하고 있다. "한눈에 봐도 아군은 자신감을 잃었어. 눈빛에도 발걸음에도 자신감이 없고 밑으로 병장에서부터 위로 장군에 이르기까지 모두 침체되어 있네. 활기에 넘치는 군대의 모습, 공격성 같은 것은 전혀 찾아볼 수가 없어."

매튜 리지웨이(Mattew B. Ridgway) 중장은 12월 26일 한국에 도착하자마자 알몬드 제10군단장을 불러 제10군단이 제8군에 예속한다는 점을 분명히 했다. 맥아더 때문에 잘못된 지휘체계를 이제야 바로 잡은 것이다. 그러나 그의 한국에 대한 관념은 다른 미군 지휘자들과 크게 다를 바가 없었다. 수류탄 두 개를 앞 사슴에 매달고 나타나 결연한 의지를 표현한 것까지는 좋았으나 어디서 알았는지 마한, 진한, 변한의 이름을 일본식으로 외면서 조선은 전에도 항상 갈라져 있었다는 둥의 말을 하면서 자기의 임무는 한반도의 통일이 아님을 내비치고 있었다.

서부전선으로 북진한 미 제8군은 육로로 후퇴할 수 있었지만 동부전선의 장진호 방면으로 북진한 미 제10군단의 병력은 원산지역이 중공군에게 넘어가자 퇴로가 차단되는 지형 특성상 해상으로 철수할 수밖에 없는 상황이었다. 철군한 제10군단은 3개의 사단으로 구성되었다. 제1해병사단, 제

3보병사단, 제7보병사단이다. 여기에 약 1천 명의 남한 병사가 더해졌다. 원산에 주둔해 있던 미 제3사단도 중국군이 남쪽의 퇴로를 막아버렸기 때문에 흥남으로 이동해 왔다. 이때 유엔군 집결 인원은 10만 5천여 명이었다. 이 비참하리만치 넋이 나간 패잔병들의 도주를 위해 미 제7함대가 함포사격으로 철군을 지원하고 있었다. 이때 미 제7함대에서 발사한 5인치 함포는 18,637발이나 되었는데 그것은 인천상륙작전 때보다 70%나 많은 양이었다.

이들의 후퇴를 위하여 4척의 고속항모, 1척의 경항모, 2척의 호위항모가 배치되었다. 화력 지원용으로 중순양함 2척, 구축함 6척, 로켓함 3척이 배치되었으며, 총 193척이라는 세기적인 척수로 해상 철수작전을 단행하였다. 남측의 1·4 후퇴(중공군 서울 점령일)는 벌써 이때부터 시작되고 있었다.

12월 11일부터 미 제1해병사단의 병력과 장비가 탑재되기 시작하여 동 14일에 선적이 완료되었으며, 15일 흥남부두에서 출항하였다. 이후 순차적으로 유엔군 부대와 국군 제1군단이 12월 23일까지 흥남 철수를 완료하였다. 미 제10군단 알몬드 장군은 처음에는 6백만 톤이나 되는 무기와 장비를 수송해야 했기 때문에 피난민은 수송이 어렵다고 했으나, 국군 제1군단장 김백일 장군과 통역인 현봉학의 설득으로 마지막에는 남는 공간에 피난민 탑재를 허락하였다. 일반인 승선이 허락되자 원자탄이 투하된다는 소문에 몰려든 피난민으로 부두는 아비규환의 수라장으로 변하였다. LST 한 척에 정원의 10배가 넘는 5천여 명이 승선하였지만, 30만의 인파 중 마지막까지 배를 탄 피난민은 9만 1천여 명에 불과했다. 마지막 떠난 메러디스 빅토리아 호는 24일 무사히 부산항에 도착했지만 이미 수많은 피난민이 자리를 잡고 있던 상황이어서 어쩔 수 없이 거제도로 목적지를 변경하여 26일에 거제도에 피난민을 하선시켰다.

피난민 승선으로 4백 톤의 폭약과 차량, 장비 등 560만 톤의 장비가 흥남부두에 유기되었으며, 승선이 끝난 후 인민지원군이 사용을 못 하도록 해군함대와 폭격기가 집중 포격을 가하여 전부 폭파시켰다. 인민지원군 제27군단이 흥남을 접수한 것은 12월 25일 오전이었다.

인민지원군 제9병단의 피해는 10월 15일-12월 15일 중에 참전병력 12만 명(실 참전 67,000명) 중, 전사 2만 5천 명, 부상 12,500명이었다. 펑더화이는 12월 8일 마오쩌둥에게 보낸 전문에서 인민지원군 9병단에 6만 명의 보충병이 필요하다고 알렸다. 여기에 비해서 미군 측은 참전병력 10만 3,520명(실 참전 30,000명) 중, 전사 2,500명, 실종 219명, 부상 5,000

명, 동상자 다수이다. 결과를 보면 양측의 군대 인원은 엇비슷한 숫자이지만 중국이 약간 우위다. 단 사망자는 중국군이 미군에 비해서 열 배가 되지만 이번 전투는 누가 보아도 중국군의 승리였다. 바로 중국의 전략대로 움직이고 있었고 그들의 전법이 차질 없이 이루어지고 있었기 때문이다.

크리스마스이브인 12월 24일에 흥남에서 철수함으로써 지난 10월 1일에 38선을 넘어 북으로 돌진한 국군과 유엔군은 불과 85일 만에 다시 38선 이남으로 모두 물러나게 되었고 통일의 꿈은 멀어져 갔다. 공교롭게도 이날은 바로 맥아더가 크리스마스 공세로 전쟁의 종말을 장담하던 날이기도 하였다.

10

# 미군을 37도선 밖으로 몰아라

1

　유엔군은 제2차 전역에서 중국군의 타격을 받고 육해공에서 모두 38선 이남으로 쫓겨남으로, 갑자기 공격태세에서 방어태세로 바뀌었고, 중국군에 대하여는 멸시의 대상에서 공포의 대상으로 바뀌었다. 미 양원의 공화당 의원들은 전쟁 실패의 책임을 물어 애치슨 국무장관의 교체 건의안을 통과시키는가 하면, 일부 의원들은 트루먼 대통령의 파면을 건의하기도 하였다.
　미국 수뇌부 내부에서도 각종 견해와 주장이 제기되었다. 하나의 의견은, 유럽을 더 중시해야 하므로 미국은 조선 전쟁에 말려들어 유럽에서의 힘을 약화시키지 말고 "조선을 포기하고 역량을 구라파에 집중하자"는 것이고, 또 하나의 의견은, 현실적인 위험요소는 아시아에 있기 때문에 아시아를 지켜내지 못하면 구라파도 지켜낼 수 없으니 조선 전쟁은 반드시 승리로 이끌어야 한다는 것이었다. 두 번째 의견의 지지자들은 심지어 "전쟁 범위를 확대하여 만주의 비행장을 폭격하고 중국 해안을 봉쇄하고 대만의 국민당 군을 활용해야 한다."고도 했다. 영국과 불란서는 "전쟁을 38선에서 정지"하고 정치 담판으로 전쟁 종결을 모색해야 한다는 쪽이었다.

12월 7일 중국 주재 인도대사 파니카(K. M. Panikkar)가 중국외교부 부부장 장한푸(章漢夫)를 만난 자리에서, 인도 등 13개국은 며칠 안에 유엔안전보장 이사회에 38선에서 휴전한 뒤 협상을 진행하자는 건의서를 제출할 계획이라고 알려왔다. 파니카 대사는 "중국이 만약 38선을 넘지 않는다고 보장한다면 이들 국가들로부터 환영과 지지를 얻게 될 것"이라고 덧붙였다. 그러나 저우언라이 총리는 12월 11일 이 제안에 대하여 "미국이 먼저 38선을 넘었으며 따라서 38선은 맥아더가 파괴하였으므로 더 이상 존재하지 않는다."고 강력한 메시지를 보냈다. 중국인민지원군이 밑으로 38선을 넘지 않는다고 장담할 수 없다는 분명한 의사를 표시한 것이었.

12월 12일에 미국은 유엔을 조종하여 '조선정전 3인 위원회' 결성을 논의했고, 12월 14일에는 유엔총회 의장인 이란의 N. 엔테잠 대표, 인도의 B. 라우 수석대표, 캐나다의 L. 페르슨 외무장관의 3인이 정전에 관한 임무를 수행하도록 결정하였다. 이들 3인은 유엔총회에 정전 5개 항을 제시하였으나 중국과 소련이 반대하여 이루어지지 못했다. 그들은 일단 전쟁을 멈추고 담판을 하자는 것인데 그것은 실은 중국을 정전으로 유도하여 일단 숨을 돌리자는 속셈 이외 아무것도 아니었다. 밀리고 있는 그들의 궁색한 속셈을 다 알고 있는 중국이 그 제안을 들어줄 리가 없었다.

12월 13일 마오 주석은 펑더화이 사령관에게 다음과 같은 전문을 보냈다.

> 미국, 영국 등 각국은 아군을 38선 이북에 머물도록 요구하고 있음. 그러나 이 같은 요구는 시간을 벌어 다시 전쟁을 일으키려는 수작임. 그 때문에 아군은 반드시 38선을 넘어 남진하여야 함. 38선 이북에서 일단 정지한다면 정치적으로 엄청나게 불리하게 될 것임.

이에 16일 트루먼은 '전국 긴급사태 돌입'을 선포하고 미국인에게 중국의 조선 침략전쟁을 막기 위하여 어떠한 필요한 희생도 감내하자고 호소하였다. 동시에 국방동원국을 설립하여 징병계획과 군수물자 생산의 확대를 결정하고, 미국 군대를 현재의 250만 명에서 350만 명으로 증가할 것과 1년 이내에 비행기, 탱크의 생산능력을 각각 5배와 4배로 증가할 것을 요구하였다. 유럽의 방위를 위하여 영·불과 타협하여 나토의 통일된 군대 지휘체계를 결정하고 12월 18일에는 아이젠하워를 초대 나토 최고사령관에 임명하였다(역대 최고 사령관은 미군 장성이 맡고 역대 부사령관은 영국군 또는 독일군이 맡음).

중국인민지원군이 입북한 지 1개월여 만에 1, 2차 전역을 거치며 압록강까지 다 밀려온 미군을 다시 밀어 38선 이남까지 쫓아 보냈으니 펑더화이도 미처 예상하지 못했던 성과였다. 그러나 서부전선의 6개 군은 이미 피로할 대로 피로하여 휴식과 병력보충이 절실했다. 동부전선의 제9병단은 재충전의 필요성이 더 절실했다. 지금 당장 쫓기는 적을 쫓아 타격을 가하기는 무리라는 게 모든 지휘관들의 공통된 의견이었다.

조선인민군과 더 긴밀한 지휘체계도 필요했다. 북한의 최고사령관 김일성과 인민지원군 최고사령관 펑더화이는 협상을 거쳐 12월 4일에는 중국인민지원군과 조선인민군의 연합사령부를 창설하기로 하였다. 연합사령부 창설에 대하여 처음에 마오쩌둥은 북한뿐만 아니라 소련까지도 참가하기를 희망하였다. 11월 3일 마오는 스탈린에게 전문을 보내, 펑더화이와 김일성 그리고 소련대사 스티코프가 공동지휘부를 구성하자고 했다.

마오는 "군의 조직편성, 작전, 후방 침투 등 군사작전의 수행과 관련한 제반 정책들의 결정을 맡기고 상호 간의 의견 조율을 통해 일치단결하여 수월한 전쟁수행을 도모할 수 있기를 바란다." 면서, "우리는 지금 이 특별한 전보를 통하여 당신의 지시를 기다리고 있다."고 했다. 그러나 스탈린은 이 마당에 더 깊숙이 한국전쟁에 관여하고 싶지 않았다. 물적 지원은 하겠으니 중국의 지상군이 잘 싸우고 있는 마당에 중국과 조선만이 결성하라는 것이었다. 이에 마오쩌둥의 부름을 받고 득달같이 중난하이로 뛰어간 김일성은 마오를 아버지처럼 껴안았다.

"주석, 감사합니다. 감사합니다. 우리 조선은 중국의 지원 덕분에 미 제국주의자들의 손에 넘어가지 않게 되었습니다."

"염려 말아요. 중국이 있잖아요. 중국과 조선은 한 나라예요. 조선이 침략당하는 것을 보고만 있을 것 같아요? 조선을 건드리는 자는 누구건 가만두지 않을 거예요."

"감사합니다. 감사합니다. 주석! 백골난망입니다."

"더 체계적인 전쟁을 수행하기 위하여 중·소·조가 연합사령부를 결성하자고 했더니 소련이 슬그머니 발뺌을 하네요. 물론 처음부터 큰 기대를 한 건 아니지만, 하여튼 연합사는 우리끼리 조직하면 돼요. 지금까지 1, 2차 전역에서는 중국인민지원군만 싸웠으니 이제부터는 조선인민군도 일조를 해야겠어요."

"물론이지요. 맡겨주시기만 한다면 무엇이나 하겠습니다."

이에 펑더화이는 12월 7일 북경에서 막 돌아온 김일성과 회담하여 중국지원군과 조선 인민군의 '연합사령부(약칭 연합사 혹은 연사)'를 조직하게 되었다. 연사는 펑더화이가 사령관 겸 정치위원을 맡고 덩화가 부사령관을 맡았다. 조선 쪽에서는 김일성이 사령관이 되고, 김웅이 부사령관을, 박일우가 부정치위원을 각각 담당하였다. 그런데 조선군 총사령관인 김일성은 국가원수라는 이유로 실재 연합체제에는 포함시키지 않기로 하였다. 이것은 밖으로는 예우이지만 실질적으로 지휘권에서 김일성을 제외시킨 것으로 펑더화이가 중·조 전군을 총지휘하게 된 것이나 마찬가지였다.

조선인민군은 급히 부대를 정돈하여 3개 군단 14개 사단, 7만 5천 명의 병력을 확보하여 전투에 가담시키고 잔여 병력을 동원하였다. 부사령관 김웅은 동부전선에서 김웅 지휘부를 조직하여 정면에 제2, 제5군단을 두고, 낙동강 전선에서 제4군단장이었던 이권무가 생환하여 돌아옴으로 그를 중심으로 새로 편성한 제1군단이 평양 부근에 배치되었다. 박일우는 지원군사령부에 그대로 머물렀다. 조선인민군은 지원군사령부에 3-4명의 연락 조를 파견하여 작전처와 원활한 연락업무를 맡았는데 연락 조장 조근재 상교(上校. 중령급)는 어찌나 중국어를 잘하던지 모두 감탄하였다.

12월 25일, 사망한 워커 중장의 후임으로 3일 만에 리지웨이 중장이 8군 사령관으로 부임했는데, 그는 부임하자마자 미군과 한국군에게 더 이상 후퇴하지 말고 현진지를 사수하라고 명령하였다. 또 가능하다면 공세를 취할 것이며 만부득이 하여 진지를 포기할 때는 질서 정연하게 후퇴하라고 하였다. 당시 유엔군 측은 5개 군단으로, 13개 사단, 3개 여단, 1개 공수여단의 총 20여만 명의 병력이었다. 가장 위험한 제1선은 한국군이, 제2선에는 미군과 영국군이 배치되었다.

중국 군사위원회에서는 인민지원군의 수송능력을 강화하기 위하여 2,000대의 차량을 보충해 주기로 결정하였다. 아울러 1개 공병단을 조선에 파견하여 정주-평양 간 도로복구와 교량 건설 및 지뢰 제거 작업을 하도록 명령하였다. 그 외에 철도병 교량연대와 독립연대를 조선에 파견하여 대동강교 등 철로 교량을 수리하는 임무를 맡도록 하였다.

이제 지원군사령부 소재지 대유동은 전선에서 너무 떨어져 있으므로 전방지휘소를 옮기기로 하였다. 결국 평남 성천군에서 남서쪽으로 5km 떨어진 군자리(君子里)를 선택하였다. 그때 김일성 수상은 이미 평양 근방의 서포(西浦)로 옮겨온 상태였기 때문에 김 수상과 연락이 편리하고 방공에 유리했기 때문이다. 그곳은 조선의 병기공장이 있고 광산갱도가 있었다. 유엔군이 점령한 뒤에 광산이 약간 파괴되었지만 지원군이 도착하여 수리하니 그런대로 머무를 만하였다.

펑더화이는 '군사는 정치에 종속되어야 한다.'라는 원칙 하에서 인원 부족, 보급 부족에도 불구하고 제3차 전역(1950. 12. 31-1951. 1. 8)을 시작하여 38선을 넘어야 한다는 결론에 이르렀다. 펑은 지원군 부사령관, 참모장, 조선의 박일우 부사령관 등이 모인 지휘관 회의에서 결연한 의지를 전달하였다.

"지금 상황에서 전투를 재개한다는 것은 현실적으로 무리란 것을 나도 알고 있다. 그러나 우리의 정치 상황은 우리에게 또 한 번의 전투를 요구하고 있다. 마오 주석이 직접 우리에게 공격을 재개하라고 명령을 내렸다. 정치 현실이 군사상의 요구를 앞서는 법이니까 공격의 가부를 왈가불가할 수는 없다. 이제 38선을 돌파하는 일만 남아 있다. 다만 현실적인 어려움을 감안하여 신중하게 일을 도모하여야 한다. 미군과 영국군이 서울에 집중되어 있기 때문에 먼저 병력을 집중하여 한국군을 내리치고 그다음에 미군을 쳐야 할 것이다. 맨 먼저 한국군 제1사단을 섬멸한 뒤 기회를 보아 제6사단을 공격하도록 하자. 전투가 순조로우면 춘천의 한국군 제3군단을 공략할 것이고 순조롭지 못할 경우에는 작전계획을 바꾸면 된다. 돌파를 해야 승리를 거둘 수 있지만 절대로 너무 멀리, 너무 깊숙이 쳐들어가서는 안 된다. 적을 섬멸하는 것도 될 수 있는 대로 많이 할수록 좋은 것이지만 상황만 유리하게 전개할 수 있다면 적어도 별 문제가 되는 것은 아니다. 우리는 일단 38선을 돌파하고 상황을 보아서 적당한 선에서 멈추려고 한다."

펑더화이의 전략은 분명해졌다. 38선을 넘어 남으로 내려가는 것이고, 먼저 약한 국군 제1사단을 공격하고 그다음 국군 제6사단을 공략하고, 사정이 허락하면 춘천의 제3군단까지 공략하는 것이다. 미군에 대한 공격은 그 날개를 모두 잘라낸 후 집중 공격하자는 것이다. 이번 전역에는 덩화가 교통사고로 머리를 다쳐 치료차 귀국하였기 때문에 참석하지 못한다. 우익부대는 한센추를 보내 전선을 독려하기로 했고, 좌익의 2개 군은 제42군단장 우루이린(吳瑞林)이 직접 독려하기로 했다. 지원군 사령부에는 펑더화이와 훙쉐즈가 지키기로 했다.

이번 3차 전역의 절호의 시기는 양력 12월 말에서 1월 초 사이이다. 지금까지 두 차례의 전역에서 경험했듯이 인민지원군은 제공권이 없고 미군은 대낮에 공중폭격을 가하느니만큼 인민지원군은 야간에 전투를 할 수밖에 없었다. 더구나 달이 떠 있는 밤은 중공군의 야간전투에 최적의 환경이었다. 그래서 공격 시는 보름달이 떠오를 때를 이용하여야 하는데 그렇다고 공격 개시일을 보름 당일로 잡을 수는 없다. 만월일 때 공격을 하면 날이 갈수록 달은 작아지고 날은 어두워지기 때문이다. 그래서 가장 좋기로는 보름달이 뜨기 며칠 전에 시작하여야 한다. 그렇게 되면 전역이 최고조에 달할 때 달이 바야흐로 보름달이 되어 가장 밝게 비추게 된다. 대개 한 차례의 전역은 평균 7-8일이 걸리기 때문에 양력 12월 말과 1월 초순이면 음력으로 11월 중순의 보름달 시기인 것이다. 12월 31일은 보름달이 뜨기 며칠 전이며 양력으로 1년의 마지막 날이기 때문에 미군과 한국군은 새해를 앞두고 마음이 설레고 성탄절의 기분도 채 가시지 않은 시기이다. 상대의 경계심이 풀어진 틈을 노려서 허를 찌르려면 12월 31일 밤을 디데이로 잡는 것이 가장 좋았다.

31일이 되기 사흘 전, 즉 28일까지 각 부대의 배치를 완료했다. 개성 동쪽 지구에는 제50군을 배치하고, 구화리 지구에는 제39군을 배치하고, 삭녕 지구에는 제40군을 배치하고, 연천 지구에는 제38군을 배치하고, 김화(金化) 이남 및 화천 이북 지구에는 제66군 등을 배치하였다.

1, 2차 전역 때는 전적으로 인민지원군만의 전투였으나 마오쩌둥은 얼마 전 펑더화이에게 전문을 보내 북한인민군 부대의 사용 여부에 관해서 김일성과 상의해 보라고 했다. 전문을 받은 펑더화이는 김일성과 협의하여 주 저항선은 인민지원군이 맡고 지형에 익숙한 북한인민군은 후방으로 돌려 적의 주력을 압박하는 비정규적인 전법을 활용하기로 했다. 사리원 이남에는 북한인민군 제1군단, 홍천과 인제 지역의 동부전선에는 최현의 제2군단과 방호산의 제5군단의 5개 사단을 배치하였다. 또한 태백산과 오대산에 숨어있는 약 4천 명에 이르는 인민군 제4, 5사단의 패잔병들은 끊임없는 유격전을 펴도록 하였다. 동시에 1, 2차 전역으로 기선을 잡은 중공 중앙은 유엔총회에 나가기 위해 뉴욕에 가 있는 우시우촨(吳修權)을 통해, 미군의 대만해협 철수와 한반도에서 일체

의 외국군대 철거를 주장하고 조선인의 자결권을 보장하라고 기세 좋게 화전(和戰) 양면 전을 펼쳤다.

12월 31일 오후 5시, 중국인민지원군과 조선인민군은 예정한 대로 약 200km에 달하는 전 전선에서 일제히 진공작전을 개시하였다. 아주 신속하게 임진강과 한탄강 등 그들의 방어진지를 돌파하여 깊숙이 밀고 나갔다. 자라 보고 놀란 가슴 소댕 보고 놀란다고 미군과 한국군은 인민지원군에 잔뜩 겁을 먹고 있었다. 인민지원군 제38, 39, 40군은 돌파 임무를 완수하였고 좌익의 제42, 제66군도 그들의 진지를 돌파하였다.

우익부대의 한센추 지휘부는 제40군 사령부와 같이 움직이고 있었다. 남쪽 측 방어선의 제1선은 모조리 한국군이 맡고 있었다. 한국군은 중국군을 더 두려워하고 있었다. 1, 2차 전역에서 혼쭐이 난 그들은 우스울 정도로 겁을 먹고 도망치기에 바빴다. 중국으로서는 그들의 약점을 꿰뚫어 보고 있었기 때문에 전적으로 한국군만 골라서 공격하면 저들의 방어진지는 쉽게 뚫렸다. 인민지원군은 당일 밤으로 상대의 제2선, 즉 미군 방어선까지 돌파하여 20여 곳의 미군을 포위하였다. 포위당한 미군은 대개 1개 대대 정도의 규모이다. 이것은 중공군의 전통적인 공격 방법인 것이다. 미군 1개 대대 정도의 소부대를 떼어내어 중공군 1개 사단이나 2개 연대의 대부대가 일시에 제파식으로 집중 공격하는 것이다. 이렇게 하여 20여 곳의 미군 진지 공격을 모두 성공시켰다. 최전선에서 무전기로 한센추에게 보고가 득달 쳤다.

"한 부사령관님, 싸움이 너무 싱겁습니다. 우리가 공격만 하면 저들은 다 도망가 버립니다."

"그러나 적을 너무 깔봐서는 안 된다. 언제 저들이 역습할지 모르니 철저히 경계하도록."

옆에 있던 작전처 부처장 양띠가 장난기 어리게 훈수를 둔다.

"재미있습니다. 날이 밝으면 어떤 일이 벌어질지 궁금한데요."

인민지원군에 의해 포위된 미군들은 탱크로 빙 둘러싸고 그 안에 숨어 있었다. 인민지원군은 급히 출전하면서 휴대용 경화기만 가지고 와서 그렇지, 만약 포병의 중화기만 따라왔다면 저들을 모조리 때려잡을 수 있을 것 같았다. 아쉽게도 저들이 탱크와 차량으로 도망가는 모습을 보면서도 도보로 쫓아가기에는 속도가 따라주지 않았다. 미군이 포위되면 예외 없이 비행기가 날아와 지원을 하는데 인민지원군이 근접전을 벌여 소총이나 수류탄 공격을 해대면 자기편이 다칠까 봐 폭탄 투하를 못 하였다. 쫓기는 그들을 쫓는데도 조심을 해야 했다. 곳곳이 지뢰밭이어서 여기저기서 지뢰 터지는 소리가 펑! 펑! 들려왔다.

우익집단군의 제39군은 포병 제45, 제26연대의 지원 하에 31일 오후 5시 40분에 임진강을 돌파하여 군 주력은 1일 새벽에 그들의 방어선 10km를 밀어붙여 대촌, 무건리 지구를 점령하고 도강을 준비하던 제50군과 협동작전을 벌였다. 제117사단은 연도에서 미군의 5차에 걸친 저지를 모조리 물리친 후, 다음 날 새벽 5시에 그들의 방어선 15km까지 밀고 들어가 동두천 서남방 상수리, 선암리 지구에 이르러 한국군 제1사단과 제6사단의 연결고리를 끊어놓았다.

인민지원군 제40군 119사단은 포병 제42연대의 지원 하에 31일 오후 6시 30분에 임진강을 돌파하여 1일 새벽에 상대의 방어선 12km까지 치고 들어가 동두천 서쪽 안흥리, 상패리를 점령했다. 제118사단은 배속된 포병 제29연대의 1개 중대를 동두천의 동산에 보내 국군 제6사단의 퇴로를 끊으려 하였으나 상황을 제대로 이해하지 못한 중대장들 때문에 적을 놓치고 말았다.

제38군은 포병 제25, 46연대의 지원 하에 31일 오후 6시에 상대의 진지를 돌파하였다. 우회 임무를 맡았던 제114사단은 대낮에 작전 임무를 수행하여 1일 정오에는 적의 방어선 20km까지 치고 들어가 동두천 동남쪽의 칠봉산을 점령하였다. 그러나 제39군의 117사단과 함께 포위망을 구축하려 했던 계획에 차질이 생겨 한국군 제6사단이 대부분 틈을 비집고 도망가게 만들었다. 제38군 주력은 포천의 미군 1개 연대를 공격하여 1일 저녁에는 신읍리를 점령하자 포천의 미군은 남쪽으로 도망쳤다.

제50군은 제39군의 협조하에 1일 오후 2시에 임진강을 돌파하고 남측의 진지 2km까지 밀고 들어가 자장리(紫長里) 지구를 점령하였다. 이 사이에 북한인민군 제1군단은 1일 오후 6시에 임진강을 건너서 문산 부근의 선유리, 파주리 지구에 이르렀다. 제50군은 2일 11시를 전후하여 문산 부근의 율곡리, 문평리, 황발리 지구를 점령하였다. 제39군의 주력은 2일 새벽에 역시 문산 동쪽의 오현리, 오림현 지구에 이르렀다. 문산 지구의 한국군 제1사단은 인민지원군 제39, 50군의 공격을 받고 2일 12시에 남쪽으로 도망쳤다. 제40군과 38군은 2일 오후 5시를 전후하여 의정부 동북쪽과 포천 남쪽 지구에 들어왔다. 이때쯤 인민지원군 우익 각 집단군은 파주리, 선암리, 칠봉산 및 의정부 동북 일선을 치고 들어가 상대의 방어 종심진지 15-20km까지 돌입하였다.

좌익집단군 제42군은 포병 제44연대의 지원 하에 31일 오후 6시 20분에 상대의 진지를 돌파하였다. 우회 임무를 담당했던 제124사단은 적기의 위협사격에도 불구하고 주간에 진공을 계속하여 연도에서 상대의 십여 차례의 반격을 물리치고 1일 12시 이전에 제영리(濟寧里) 이남의 석장리 지구에 도착하여 한국군 제2사단의 퇴로를 차단하였다. 주력부대는 1일 화현리, 중판리, 적목리 일대까지 전진하여 한국군 제2사단의 1개 대대 병력 이상을 섬멸하였다. 아울러 일부 병력은 계속하여 가평으로 진공하였으나 그들의 퇴로를 막기 전에 가평의 상대는 남쪽으로 도망하였다. 인민지원군은 2일 10시에 가평을 점령하였다.

제66군 주력부대는 31일 오후 8시 30분에 상대의 진지를 돌파하여 1월 1일과 2일 사이를 전후하여 수덕산과 상하홍적리(上下紅磧里), 상하남종 지구를 점령하고, 제42군과 합동으로 이 일대의 한국군 제2사단 31연대, 32연대와 한국군 제5사단 36연대 대부분과 한국군 포병 제24대대를 궤멸하여 임무를 충실히 완수하였다. 이때 지원군 사령부로부터 제66군의 대대적인 승리를 축하한다는 전보가 도착하여 인민지원군의 사기를 마음껏 북돋아 주었다. 그런데 춘천 쪽의 양동작전(陽動作戰)을 맡았던 제198사단(1개 연대 부족) 주력은 아직도 전진 중에 있어서 상대를 제대로 잡지 못해 춘천 북쪽의 상대가 남으로 무사히 퇴각할 수 있게 만들고 말았다. 제66군이 춘천을 점령한 것은 2일 오후 3시였다.

　북한인민군 제2, 제5군단의 5개 사단은 이번 전역이 벌어지기 전에 벌써 38선을 넘어 각각 남쪽으로 홍천, 횡성, 원주 방향으로 우회 전진하였고, 그중 제12사단이 31일 새벽에 홍천 서남방 신대리(新垈里) 지구에 도착하여 상대의 후방을 위협하자 국군 제3사단은 남으로 도주하였다.

2

 이때쯤, 남측은 인민지원군의 계속적인 돌격을 받고 제1선이 전면적으로 붕괴되었다. 1월 2일부터는 전 전선에서 철퇴를 시작하였고, 다만 일부 병력만이 서울 이북의 고양, 도봉산, 수락산 일대에서 엄호하며 중국지원군의 진공을 저지하고 있었다.
 펑더화이 사령관은 상대가 완강한 저항을 하지 않고 빨리 도망만 가는 것을 보고 아마도 서울을 포기하던지 아니면 서울의 남쪽 연안에서 방어하던지, 그것도 아니면 남쪽으로 계속 도주하던지일 것이라고 가정하고 승기를 잡은 김에 일단 더 큰 전과를 올리라고 하였다.

그런데 51년 1월 1일 양력 설날, 미군 전투기가 계속해서 군자리 상공을 맴돌았다. 이날은 조선인민군 전방사령부가 전승을 축하하고 새해를 경축하기 위하여 펑 사령관과 홍쉐즈, 제팡 등을 초청해 개고기를 대접하였다. 천시우롱도 특파원 자격으로 동석하였다. 모처럼 망중한을 즐기는 자리인지라 조선의 여성 접대원들이 연거푸 펑 사령관에게 술을 권했고 펑 사령관도 모처럼 긴장을 풀고 술잔을 받았다. 술자리가 무르익자 이어서 무도회가 벌어졌다.

모두 흥겨워하는 자리이기 때문에 천시우롱도 조선인민군 장성의 프러포즈에 응하여 춤을 추었다. 장동한이라는 인민군 장성은 천시우롱이 무척 마음에 드는지 여러 가지를 묻고 자기소개도 자세히 하였다. 다음에 음악이 나오자 행여나 다른 사람이 먼저 청할까 봐 장동한이 먼저 나와서 천시우롱에게 춤을 청하였다. 천시우롱은 안타까웠다. 이렇게 늠름한 조선 사나이와 사랑에 빠져도 될 법한데 자기는 벌써 펑더화이를 깊이 사모하는 사람이 되어 있었다. 중공군은 계급장이 없지만, 조선군은 계급장이 있다. 중공군은 아무런 계급장이나 명찰이 없이 누구나 왼쪽 가슴에 '중국 인민지원군(中國人民志願軍)'이란 명패 하나만 달고 있다. 조선에 들어오기 전에는 '중국 인민해방군(中國人民解放軍)'이라고만

쓰여 있었던 것을 조선으로 들어오면서 '해방'을 '지원'이라고만 바꾼 것이다. 조선군 장성의 어깨에 얹혀있는 별 하나(소장. 한국군 준장급)의 계급장이 너무나 멋져 보였다.

"특파원이시라고요? 미국의 조선 침략을 사실대로 세계만방에 알려주세요."

"네, 그러고 있습니다. 한 소장님은 몇 군단 소속입니까?"

"제1군단 소속입니다. 연대장을 맡고 있습니다."

"고생이 많으십니다. 조선도 중국처럼 통일이 되어야 할 터인데요."

"되겠지요. 우리는 하루속히 통일을 하는 것이 가장 중요하지만, 통일을 한 후에도 상황은 만만치 않습니다. 제 생각으로는 조선이 사는 길은 영세중립국이 되는 길밖에 없습니다."

"영세중립국이요? 그것이 가능할까요?"

"어렵겠지요. 그러나 꼭 하겠다는 의지만 있으면 불가능한 일도 아니지요. 우리는 다른 중립국인 스위스나 오스트리아와도 다릅니다. 그 나라들은 옆에 자기와 비슷한 나라들이 많이 있습니다. 그러나 우리나라는 세계에서 가장 강한 4대 초대강국이 둘러싸고 있습니다. 누구 편을 들어서는 여간 어려운 지경에 빠질 수밖에 없습니다."

"듣고 보니 옳은 말씀인 것 같습니다. 꼭 그렇게 되기를 기원합니다."

무도회 광경을 보고 있던 홍쉐즈는 불안했다. 홍쉐즈는 춤을 추고 있는 펑 사령관의 소매를 슬그머니 잡아당겼다.

"펑 총, 이제 그만 돌아가시지요."

"뭐 어때? 좀 더 있다 돌아가자고."

홍쉐즈가 펑을 잡아당겨 돌아가기를 권하자, 조선인민군 장성들은 벌써 가느냐고 말렸다. 홍쉐즈는 돌아가서 할 일이 있다고 핑계를 대면서 펑더화이를 모시고 먼저 나왔다. 홍쉐즈는 펑 사령관의 안전을 책임진 신분이기 때문에 상당히 불안했던 것이다. 미군기는 상공을 맴돌고 조선군사령부도 건물이 은폐되어 있지 않아 공습을 당하면 큰 화를 당할 것 같았다.

중국인민지원군 측은 아쉬운 작별을 고하며 사령부를 빠져나왔다. 장동한 소장도 멀리까지 따라 나오면서 아쉬워하였다. 장동한과 천시우롱은 시선이 부딪치자 한참 동안을 서로 마주 보았으나 이를 어쩌랴, 어차피 이룰 수 없는 풋사랑인 것을. 천시우롱은 가벼운 눈인사만 하고 펑더화이를 따라 나서며 자기도 모르는 사이에 눈물이 팽 돌았다. 펑더화이가 술기운에 다리가 약간 휘청한 바람에 천시우롱은 펑더화이를 부축하였다. 의도치 않게 둘은 가벼운 포옹 상태가 되었다. 뒤에서 보고 있던 장동한 소장이 두어 걸음 급히 앞으로 나선다. 천시우룽은 괜찮다는 눈인사를 보냈고 장한동은 넋 잃은 사람처럼 그 자리에서 지켜보고 있었다. 군자리 갱 안으로 돌아온 펑더화이는, 인사불성이 된 줄 알았더니,

"어이, 홍 형, 장기판이나 들고 와."

"네?"

"왜? 두 판은 두어야지?"

펑 사령관은 하나도 취하지 않았고 정신이 말짱하였다. 그러나 홍쉐즈가 그렇게 빨리 끝내주기를 내심 바라고 있었던 것이다.

"됐습니다. 오늘은 이만 쉬시고 내일 작전 회의를 하시지요."

하고 막 나가려는데 천수이룽이 차호에 찻잔을 받쳐 들고 들어온다. 그때였다. 갑자기 '콰광!'하는 천지가 무너지는 듯한 굉음이 울리더니 엄청난 먼지가 갱 안으로 몰려들어와 불은 일시에 꺼지고 갑자기 한 치 앞을 볼 수 없는 암흑이 되었다. 잠깐 정신을 차려 귀를 기울이니 폭격기 날아가는 소리와 폭탄 터지는 소리가 여기저기서 났고 홍쉐즈의 외치는 소리가 들렸다.

"모두 피신하라!"

펑더화이도 급히 몸을 날려 천시우롱의 손을 잡고 갱 밖으로 뛰어나왔다. 인민지원군들은 폭탄을 피해 이리 뛰고 저리 뛰었다. 전에는 미군기가 저녁에 공습하는 예는 거의 없었다. 그들은 미련하리만치 우직하게 낮에 폭격할 줄밖에 몰랐다. 그런데 웬일인가? 저녁이 이슥할 무렵에 미군기의 공습이 있다니. 혹시 저들이 인민지원군 사령부를 알아낸 것은 아닐까. 갱 밖의 지원군을 향해서도 계속 폭탄 세례가 쏟아졌다.

하여튼 펑더화이와 천시우롱은 폭탄을 피해 더 멀리 더 멀리 뛰었다. 전에는 이런 일이 없었기 때문에 저녁이 되면 비교적 안심이었고 지원군의 세상이었던 것이다. 그런데 미 8군 사령관 워커가 죽은 뒤, 새로 부임한 리지웨이는 머리를 쓸 줄 아는 지휘관이었다. 중공군이 밤에 강하고 산악전과 기습공격에 강하다는 것을 안 그는 이를 역이용해볼 필요를 느꼈던 것이다. 그는 2차 대전 때 공수사단장을 역임했기 때문에 워커나 맥아더와는 달리 게릴라전의 상식이 풍부하였다.

펑 사령관과 천시우롱은 일단 깊은 산 속으로 멀리 뛰고 있었다. 그런데 바로 앞에서 폭탄이 펑 터지면서 정신을 잃고 쓰러졌다. 정신이 들어 눈을 떴을 때 펑더화이는 자기가 천시우롱 배 위에 쓰러져 있다는 것을 알았다. 천시우롱도 거의 동시에 눈이 떠졌다. 펑더화이가 멋쩍어 일어나려고 하다가 이상한 감각에 자기도 몰래 동작을 멈추었다. 천시우롱의 손이 펑더화이의 등 위에서 가벼운 압력을 가하고 있었다. 일어나지 않아도 된다는 표시였다. 펑더화이는 너무나 오래 참았던 욕정이 끓어올랐다. 오랫동안 숨겨오던 남성의 본성이 불끈 솟아올랐다. 그것은 실은 천시우롱도 마찬가지였다. 둘은 누가 먼저랄 것도 없이 입술이 포개졌다. 뜨거운 음양이 한 덩어리가 되어 추운 날씨도 아랑곳하지 않고 오랫동안 꿈틀거렸다. 멀리서 그들을 찾는 목소리가 희미하게 들렸으나 둘은 그들을 무시하고 꼭 껴안고 모든 가식을 벗어던지고 있었다. 시간이 많이 흐르고 둘을 찾는 목소리가 들리지 않자 누가 먼저 시작했는지도 모르게 두 번째 유희가 시작되었다. 그처럼 오래 참아오던 욕정이 숨김없이 표출되면서 둘의 유희는 끝날 줄을 몰랐다.

펑더화이와 천시우롱이 산을 내려와 군자리 갱도 앞에 이르자 홍쉐즈가 한 무더기의 인민지원군을 거느리고 나타난다.

"펑 총! 무사하십니까?"

"음, 괜찮아요. 다 무사한가?"

"네, 지금 점검 중입니다. 천 소저(小姐)! 펑 사령관과 같이 있었습니까?"

"아니요. 산에서 내려오다가 우연히 만났습니다."

천시우롱은 자신도 모르게 거짓말을 하였다. 누가 말하기를, 사랑은 거짓말을 가르친다고 하더니 그럼 자기도 이제 사랑을 한단 말인가. 천시우롱은 자기가 거짓말을 한 것을 알고 스스로 놀랐고 펑더화이도 놀랐다. 천시우롱에게 어디서 저런 면이 있어서 즉석에서 임기응변으로 둘러댈 수 있었을까.

하여튼 리지웨이의 이번 공습은 중공군의 의표를 찌른 것이 분명했다. 정월 초하루, 그리고 한밤중에, 중공군의 입장에서는 이런 날은 가장 안심하여도 되는 날이지 않은가. 그러나 리지웨이는 오히려 상대의 한 수를 역으로 시험 삼아 써먹어 보았다.

인민군지원군 쪽에서는 사령부가 발각되었나 걱정했으나 그것은 아닌 성싶었다. 왜냐하면 그 뒤로 공습은 있었지만 집중포화가 아니었기 때문이다. 그래도 만약을 위하여 지원군사령부를 김화 북쪽의 감봉리로 옮겼다.

원래 맥아더는 서울만은 사수하기 위하여 미 8군에게 서울을 방어하라는 명령을 내리고, 그 일환으로 예비인 미 기병 제1사단을 퇴계원 일대에 배치하였다. 그러나 미 8군에게는 서울을 사수하겠다는 의지가 없었다. 미 8군은 오히려 서울 북방에 저장된 보급품을 한강 이남으로 옮기고, 형식상 최소인원만을 서울에 잔류시키고 대부분을 대구로 이동시켰다. 패 일언하고 중공군이 공격해 올 경우 접촉마저 피하고 다시 철수하겠다는 패배의식이 팽배해 있었던 것이다.

한편 38선 일대까지 유엔군을 추격하여 내려온 중국지원군은 일단 숨을 고르고 싶었다. 그래서 연합사령부도 설치하고 작전지휘권도 확보했으니 새해 2-3월경이나 서울을 점령한다는 계획을 세웠다. 인민지원군의 전력 소모도 엄청났기 때문이다. 더구나 장진호 전투에서 붕괴된 제9병단의 피해는 아주 심해서 이를 보충하기 위해서 본토에서 이동 중인 제19병단도 조선으로 이동하려면 아직 시간이 필요했다. 그러나 마오쩌둥의 생각은 달랐다. 상황 판단에 있어서는 펑더화이의 판단도 정확하지만 마오쩌둥만은 못했다. 미국도 실은 맥아더의 판단이 트루먼의 수준에는 따라가지 못하고 있었다.

마오쩌둥은 2-3개월 정도의 부대 재편 기간이 필요하다는 의견에는 동의하지만, 지금은 때가 아니라는 것이었다. 38선 일대에서 중국지원군이 공격을 중지하면 전선이 고착화될 수 있으니 내킨 김에 지체 없이 38선을 돌파하여 서울을 점령한 후에 부대를 재정비하라는 명령이었다.

1월 2일, 인민지원군은 벌써 전 전선에 걸쳐 남측 방어선 깊숙이 15-20km까지 밀고 들어가 남측 전 병력을 혼란 속에 집어넣고 있었다. 국군 방어선인 제1선이 무너지자 동쪽 측면이 완전히 드러났다. 펑더화이는 상대가 이미 저항할 뜻을 잃고 신속히 철수하기에 바쁘다는 보고를 받고, 저들이 서울을 포기할 가능성이 크다고 보았다. 펑더화이는 승기를 놓이지 말고 계속 밀어붙이라고 명령하였다.

1월 3일, 중국지원군 우익집단군은 북한인민군 제1군단과 협동으로 서울, 인천, 수원, 양평 쪽으로 추격하고, 좌익집단군과 북한인민군 제2, 5군단은 홍천, 횡성, 양양(襄陽), 강릉 쪽으로 추격해 나갔다. 우익 제50군은 고양 북쪽의 벽제리 지구에서 미 제25사단의 1개 대대의 저항을 격퇴한 뒤, 고양 남쪽의 선유동 불미지(佛弥地) 마을에서 영국군 제29여단의 퇴로를 차단하였다.

그날 밤 영 제29여단 휘하 1개 대대와 제8기병연대 직속 중대를 대파하고 탱크 31대를 노획 및 파괴하였다. 영국군 제29여단은 제2차 대전 당시 노르망디 상륙작전에서 이름을 떨친 몽고메리 부대의 후신이다. 지원군 제50군은 포위망을 압축한 뒤 폭약을 터트려 선두로 오는 탱크를 파괴했고, 부서진 탱크 때문에 나머지 탱크가 스스로 퇴로가 막히자 그들은 모두 투항하였다.

얼스터(Ulster) 부대라는 영국군 제29여단은 1월 3일 오후 늦게 철수 명령을 받는다. 그런데 무슨 연유인지 그들의 철수 속도는 무척 느렸다. 선두 B중대가 산(195고지)에서 내려와 차량으로 메네미 고개에 진입하기 직전, 어두운 하늘에 나타난 미 공군 C-47 수송기가 조명탄 한 발을 발사하였다. 이 조명탄이 얼스터 부대의 운명을 바꾸어 놓았다. 이 조명탄은 영군에 유리한 것이 아니고 오히려 중국지원군이 영군을 식별하기에 좋아서 조명탄을 신호로 즉시 기습을 시작하였기 때문이다.

마지막 철수 부대인 전차부대의 선두가 미군 트럭을 타고 철수 중일 때 그들은 이미 전장에서 멀리 떨어져 있는 상태였다. 철수 부대의 후미와 메네미 고개 좁은 길로 접어들던 선두 부대는 동시에 중국지원군의 습격을 받는다. 미군의 조명탄으로 그들의 신분이 탄로 난 지 두 시간 만의 일이었다. 전투는 새벽까지 4시간 동안이나 계속되었다. 부대장 브레이크 소령이 전사했고, 후사르(Hussar. 폴란드 창기병 윙드 후사르에서 딴 이름. 영국에서는 기갑부대) 두 개 중대에서 지원 나온 14량의 전차도 모두 빠져나오지 못한 상태에서 전차 중대장 쿠퍼 대위와 다수의 전차병들이 전사했다. 이때의 그들의 피해는 157명이 죽고 20여 명이 포로가 되었다. 그중 70여 명만이 쇼우 소령의 지휘하에 서쪽으로 우회하여 겨우 탈출에 성공하였다.

중국지원군 제39군은 의정부 서남방 회룡사에서 미 제24사단 제21연대와 조우하여 그 일부를 섬멸하였다. 제38, 40군은 의정부 동남방 수락산 지구까지 추격하여 미 제24사단 제17연대를 격파하였다. 좌익의 제42군 주력은 제66군의 1개 사단과 협동으로 가평, 춘천에서 북한강을 건너 홍천 방향으로 추격하였다. 북한인민군 제2, 5군단은 계속하여 홍천, 횡성 방향으로 진출하여 저들의 남쪽 도주로를 차단하고 공격하였다. 유엔군은 인민지원군의 맹렬한 진격에 대단히 겁을 먹고 있었다. 드디어 1월 3일 오후 3시부터 서울에서 철수를 시작하였다. 리지웨이는 한강대교 다리 입구에 서서 친히 총지휘를 하였다. 그는 미 8군을 신속히 철군시키기 위하여 각 부대에 하달하였다. 만약 남한의 난민과 한강대교 쟁탈전이 벌어져 미군 철수에 영향을 미친다면 난민에게 발포하여도 좋다고.

## 3

　1월 4일, 드디어 중국지원군 제50군과 제39군의 116사단 및 조선인민군 제1군단은 서울을 점령한다(1·4 후퇴). 그때 남측은 한강 이남을 점거하고 김포공항과 인천항을 장악하고 있었다. 중·조 양군은 서울을 위협하고 인민지원군의 춘계공세에 장애가 될 것을 감안하여 한강 남안의 상대를 격퇴하기로 하였다. 북한인민군 제1군단의 1개 사단은 서울을 지키고, 주력부대는 한강을 건너 기회를 보아 김포공항과 인천항구를 점령하도록 했고, 지원군 제50군은 한강교를 장악하고 한강 남안의 교두보를 점령하여 주력부대와 협동으로 남안의 상대를 공격하도록 하였다. 펑 사령관은, 만약에 상대가 계속하여 남으로 도주만 하면 수원까지만 추격하고 다음 명령을 기다리라고 하였다. 중국지원군 제38, 39, 40군은 청평천 부근에서 북한강을 건너 양평, 이천의 상대를 섬멸하고, 그 후 동남쪽에서 서북쪽으로 공격하여 광주, 수원, 영등포 지구의 상대를 공격할 준비를 하게 하였다.

4일 오후 1시경에 남측의 마지막 엄호부대가 철수를 완료하였고 2시경에 한강 임시교량이 폭파되었다. 그로부터 1시간 뒤에 중국지원군과 북한인민군이 서울을 무혈입성했다.

서울은 남측이 수복한 지 3개월 만에 다시 북쪽의 손에 들어갔다. 결국 평택-안성을 잇는 37도선까지 철수한 유엔군은 겨우 중국지원군과 접촉을 단절하고 전열을 수습할 수 있었다. 중부전선의 상황도 상당히 심각하게 돌아가고 있었다. 홍천-원주를 향해 남하한 북한인민군이 원주를 점령한 후에도 공세를 계속하고 있었기 때문이다. 만약 북측이 충주-대전 방향까지 진출하여 37도선 일대에 포진하고 있는 유엔군 후방을 차단한다면 어찌 될지 모르는 심각한 상황이었다. 서울에 미련을 두지 않고 37도선까지 후퇴한 유엔군은 1월 6일에 평택-안성 간에 방어선을 설정하였으나 예상외로 중공군은 서울에서 추격을 멈추었다.

펑더화이의 생각은, 서울을 점령한 뒤 지나치게 깊숙이 추격하는 것은 불필요하다고 보았다. 중국지원군은 후방과 너무 멀리 떨어져 있어 병참 보급이 원활하지 않았기 때문이다. 그래서 일부 병력만으로 도망치는 상대를 쫓으라 명령을 내리는 동시에 제38, 39, 40군 등 주력부대는 한강 북쪽 기슭에서 3일 동안 휴식을 취하도록 하였다

중공군이 서울을 탈환하였다는 뉴스는 국제적으로 커다란 반향을 불러일으켰다. 미군의 위신은 땅에 떨어지고 중국군의 사기는 충천하였다. 다음 날은 조선인민군이 서울에서 장엄한 입성식을 거행했고, 북경의 천안문광장에서는 전승을 축하하는 군중집회가 열려 밤새도록 열광하였다.

"미국은 종이호랑이다."

"인민해방군은 미군을 이겼다."

"지금 승승장구하여 미군을 추격하고 있다."

"위대한 인민해방군 만세!"

북경 거리에는 폭죽 터지는 소리가 천지를 진동하였고 전국 주요 도시에서도 모두 축하의 폭죽이 터지는 소리로 산천이 요란하였다.

남측의 입장에서는 51년 1월 10일 전후가 전쟁이 발발한 이래 최대의 위기상황이었다. 미군은 실은 평택-삼척에 형성된 전선에서 50km 후방의 금강까지 밀려난다면 즉시 한국

에서 철군하겠다는 생각을 하고 있었다. 때문에, 중국지원군은 서울을 점령하면서 더 이상 내려올 수 없을 만큼 힘이 소진된 상태였지만, 그래도 마지막 힘을 다하여 밀어붙였다면 전쟁은 아마 끝났을 것이다. 그런데 펑더화이는 실은 그런 사실을 전혀 모르고 있었다. 미군은 인민지원군을 과대평가하여 회피하고 있었고, 인민지원군은 미군의 위기상황을 제대로 파악하지 못하고 있었던 것이다.

승기를 잡고도 추격하지 않자 심지어는 중국지원군 속에서도 불만을 가진 자가 많았다. 적이 지금 도망가고 있는데 왜 쫓지 않는단 말인가? 이대로 밀어붙이면 부산까지도 진격할 수 있고 한 번만 힘을 더 가하면 바닷속으로 쓸어 넣을 수 있지 않은가? 조선 주재 소련대사 라자예프(라주바예프) 중장의 견해도 이와 같았다. 이런 작전을 지시한 사령관이 대체 누구인가 하며 직접 펑 사령관을 겨냥하고 비난하였다. 그러나 펑더화이의 생각은 달랐다. 중국지원군도 지칠 대로 지쳐있었으며, 무엇보다도 중국이 조선에 파병 나온 것은 조선을 위해서가 아니고 중국 자신의 안위를 위해서였다. 그러니 김일성과는 의견이 다를 수밖에 없고 제삼자인 소련과도 견해가 다를 수밖에 없었다. 그리고 미국이 그렇게 만만한 상대가 아니라는 것을 펑더화이는 잘 알고 있었다.

1월 8일부터 중국지원군 주력과 조선인민군 제1군단 일부가 각각 서울, 동두천, 고양, 마석우리, 김화, 가평 일대에서 휴식에 들어갔다. 오직 제50군과 38군의 112사단과 조선인민군 제1군단의 2개 사단이 한강 남쪽에서 해안방어와 한강대교 남쪽 진지의 경계를 맡고, 제42군 125사단이 남한강 동쪽에서 정면의 유엔군을 경계하고 있었다. 조선인민군 제2, 5군단도 일부 병력을 정면 경계에 투입하고 주력은 홍천, 횡성 동쪽 지대에 집결해 휴식을 취하고 있었다.

1월 10일 김일성은 주조선 중국대사관 참찬(參贊) 차이청원(柴成文)을 대동하고 군자리의 연합사령부에 나타났다. 펑더화이는 그가 왜 왔는지 잘 알고 있었다. 덩화, 훙쉐즈 등도 긴장하며 김일성을 바라보았다.

"펑 사령관, 내가 보기에는 지금이 절호의 기회인 것 같은데 왜 진격을 멈추는 것이오?"

"우리 중국 군대는 무척 지쳐 있어요. 휴식도 필요하고 보충도 필요해요."

"휴식과 보충이 필요하다는 말은 동의합니다. 그러나 적은 우리보다 더 지쳐있어요. 이런 경우는 난관을 참고 밀어붙이는 것이 전술상 맞는 것 아닌가요?"

"지금 출동해 봐야 적에게 지역 일부를 포기하게 만드는 것 이외 별 효과가 없어요. 너무 일찍 깊이 밀어붙이고 나면 중국군의 장점인 '분할 섬멸'전을 펼칠 수가 없어요."

"적을 섬멸할 수 없다면 지역이라도 넓혀야 하지 않겠어요?"

"적을 몰아붙일 것만 생각하지 말고 자기 자신도 알아야 해요. 이번 3차 전역은 지금도 너무 빨리 남쪽으로 뻗어 나갔어요. 보급로선이 500km에서 700km까지 뻗어있어 자칫 보급선이 중간에서 끊기면 큰 낭패를 당하게 되어 있어요. 그렇다고 조선이 무슨 보급을 책임질 처지도 아니지 않소?"

"우리 조선이 중국군의 보급을 책임질 형편이 아니라는 것은 잘 알지요. 그러나 핑계를 대기 시작하면 끝이 없어요. 대를 보고 소를 희생할 줄 알아야 지요."

"우리의 허점도 많이 드러나 있어요. 우리는 동서해안 방어를 못 했기 때문에 양측 측면이 드러나 있어요. 우리가 계속 남진만 할 경우 미군이 아군의 측면과 배후에서 상륙작전을 감행하여 협공한다면 '인천상륙작전'의 재판이 되지 말라는 법도 없어요."

김일성과 펑더화이는 한 치의 양보도 없이 자기의 의견을 주장하였다. 펑더화이(53세)는 나이 든 사람이 젊은 사람(39세)을 타일러야 한다는 생각에서 마오쩌둥으로부터 온 전문을 꺼내보였다. 거기에는 '휴식과 보충을 허용'한다는 내용이 있었다. 김일성은 내 의견도 개인적인 내용이 아니다, 조선노동당 정치국의 전체 의견이라고 말하며 그 자리서 신경질적으로 전화를 걸어 박헌영더러 급히 달려오라고 했다.

박헌영이 달려온 자리에서, 다음날 11일에 회의는 속계 되었다. 박헌영은 소련 측이 제공한 정보를 들이대며 펑더화이에게 대들었다.

"미국은 철수할 계획도 가지고 있어요. 이럴 때 우리가 추격을 멈추면 미군이 철수 계획을 철회할 수 있지 않아요?"

"미군이 그렇게 쉽게 철수할 것 같아요?"

"미군은 지금 분명히 쫓기고 있지 않습니까?"

"미군이 철군할 요량이라면 우리가 추격하지 않아도 물러날 걸."

"미군에게 철군할 핑곗거리를 주기 위해서도 급히 추격하여야 합니다. 계속 추격전을 펼쳐야 미국 자산계급 내부의 모순을 이용할 수 있어요."

"미군 몇 개 사단이라도 없애고 난다면 그런 미국의 모순을 심화시킬 수 있지. 단순하게 땅을 확보하는 전략만으로는 어림도 없어요. 하여튼 우리 군대는 휴식과 보충을 취해야 전장에 나아갈 수 있어요."

그때 김일성이 끼어들었다.

"그럼 내가 하나 제안하겠어요. 지금 당장 3개 군만 진격시키도록 합시다. 다른 부대는 한 달 정도 쉰 다음에 공격에 나서도록 하고요."

"욕심만 앞세우는 말은 삼가하세요. 당신들의 관점은 틀렸어요. 실재에 바탕을 두지 않는 것은 기대와 바람에 지나지 않아요. 당신들은 전에도 미국이 절대 개입하지 않는다고 했잖아요? 그러면서도 당신들은 최소한 미국이 개입한다면 어떻게 할 것인가 하는 대책도 없었어요."

"그래서 결론적으로는 꼼짝 않겠다 이거예요? 그러려면 뭐 하러 조선까지 왔어요. 미국을 바닷속으로 쓸어 넣어 버리자는 것은 우리만 좋자는 것이 아니지 않소? 만약 한반도의 남쪽을 미제가 차지하면 바로 중국을 견제하는 군사식민지로 만들겠다는 걸 왜 모르는 거요."

"우리는 조선의 통일을 위하여 파견된 군대가 아니에요. 중국 국경을 미 제국주의자들과 접하고 싶지 않은 것이 첫째예요."

펑더화이는 자기도 모르는 사이에 그만 자기들의 속내를 드러내버리고 말았다. 후난(湖南) 인의 성격은 무척 솔직담백하고 실용주의적이다. 후난은 60-70년대까지 시랑호표

(豺狼虎豹)를 산천에서 흔히 볼 수 있었다. 기후는 아열대 지역으로 여름에는 더워서 견딜 수 없고 겨울에는 추워서 견딜 수 없을 지경이어서 한국과 무척 닮아 있다. 청조를 무너뜨린 상군(湘軍. 후난 민군)의 정꿔판(曾國藩), 주오중탕(左宗棠) 처럼 무척 고집이 세고, 다음 세대의 동맹회 원로 황싱(黃興), 숭쟈오런(宋敎仁)과 공산당의 마오쩌둥, 펑더화이처럼 자기 주견이 뚜렷한 실용주의자들이었다.

펑더화이가 불현듯 속내를 드러내자 김일성은,

"흥, 말 한 번 솔직해서 좋군. 그럼 당신은 조선을 처음부터 두 토막 내놓으려고 작정하고 온 거요 뭐요?"

"당신은 전쟁을 요행으로 보고 있어. 누가 뭐래도 우리 군대는 앞으로 두 달은 휴식을 취해야겠어요."

"뭐, 두 달 동안이나?"

"두 달에서 하루도 줄일 수 없어요. 어쩌면 석 달이 될지도 몰라요. 상당한 수준의 준비가 되지 않으면 우리는 1개 사단도 남진하지 않을 거요. 당신들의 경적(輕敵) 사고야말로 아주 위험한 것이에요. 원한다면 당신이 조선인민군 4개 군단을 직접 지휘해서 남진을 하는 건 어때?"

"당신 인민지원군 총사령관 맞아?"

"왜, 내 말이 어디가 틀렸는데? 나 펑더화이가 직무에 태만하고 있다면 심판을 해 보시지. 내가 자격이 없다면 내 목을 쳐도 좋아."

"이 새끼가?"

"이놈이 감히?"

둘은 체면도 뭣도 없이 순식간에 멱살을 잡고 밀치기를 한다. 힘으로는 더 젊고 덩치가 큰 김일성이 우위였다. 홍쉐즈와 박헌영이 덤벼들어 뜯어말리고 뒤에 선 양국의 지휘관들은 권총에 손을 가져가는 사람이 여럿 눈에 띄었다. 둘은 거리의 절제력 없는 청소년들처럼 씩씩대며 겨우 뜯어말려지고 있었다. 펑더화이는 분을 이기지 못하고 소리쳤다.

"야! 인마. 항일전쟁 때 나는 팔로군 부사령관이었어. 내 직속 부하만 3만 2천 명이었을 때 너는 350명의 부하를 거느리고 있는 쫄짜였단 말이야. 네가 감히 나하고 동급이야?"

"너, 감히 일국의 수상한테…."

둘은 또다시 순식간에 엉키고 만다. 양국의 지휘관들은 또 한참 실랑이를 벌여 겨우 뜯어말린다.

둘의 입장은 너무나 달랐으나, 결과적으로 김일성은 단독으로 남하할 능력이 되지 않기 때문에 펑더화이에게 굴복한 격이 되고 말았다.

이 자리에서 쌍방은 겨우 1월 25일 군자리에서 인민군 및 인민지원군 고급간부 연석회의를 열자고 합의하는데 그쳤다. 그리하여 1월 25일부터 29일까지 북·중 양군 고급간부 연석회의가 군자리의 지원군사령부에서 열렸다.

연석회의에 참석한 사람들은 중국 측에서 지원군 사령관, 지원군 각 병단의 각 군 수장과 일부 사단 간부, 지원군 영도기관의 각 부문 지도자, 조선에 참관하러 전에 온 제19병단의 군 사단 간부였다. 조선 측에서는 김일성, 김두봉, 박헌영 등 북한노동당 중앙 주요 책임자들이었다. 그리고 중공중앙이 특파한 중공중앙동북국 서기, 동북인민정부 주석, 동북군구 사령원 겸 정치위원 가오강(高崗)과 중국인민해방군 제4병단 사령원 천겅(陳賡)도 참가하였다. 총회의 인원은 122명이었고, 그중 정식 대표가 60명, 열석(列席) 자가 62명이었다.

회의는 김두봉이 개회사를 하였고 펑더화이가 '3차 전역 결산과 향후 임무'라는 제목으로 보고 겸 연설을 하였다.

"우리는 지금까지 세 차례의 전역에서 적군 6만여 명을 섬멸하였고, 조선반도 3분의 2의 영토를 수복하고 해방시켰습니다. 이러한 승리는 전 한반도를 해방시킬 수 있는 기초를 가져다주었고, 중국의 국방을 공고히 하고, 미 제국주의의 약점을 폭로하고, 미 제국주의의 극동침략계획을 엄중하게 타격하고, 미 제국주의 내부와 제국주의 침략진영 내부의 소란과 분열을 확대시키고, 전 세계 인민의 반제국주의 투쟁을 고무시킨 위대한 승리였습니다. 그런데 미 제국주의자들은 아직 한반도를 떠나지 않고 있습니다. 미국 침략자들은 극동과 세계의 정치적 지위를 유지하고, 그들이 한반도에서 약탈한 재산과 부를 보호하고, 또 그들의 우수한 장비를 믿고 한반도 남부의 진지를 계속 방어할 수 있도록 도와야 하므로 그들은 조선반도에서 절대 스스로 철수하지 않을 것입니다. 우리가 각 방면에서 충분히 준비하고 몇 차례 격렬한 대규모의 작전을 가해야 만이 한반도 해방의 목표를 달성할 수 있을 것입니다."

펑더화이의 전체 연설에서는 마치 인민지원군이 미군을 정말 한반도에서 몰아낼 의향이 있는 것처럼 말하였다. 김일성은 자기와의 다툼에서 우연히 튀쳐나온 펑의 속내를 트집 잡고 다시 한바탕 소란을 피울 만도 하지만 이미 그럴 때가 아니란 것을 알고 입을 다물었다.

25일 오후부터 26일까지 조선의 박헌영, 중국의 훙쉐즈, 덩화, 두핑, 제팡, 한셴추가 모두 주제발표를 하였다. 27일에는 서로의 전투경험과 성과를 설명하고 토론하기 위하여 조·중 양국 인사들이 합동으로 6개 조로 나뉘어 분임토론회를 개최하였다. 28일부터 29일까지 김일성 수상과 가오강

주석이 기조발표를 하고 숭스룬 중국지원군 제9병단 사령관, 방호산 조선인민군 제5군단장, 리우하이칭(劉海清) 중국지원군 제38군 제113사단 부사단장, 장펑(張峰) 중국지원군 제39사단 부사단장이 전투 중의 교훈과 경험을 발표하였다.

조선의 전방에서 조·중 양군의 고급간부회의가 열리고, 1월 22일부터 30일까지 동북군구 선양에서는 중국지원군 후근회의(後勤會議. 후방 병참보급회의)가 열렸다. 중앙군사위 부주석 저우언라이가 해방군 총참모장 대리 녜룽전(聶榮瑧), 총후근부장 양리산(楊立三), 공군사령관 리우야러우(劉亞樓), 포병사령관 천시롄(陳錫聯), 군사위운수사령부 사령관 뤼정차오(呂正操) 등을 이끌고 선양회의에 참석하였다. 회의는 동북구 부정치위원 리푸춘(李富春)이 주재하였다. 그때 선양에 와서 마침 치료를 받고 있던 덩화도 참석하였다. 회의에서는 교통, 운수, 건설의 중요성을 강조하고 "천 줄기 만 줄기가 있어도 운수 한줄기가 제일이다(千條萬條, 運輸第一條)"고 하며, 신속히 철로를 보수하며 급히 도로공사를 하고 전쟁물자를 비축하기로 하였다.

그래도 중국지원군과 북한 지도부 간의 갈등이 좀처럼 아물지 않자 스탈린이 중재에 나섰다. 스탈린은 이번에는 조선의 남진 강행을 비판하고 중국 측의 군사계획이 더욱 일리가 있다고 훈수를 두었다. 동시에 그는 군수물자를 중국군에 지원하면서 갑자기 '펑더화이는 당대의 천재적인 군사 지도자'라고 치켜세웠다. 그는 3차 전역 직후부터 중국지원군 지원에 더욱 적극성을 보인다. 스탈린은 인천, 서울을 지킬 것을 주장하면서 차량 6,000대와 37개 보병사단에 장비를 제공하고, 무상으로 MIG-15기를 제공하며 격려했고, 그동안 미뤄 왔던 중소 군사차관 협정(12억 3,500만 루블)도 체결하여 주었다.

스탈린까지 이렇게 나오는 마당에 김일성은 양보하지 않을 수 없었다. 그는 결국 북한군 단독 남진은 모험적이며 중국지원군의 2개월간 휴식에 동의한다. 다만 "조·중 최고회의를 개최하여 사상적 단결을 도모하자."는 선에서 논쟁을 접었다.

중국지원군은 이번 회의에서, 장비가 현저하게 차이 나는 현 조건하에서 인민지원군은 여전히 야간전투에 힘써야 하며 우회 포위 공격은 대담하게 하고, 적의 종심과 후방에 용감하게 침투함과 동시에 용감한 정예부대를 조직하여 적 포병 진지와 지휘소를 급습하고, 적 배치를 교란하여 승세를 타고, 때로는 전면적으로 맹공을 가하여 적으로 하여금 돌아볼 겨를이 없게 해야 한다는 원칙을 재확인하고 끝났다.

그런데 실은 이때 미군은 완전히 사기가 저하될 대로 저하되어 아무런 전투의지가 없었고 항복이나 도주밖에 생각하고 있지 않았다. 펑더화이가 1월 8일 추격정지 명령을 내리지 않고 중국지원군이 제천, 단양, 영주까지 산악지역으로 밀고 내려가면서, 1월 14일부터 영주 위 남대리에서 싸우고 있는 북한 인민군 4만 명과 협력하여 밀고 내려갔다면 국군과 미군은 싸움도 하지 않고 대구까지 후퇴하지 않을 수 없었을 것이며 아마도 유엔군은 한반도에서 완전히 철수하고 말았을 것이다. 이때 벌써 미군은 한반도에서 철수하려고 한국인 공무원과 그 가족, 경찰과 그 가족 합계 26만 명을 사모아 섬으로 철수시킬 계획을 세워두고 있었다. 1월 16일 미 육군 참모총장 콜린스(J. Lawton Collins) 대장은 리지웨이 장군과 철수 협상을 하려고 한국에 도착하였다. 그런데 중공군이 갑자기 공격을 멈추자 이상하게 생각하여 일단 철수 계획을 보류하였다.

그 철수 계획은 이른바 '뉴코리아 계획(New Korea Plan)'으로, 원래는 한국전쟁 초기 한국군과 유엔군이 낙동강 전선(영천전투)에서 풍전등화가 되자 미국 정부에서 한국의 정부요인 및 피난민 62만 명의 인원을 배에 태워서 태평양의 서(西) 사모아 제도에 위치한 어느 섬으로 이주시키고 망명정부를 구성한다는 계획이었다. 이 계획은 미국 정부가 미 8군 사령관 워커를 통해, 한국 육군참모총장 정일권에게 영천방어선이 무너질 경우 이승만 대통령을 데리고 서사모아로 가서 망명정부를 구성한다는 것이었다. 이 계획은 한국의 정부인사와 군 관계자들에게는 언급조차 하지 않았던 계획이었다.

일단 제주도를 중화민국 대만화 하자는 방안은 제주도가 식수가 부족하고 척박하다는 이유로 고려대상에서 제외되었고, 일본으로 옮기자는 방안은 한국의 망명정부를 세우기에는 반일감정 및 일본 내 우익세력의 테러가 우려되어 서사모아가 가장 유력지로 선정되었다. 민간인은 서사모아에 정착하고 군인들은 미군 지휘체계에 통합한 다음 아시아 방어에 이용한다는 내용이었다.

태평양 복판에 있는 사모아는 폴리네시안 원주민들이 이주 정착한 땅으로, 유럽인과의 접촉은 18세기 네덜란드인들이 상륙하면서 이루어진다. 당시 사모아는 왕국이었으나 왕위계승 분쟁이 벌어졌고 영국, 독일, 미국의 3개국이 태평양 진출을 위해 점령을 시도하면서 부족들을 이간질해 내전을 벌이게 하고, 그들에게 총기를 비싼 값에 외상으로 팔아 어업권과 온갖 경제적 이득을 획득하는 수법으로 경제를 침탈

하였다. 그러던 중 1889년 태풍이 일어나 아피아 항구(Apia Harbour)에 집결한 3국 함대가 침몰당하는 사건이 발생하자, 결국 1899년 3국 협정을 맺어 서사모아는 독일령에, 투투일라섬을 주로 하는 동사모아는 미국령으로 분할되었다. 제1차 세계대전에서 독일이 패하자 서사모아는 뉴질랜드의 위임통치를 받고 있는 중이었다.

일단 백지화되었던 한국전쟁 초기의 망명정부 건은 인민지원군의 서울 입성으로 벌어진 1·4 후퇴에서 제3차 전역의 승리까지, 미국 정부에서 다시 한번 이보다 더 구체적인 계획으로 등장한다. 게다가 이번에는 완벽하게 패하는 상황이 아니라 중공군이 특정 방어선(대구)을 넘어오기만 하면 바로 시행한다고 결정한 상태였다.

한국전쟁 초기의 서사모아섬 망명 계획보다 이번에는 가까운 제주도가 유력한 후보지로 대두된다.

51년 1월 10일, 맥아더는 워싱턴의 미 합참에 긴급전문을 보낸다.

> 현재 여건에서는 남한에서 전선을 유지하기가 힘들다. 유엔군 철수는 불가피하다. 한반도에서 철수할 것인지 아니면 계속 한반도를 지킬 것인지 양단간에 결정을 내려야 한다.

맥아더는 벌써 열흘 전에 중국 본토 폭격을 합참에 건의한 바 있다. 맥아더의 기본구상은 중국 공격을 통한 확전이었다. 트루먼은 1월 13일에 맥아더에게 친서를 발송한다.

> 전쟁을 한반도 내에 국한시켜야 하며, 38선에서 휴전 협의를 시도하고, 그것이 불가능하면 미 8군을 철수하라.

1월 9일에 작성된 미 극동사령부의 1급 비밀 보고서는 한반도 철수 및 한국 고위인사를 포함한 요인들의 소개 계획을 인원수까지 구체적으로 밝히고 있다. 이 계획서에는 미 극동사령부는 한국 정부 관료 및 주요 인사 100만 명을 제주도로 소개하는 '대규모 소개'와 주요인사 2만 명만 선정해 제주도가 아닌 해외지역으로 소개하는 '제한 소개'의 두 가지 방법을 검토하였다. 주의할 점은, 한반도 완전 포기 시 한국군과 미군의 병합(Incorporation)을 제안한 점이다. 한국군 병력을 오키나와로 이전하는 계획이 수립되어 있었고, 200명의 한국 정부요인을 하와이나 미 영토 내의 기타 지역으로 망명시키는 계획도 입안되어 있었다.

즉 남한의 망명정부 후보지로 제주도, 사모아, 여타 해외지역을 심각하게 고려중에 있었던 것이다. 그 때문에 김일성의 계획대로 이번 3차 전역 때 펑더화이를 설득하여 중국지원군과 함께 계속 남진하였더라면 그들이 꿈에도 바라던 조국 통일을 이룰 수도 있을 뻔하였다.

# 11
# 반격, 재반격

## 1

　리지웨이는 무엇인가 마음에 짚이는 데가 있었다. 그래서 시험적으로 야간공습도 몇 번 시도해 보았다. 미군 같으면 이런 경우 전선을 돌파하여 계속 적을 밀어붙여 전과를 확대하려 할 터인데 중국지원군은 바로 이러한 결정적인 순간에 공세를 멈추고 있지 않은가?
　리지웨이는 중국지원군이 전쟁에 개입한 이후의 공세를 처음부터 다시 분석해 보았다. 그들의 제1차 전역은 10월 25일에 시작하여 11월 1일에 청천강으로 철수한 미군의 추격을 중단함으로써 끝이 났는데(1차 전역의 완전 종결일은 11월 5일) 그 공세 기간은 7일이었다. 2차 전역은 미군의 크리스마스 공세 직후인 11월 25일 야간에 시작되어 12월 2일에 중국 지원군이 추격을 중단할 때까지였는데, 이때의 공세 기간도 역시 7일간이었다. 다음 3차 전역은 12월 31일에 시작하여 1월 7일에 인민지원군이 진격을 중단할 때까지인데, 공교롭게도 이때도 7일간이었다. 공세는 7일이 지나면 이상하다 싶을 만큼 약화되었고 그다음 공세는 대략 1개월 정도가 지난 후에 벌어진다는 것을 알아차렸다. 리지웨이는 인민지원군의 보급체계에 근본적인 문제점이 있다는 것을 알게 된 것이다. 그들이 공세를 펼치다가 홀연히 연기처럼 사라져버려 미군을 당황하게 만든 것은 결코 신비한 전술이 아니었다. 그들에게는 그럴 수밖에 없는 피치 못할 사정이 있었던 것이다. 종합해 보건대, 중국지원군은 공세에 나서기 위하여 약 1개월의 시간이 필요했고, 그런 준비기간 후에 공세에 나서면 7일 정도만 힘을 유지할 수 있었다. 따라서 인민지원군의 기동부대들은 최초의 보급으로 전쟁을 수행하며 전투 중에 재보급은 불가능했던 것이다. 다시 말해 중국군은 전투병이 최대한 1주일분의 식량과 탄약을 휴대할 수 있었는데 그것이 바닥나면 싸우고 싶어도 싸울 수가 없었던 것이다.

그리고 리지웨이는 중국군 포로를 심문하여 보니 신기하리만치 거의 전부가 장제스의 국부군 출신이었다. 그래서 그들이 총알받이로 앞에 나선 형벌 부대라는 것을 알게 되었다. 그렇다면 대만의 국민당군이나 화교를 이용해 심리전을 펼쳐 항복을 유도해 볼만 하구나 하는 발상이 떠올랐다. 그리고 유엔군이 들으면 몸서리치도록 무서웠던 나팔 소리, 피리 소리, 징 소리, 꽹과리 소리는 알고 보니 무선장비 같은 현대적 장치가 없어서 취한 만부득이한 행동이었던 것이다. 이제까지 베일에 가렸던 중국군의 약점이 하나씩 드러난 셈이다. 그리고 그들은 제공권을 유엔군에게 빼앗긴 상태에서 야간공격만이 가능하였다. 그래서 리지웨이는 시험적으로 이쪽에서 먼저 야간공격을 해보았던 것이다. 중국군은 야간공격을 해야 하니 보름달(Full Moon)이 떠야만 가능했다.

 리지웨이는 드디어 중국군에게 다음의 공세를 준비할 시간을 주지 않기 위하여 끊임없이 반격을 해야 한다는 결론에 이르렀다. 이름하여 '자석〔磁性. Magnetic〕전술'이라 하였다. 이것은 제2차 대전 때 사용하였던 낡은 전법이기도 하였다. 자석처럼 따라붙어 유엔군에게 유리하면 밀어붙여 요충지를 점령하는 반면 불리하면 잽싸게 물러나되 근거리에 머물며 약점을 노리는 것이었다. 이것은 어쩌면 중국지원군이 조국해방전쟁 때 대일 전이나 대국민당군 전쟁에서 써먹었던 전형적인 인민해방군의 게릴라 전법이기도 하였다.

이것이 1·4 후퇴 후에 도망가기만 급급하던 미군이 조기에 작전계획을 바꾸어 적극 공세로 바꾼 배경이다. 그리고 그 과정에서 가장 큰 소득은 중국지원군에 대해 막연한 두려움을 극복한 일이었다. 이 미군의 전법을 중국에서는 일명 '라쥐잔(拉鋸戰. 톱질전쟁. 시소게임)'이라고 했는데 이 라쥐잔으로 말미암아 한국 전쟁은 38선 위치에서 시작하여 다시 38선 위치로 되돌아오는 영위(零位)로 끝나게 되는 결과를 낳는다.

유엔군이 37도선 부근까지 물러나고 서울마저 중국지원군에게 점령당하자 미군의 위신은 말이 아니었다. 51년 1월 상순에 열린 영 연방수상회의에서 영국은 공개적으로 미국이 더 이상 영 연방제국을 조선 전쟁에 끌어들이지 말 것과 하루속히 정전회담에 나설 것을 독촉하였다. 이에 다급해진 맥아더를 선두로 하는 '매파'들은 중국의 동북까지 공격하여 전쟁을 확대해야 한다고 주장하기도 하였다. 리지웨이는 50년 12월 25일 제8군 사령관으로 임명된 날 오전에 미국에서 동경으로 날아가 맥아더를 만났다.

"장군, 한국의 전황이 우리에게 유리하다고 판단될 때 제가 공격을 개시한다면 반대하시겠습니까?"

"언제가 전황이 유리할 때라고 생각하는가?"

"하여튼 지금은 아닌 것 같습니다."

"전황이 유리하게 될 때까지 기다리겠다고? 전황이 유리하게 되지 않으면 공격하지 않겠다는 말인가?"

"글쎄요?"

하마터면 말소리가 더 커질 뻔하였다. 리지웨이의 말은 부드러웠지만, 분명히 상관에게 대드는 태도였다. 맥아더는 전황도 불리하고 정세도 불리한 상황에서 리지웨이와 다퉜다는 소문이라도 나면 자기에게 불리할 것을 잘 알고 있었다. 그는 흔쾌히 한 발짝 물러났다.

"매슈(Matthew B. Ridgway)! 알았네. 이제부터 미 8군은 자네의 손에 달렸네. 자네가 좋다고 생각하면 그대로 하게. 일체를 일임하겠네."

리지웨이는 드디어 전권을 위임받고 26일 오후에 한국의 제8군사령부로 날아왔다. 그는 한국에 온 즉시 한국군 병력을 엄격히 통제하여 철저히 미군 사단의 지휘를 받도록 하고, 부산에 있던 미 제10군단도 37도선 부근으로 이동하여 제1선 작전에 가담하게 하여 유엔군의 지상병력만 25만 명을 웃돌게 하였다. 1월 15일부터 소위 '울프하운드(Operation Wolfhound. 사냥개) 작전'을 구사하여, 대규모 교전에 앞서 탱크 등 소규모 기계화 부대로 쉬지 않고 중국지원군과 접촉하여 소규모 형태로 움직임을 제약하여 중국인민지원군이 기습공격을 못 하도록 견제하는 한편, 그들의 배치지역과 규모를 파악하는 것을 급선무로 하였다. 리지웨이 8군 사령관은 먼저 중국군이 어디까지 남하했는지를 알아보라 하였고, 그의 지시에 따라 미 제1군단장 밀번 소장은 1월 15일 미 제25사단 27연대를 차출하여 북상시켰다. 제27연대의 별칭이 울프하운드였으므로 이 자석식 수색작전을 울프하운드 작전으로 정하였다. 트루먼은 유엔군이 중국군에 의하여 압도적으로 밀려 패배하자 한국을 포기할 것을 각오하고 참모총장 조세프 콜린스를 한국의 리지웨이에게 급파한다.

"매슈! 대통령의 의사는 한국을 포기해도 무방하다는 말씀이었소."

"무슨 말씀입니까. 우리는 지금까지 중공군을 파악하지 못하고 있었을 뿐입니다."

"그러나 미군이 너무나 밀리고 있지 않소?"

"한 번 해볼 만합니다. 저는 중국군을 공격할 것입니다. 대통령께 공격을 허락해 달라고 말씀해주십시오."

"정 그렇다면 좋소. 그렇게 허락을 받겠소."

"저들이 인해전술(人海戰術)을 쓰면 저는 화해전술(火海

戰術)을 쓰겠습니다. 군비 면에서는 오히려 우리가 월등히 우세합니다. 본국으로부터 충분한 화력지원을 부탁드립니다."

리지웨이는 울프하운드 작전을 통하여 먼저 중국군 세력의 전력을 파악하였다. 중국군은 무엇보다도 보급로선이 너무 길어 더 이상 효과적으로 공격해 오기가 어렵다는 것을 알았다. 드디어 51년 1월 25일, 일명 '선더볼트(Thunderbolt. 번개) 작전'을 통해 선제공격을 개시한다.

한 편, 공격을 멈춘 중국지원군은 1월 8일부터 제50군과 제38군의 112사단 및 조선인민군 제1군단의 2개 사단을 한강 이남에 배치하여 해방(海防)과 한강 남안 교두보진지를 책임 맡게 하고, 제42군 제125사단은 남한강 동쪽에 두고 당면한 상대를 경계하게 하였다. 중국지원군 주력과 조선인민군 제1군단의 일부는 각각 서울, 고양, 동두천, 마석우리, 가평, 김화 지구에서 휴식하며 장비점검을 하고 있었다. 조선인민군 제2, 제5군단은 일부 병력으로 당면한 상대를 경계하는 외에 주력은 홍성, 횡성의 동쪽에서 정비 겸 휴식을 취하고 있었다.

그런데 비록 인민지원군이 여러 차례 전역에서 승리하여 현대화 장비를 갖춘 상대와 싸우는 경험을 쌓고 사기가 대단히 고양된 것도 사실이지만 많은 인명피해를 보았고, 그 인원은 아직 보충되지 않고 있었으며 인민지원군 제9병단은 아직도 원산, 함흥 일대에서 휴식 정비하고 있었다. 제1선 병력은 다만 인민지원군 6개 군 21만여 명과 조선인민군 3개 군단 7만여 명뿐이어서 유엔군의 전선 병력 23만여 명에 비하여 약간 우세할 뿐이었다. 또한 일반 병사들이 소지한 군량이 바닥나서 그들의 수요에 응할 수 있을지 의문이었다. 거기에 중국군은 연전연승으로 말미암아 미군을 두려워하지 않는 경적 사고마저 만연해 있었다.

미군은 1월 25일, 5개 군단의 16개 사단 3개 여단 1개 연대 등 합계 23만 명의 병력으로 200km에 걸친 전 전선에서 밀고 올라갔다. 그들 주력인 미 제1, 제9의 2개 사단 등 합계 6개 사단 3개 여단을 서부전선(한강 서쪽)에 배치하여 서울 쪽으로 진격해 오고, 미 제10군단과 한국군 제3, 제1군단 등 합계 8개 사단 1개 연대는 동부전선에서 보조공격을 하였다. 서부전선에서는 미군을 앞장 세우고 국군을 뒤따르게 하여 신속히 공격하여 왔고, 동부전선에서는 주공을 한국군에게 맡겼는데 역시 진격 속도가 더 느렸다.

펑더화이는 리지웨이가 이렇게 빨리 군대를 정비해 반격해 올 줄은 몰랐다. 1월 8일에 제3차 전역이 끝났는데 불과 1주일 만인 1월 15일에 탐색전 공격을 시작하더니 25일부터 본격적인 공격을 감행한 것이다. 사령관이 바뀐 것을 실감할 수 있었다.

펑더화이는 27일에 전군에 휴식중지 명령을 내렸다. 군자리에서 개최 중이던 조·중 양군 간부회의는 즉시 이름을 제4차 전역(1951. 1. 25-4. 21) 동원회의로 바꾸었다. 리지웨이의 공격이 심상치 않자 펑더화이는 1월 31일에 마오쩌둥에게 전보를 보내 미리서 한 자락 깔았다. "제3차 전역에서 피로가 겹쳐 이번 제4차 전역에서는 잠시 후퇴할 수도 있습니다."라고.

이때 중국군의 입장에서는 조선에 오기로 한 제19병단이 아직 도착하지 않은 상태였고 원산, 함흥에 있는 제9병단은 병력충원이 되지 않아 작전에 투입할 수도 없었다. 펑더화이는 한셴추 부사령관을 서부전선에 파견하여 총지휘하게 하고, 마침 선양에서 요양 중이던 덩화 부사령관이 돌아오자 즉시 동부전선으로 보내 통합 지휘하게 했으며, 조선인민군은 김웅이 지휘하여 덩화를 돕게 하였다.

한셴추는 제38, 50군과 조선인민군 제1군단(약칭 한〔韓〕집단)을 지휘하고 김포, 인천 및 야목리, 여천 이북까지 68km 지구에 조직방어를 하여 상대가 서울 방면으로 진공해 오는 것을 저지하고, 동부전선에서는 덩화가 인민지원군 제39, 40,

42, 66군(약칭 덩 집단)을 지휘하여 용두리, 양덕원리(陽德院里), 홍천, 횡성 이북 지구에 결집해서 원주, 횡성 방면으로 반격을 준비하게 하였다. 김웅은 조선인민군 제2, 3, 5군단을 지휘하여 삼거리, 대미동, 보래동 이북 지구 45km 지역에서 덩 집단을 엄호하게 하고, 그중 제3, 5군단은 덩 집단 좌익에서 횡성 동남 방향으로 반격을 하게 하였다.

펑더화이는 전선으로 더 가까이 가기 위하여 지원군사령부를 김화 북쪽의 감봉리로 옮겼다. 감봉리는 숲이 빽빽이 들어서 있는 첩첩산중이었다. 지원군사령부는 은폐하기에 아주 좋은 산골짜기의 한 지점을 골라 굴착공사를 하여 더없이 좋은 거처를 마련한 것이다. 회의가 열릴 때면 그 금광굴을 이용하였다. 2월 7일, 중앙군사위원회는 순환 참전의 원칙을 정해 제3병단(제12, 15, 60군)과 제47군을 3월부터 속속 조선에 보내 참전하도록 하였다. 조선에 들어온 후에는 곧 들어올 제19병단(제63, 64, 65군)과 함께 합계 9개 군 27개 사단을 제2선 부대로 삼기로 했다.

2월로 접어들면서 펑더화이는 일단 공격 목표를 지평리(砥平里)와 횡성으로 잡았다. 지평리와 횡성(삼마치 고개)을 비교한 결과, 기동력과 화력이 훨씬 열세한 한국군 8사단과 3사단이 배치된 횡성을 먼저 공략한 후에 미군이 배치된 지평리를 공격하는 것이 상책이었다. 2월 11일 오후 8시 반, 지원군 9개 사단으로 구성된 제13병단이 횡성 북방의 삼마치 고개로 돌입하자 그곳을 담당하던 국군 8사단은 급속히 무너져 내렸다. 국군 8사단은 불과 4시간 만에 완전히 붕괴되었고, 다음 날 병력을 수습한 결과 남은 병력은 장교 263명, 사병 3,000여 명에 불과하였다. 사망하거나 실종된 인원은 장교 323명, 사병 7,142명이어서 사단 해체 수준의 엄청난 붕괴였다. 이때 국군 3사단을 추격한 인민지원군은 횡성 후방으로 진출하여 미 제10군단의 퇴로를 차단하려 하였다.

2월 12일 정오, 리지웨이 8군사령관은 원주의 미 제10군단 사령부를 방문하여 지평리-원주를 연결하는 새로운 방어선을 설정하고 그곳으로 부대를 철수시킨 후에 인민지원군의 공세를 막아내기로 하였다. 반면, 인민지원군도 횡성에서의 승리가 전선 전체, 특히 한강 이남까지 올라온 서부전선의 유엔군에게 영향을 미치려면 그 연결점인 지평리를 확보하여야만 했다. 당시 주로 미 제2사단 23연대 전투단이 점령하고 있던 지평리는 경기도 양평군 지제면에 속한 조그마한 마을이었다. 인민지원군의 제4차 전역의 시작으로 미 제10군단이 원주로 후퇴하였기 때문에 지평리의 미 제23연대는 순식간에 돌출된 형국이 되었다. 중국지원군은 먼저 곡수리를 점령하여 지평리를 완전히 고립시켰다. 지원군은 지평리를 공격하면 유엔군은 진지를 버리고 철수할 것으로 판단하여 이전에 쓰던 수법대로 요지에 매복하고 있다가 상대가 이동할 때 치명적인 타격을 가할 심산이었다. 그런데 실인즉 미 제23연대는 미리 참호를 깊이 파서 지원군을 맞을 준비를 단단히 하고 움직이지 않고 있었다.

지평리는 분지로 된 마을로서 북쪽으로는 봉미산(鳳尾山)을 등지고 동남쪽으로는 작은 산들이 분포되어 있었다. 동남쪽으로 원주-서울 간 철로가 지나고 있고 다른 한길이 남쪽의 여주, 이천으로 통하고 있었다. 방어하는 유엔군 측은 미군의 1개 프리만(Paul L. Freeman 대령) 연대와 불란서 1개 포병대대와 탱크 중대의 총병력 약 6,000여 명이었고 방어하는 면적은 사방 1,500m밖에 안 되었다. 공격하는 중국지원군의 병력은 제39, 40, 42군의 3개 군 8개 연대의 50,000여 인원이었다.

2월 12일, 덩화 집단지휘부는 한강 북쪽의 방곡에서 횡성전투에 참가하지 않은 각 사단장회의를 소집하였다. 이 회의에서 지평리의 유엔군(1-2연대)이 남쪽으로 도주할 조짐이 있으므로 횡성전투의 결과와는 상관없이 당일 저녁으로 차단 섬멸하여 지평리를 탈취함으로써 중국지원군의 동서 전선을 연결시키기로 결정하였다. 횡성전투에 참가하지 않은 지원군 제40군 제119사단의 두 개 연대(제356, 357연대. 제118사단에 배속된 제355연대는 횡성의 한국군 제8사단 섬멸전에 참가하여 아직 돌아오지 않음)가 이번 행동의 주력을 맡기로 하였다. 그 외 제120사단 359연대, 제125사단 375연대 그리고 제40군의 포병 42연대를 배속하여 5개 연대의 병력으로 지평리의 유엔군을 섬멸하기로 했고 통일된 지휘는 인민지원군 제119사단 사단장 쉬궈푸(徐國夫)가 맡기로 했다.

2

쉬꿔푸는 참전하는 5개 연대의 전전(戰前) 작전회의를 소집하였다. 단 359연대장과 375연대장 그리고 정위(政委)는 아직 회의에 도착하지 못했다. 회의에 참가한 제42군 125사단 375연대 부연대장 리원칭(李文淸)이 금방 지평리 전선에서 돌아와 보고한 바에 의하면, 지금 지평리의 유엔군은 미 2사단 23연대와 불란서 대대인데 그들은 진지구축을 공고히 하고 철거하려는 조짐이 전혀 보이지 않는다는 것이었다. 회의에서는 참전하는 각 부대가 2월 13일 오후 4시 30분을 기하여 공격을 개시하기로 결정하였다.

13일, 공격 개시 시간은 다가오는데 오후 1시에 참전에 배속된 인민지원군 포병 제42연대의 마필이 놀라 소리를 지르는 바람에 포병 진지가 탄로 나 버렸다. 금방 무전을 받고 날아온 미군 전투기가 벌떼처럼 맹폭을 가하였다. 포병은 급작스러운 공습으로 참담한 손실을 입을 수밖에 없었다. 우환 중에 125사단의 375연대는 당일 오후까지도 연결이 잘 되지 않았다. 원래 계획했던 4시 30분 공격에는 오직 제119사단 제356, 357연대와 제120사단 제359연대 병력 합계 2,300여 명만이 참여하였다. 쉬꿔푸는 357연대에 명령하여 북쪽에서 남쪽으로 지평리 이북의 봉미산을 공략하게 하고, 제356연대와 제120사단 359연대는 동쪽에서 지평리의 서남쪽을 공격하여 저들의 퇴로를 차단하라 하였다.

공격 개시는 비교적 순조로웠다. 어둠이 깔리자 횃불을 밝혀 들고 징 소리, 꽹과리 소리, 피리 소리 드높이 사방에서 제1파 제2파의 인해전술이 시작되었다. 하지만 이러한 형벌 부대의 자살형 맹공격과 심리전에도 동요하지 않고 미 제23연대는 그들이 보유한 모든 포병 화력(155m 6문, 105m 18문)을 총동원하여 지원군을 강타하였는데, 1문당 평균 250발의 포탄을 발사하여 가공할만한 화력을 보여주었다. 중국지원군도 진지를 포위하고 망가진 포병을 수습하고 남은 포탄을 사용하여 연대지휘소가 있는 지평리 주위에 3백여 발의 포탄을 날렸다. 이 와중에서 프리만 연대장이 부상을 입고 군수과장이 전사하였으나 프리만 대령은 후송을 거부하고 지휘를 계속하였다. 그러나 중국지원군은 탄막을 뚫고 제3파 제4파의 공격으로 접근전을 실시하여 수류탄을 투척하며 집요한 공격을 계속하였다. 이 과정에서 미 제23연대에 배속되어 있던 불란서 대대의 분전은 대단하였다. 그들은 자기들보다 4배나 많은 인민지원군이 가까이 올 때까지 기다렸다가 20m 전방에 이르렀을 때 일제히 소리를 지르며 뛰쳐나가 착검돌격으로 격퇴하는 용감성을 발휘하였다.

쉬꿔푸는 상대의 수비상황과 전황을 종합하여 제40군 지휘소와 덩화 지휘부에 보고했고, 병력의 지원이 있다면 지평리의 상대를 섬멸할 수 있을 것으로 생각하였다. 이때 횡성전투가 벌써 끝났으므로 지평리 동쪽 측면의 유엔군은 마침 후퇴하고 있는 중이었다. 쉬꿔푸는 참전하는 각 부대가 이미 탈취한 고지는 공고히 하고 거기에 증원군 부대와 협력하여 상대를 섬멸하려 하였다.

14일, 지평리 바깥 고지는 인민지원군에 의해 모두 점거되었다. 유엔군의 병력은 기복 진 지대의 $2km^2$에서 가옥을 의지하여 거점식 참호와 포화, 탱크의 지원으로 진지를 고수하고 있었다. 인민지원군은 더 이상 포병의 지원을 받을 수 없는 상황인데다가 대전차 수류탄과 폭파용 포탄도 바닥난 상태에서 바깥 고지를 점거하고는 있었지만 피해가 많았다. 오전에는 미군 전투기가 다시 벌떼처럼 덤벼들어 폭탄 세례를 가하였다. 인민지원군이 조선에 들어온 이후 이처럼 밀집 폭격을 당해 보기는 처음 있는 일이었다. 미군기는 인민지원군의 원형방어진지 주위를 한나절 내내 폭격하였다. 오후가 되자 지평리의 미군은 5조로 나누어 탱크의 엄호하에 반격을 가하기 시작하였다. 인민지원군은 다시 꽹과리 소리 요란한 가운데 제1파 제2파식의 공격을 재개하였다. 그럴수록 진지 앞에는 인민지원군의 시체가 쌓여만 갔다.

저녁이 되어서야 공격다운 공격을 할 수 있었다. 이제 인민지원군의 모든 공격부대가 갖추어졌으므로 사면팔방에서 이 좁은 진지를 향해 계속 부단한 공격을 퍼부었다. 사병들은 모두 손에 길쭉한 몽둥이 수류탄을 걸고 미군의 산병호(散兵壕)를 폭파하고 어떤 병사는 등에 폭파 통을 짊어지고 돌격하여 돌격 선상의 장애물을 폭파하여 길을 트기도 하였다. 그들은 신속하게 철조망을 끊고 지뢰밭을 돌격하였는데 이 과정에서 수많은 희생자가 발생하였다. 돌격 중대가 길을 트자 수많은 병력이 물밀 듯이 몰려갔고 죽은 전우의 시체에 걸려 기우뚱거리며 달려가면 뒤를 이어 더 많은 병사가 몰려갔다.

2월 15일, 오후 2시경에는 미 제2대대 G중대의 진지가 붕괴되기 시작하였으나 미 제23연대는 예비대가 없었다. 인민지원군이 돌파구를 확대하여 불란서 대대 배후로 들어오면 방어선 전체가 붕괴될 가능성이 컸다. 그런데 불란서 대대는 인접 부대가 무너져 내렸음에도 끝까지 진지를 고수하고 잘 싸우고 있었다.

원래 지평리가 포위되어 위기가 고조되던 2월 13일에 리지웨이는 미 제9군단 소속 국군 제6사단과 영국군 제27여단을 문막-지평리 선으로 진출시켜 지평리의 측방을 방어하게 하고, 미 제10군단 제38연대를 지평리에 증원하도록 조치를 취했으나 모두 인민지원군에 의해 진출이 차단되고 말았다. 이처럼 구원 작전이 모두 실패하였음에도 불구하고 리지웨이는 미 제9군단장에게 지평리의 제23연대와 연결을 재차 지시하였다. 명령을 받은 군단장은 군단 예비대인 미 기병 제5연대에게 제23연대와 연결할 임무를 부여하였다. 명령을 받자마자 크롬베즈(Marcel B. Crombez) 대령이 지휘하는 미 기병 제5연대는 2개 야포대대, 2개 전차대대, 1개 공병중대로 증강하여 적진 돌파에 나섰다. 그러나 교량이 파괴되고 도로 좌우측에 배치한 인민지원군이 맹공을 퍼부어 초전부터 돌파에 난항을 겪었다.

크롬베즈는 연대 전체의 기동이 힘들다고 판단되어, 보병을 전차에 탑승시켜 전차가 전진이 지체되면 보병이 하차하여 통로를 개척하는 형태로 1개 중대 규모의 선도 특수임무부대를 편성하여 돌진을 시작하였다. 하지만 워낙 상황이 급박하여 보병이 다시 탑승할 여유도 없이 전차가 출발하여 남겨진 보병이 적진에 고립되는 경우도 있었고 또는 인민지원군의 반격이 워낙 거세 전차의 전진이 멈췄다 가기를 반복하기도 하였다. 하지만 크롬베즈는 어떠한 경우라도 정지하면 안 된다고 강력히 명령하였다. 이와 같은 연대장의 독려에 힘입어 특수임무부대는 마침내 2월 15일 오후 5시 반에 지평리에 도착할 수 있었다.

전차가 좁은 길을 통과하여 지평리에 도착하자 완강하게 공격하던 중국지원군의 전의가 꺾이어 순식간에 전황이 바뀌고 말았다. 그런데 곡수리에서 출발할 당시 보병 165명이던 크롬베즈 선발 중대는 지평리에 도착하였을 때 남은 인원은 26명에 불과했고 탄약도 소진된 상태였다. 구원 부대인지 구원받기 위하여 들어온 부대인지 구분할 수 없을 지경이었다. 그러나 인민지원군은 더 이상 공격할 여력이 없었고, 그렇게 그날은 어두워졌다.

지평리 공격을 정지하자는 요구는 지원군 기층군관의 요구로부터 시작되었다. 지불해야 하는 대가가 너무 컸고, 공격에 참가한 8개 연대의 사상자만 5천 명에 육박하고 있었다. 제40군에서 참가한 3개 연대 병력만 해도 사상자 1,830명이었고, 제359연대 제3대대는 거의 전원이 전사하였다. 이런 상황에서 쉬꿔푸 전선 지휘부는 제40군 지휘소로부터 전해 온 덩화 지휘부의 지평리 진공 즉시 철퇴라는 명령을 받았다.

원래 지원군사령부와 덩화 지휘부는 지평리를 지키는 부대가 오직 미 제2사단의 1개 연대와 불란서 대대, 그리고 하나의 포병대대와 하나의 탱크 중대의 총병력 6,000여 명뿐인 줄 알았다. 그런데 유엔군은 이천에서 증원부대를 지평리에 파견하고 있었고 다른 지원세력이 지평리를 향하고 있었다. 인민지원군 사령부가 분석한 결과, 지평리는 동남의 유엔군이 이미 종심방어(縱深防禦)를 구축하고 있어서 돌출된 이곳을 탈취해 보았자 지켜내기가 쉽지 않으며, 지원군의 후속부대가 조선에서 더 원활한 작전을 하기 위해서는 방어선을 한강 이북으로 이동하여 기동방어를 하는 것이 더 유리하다고 판단하였다. 이런 연유로 덩화 지휘부는 지평리에서 공격하고 있는 부대는 작전을 멈추고 즉시 후퇴하라고 명령을 내렸다.

　유엔군의 지평리 전투 승리는 불란서군 1개 대대의 공이 지대하다. 불란서군 지휘관은 랄프 몽클라르(Ralph Monclar) 중장이었는데, 그는 제1, 2차 세계대전에 참전하였으며 독일이 불란서를 점령하던 기간에는 해외에 망명하여 반독 투쟁에 앞장섰던 인물이다. 그는 제2차 대전 종전 후 3성 장군에 오른 불란서군의 핵심이었다. 그러나 그가 스스로 자기의 계급을 무려 5단계나 하향한 중령으로 낮추고 또다시 전쟁에 참여하기로 결심한 것인데, 그 이유는 한국에 파견한 부대가 대대 규모에 지나지 않았기 때문이다. 처음에는 장군이 어떻게 대대장을 맡을 수 있느냐며 국방장관이 직접 만류하였지만, "계급이 뭐가 그리 중요한가? 곧 태어날 자식에게 유엔군의 한 사람으로서 평화라는 숭고한 가치를 위해 참전했다는 긍지를 심어주고 싶다."며 의지를 굽히지 않았다. 몽클라르는 미 8군 사령관 리지웨이와 경력이나 나이가 비슷하였지만 스스로 일개 대대장을 자임한 호연지기를 보여주었다. 몽클라르 대대는 미 제2사단 23연대에 속해 원형 방어진지의 한 축을 맡아 무려 4배가 넘는 중국지원군을 격퇴시켰는데, 경험이 풍부한 몽클라르는 압도적인 중국지원군의 대공세에도 전혀 당황하지 않았던 것이다. 최대한 적을 유인하여 일격을 가하고 인민지원군의 심리전에는 역심리 전을 펼치며 대담한 육박전을 구사하는 등 다양한 전술로 인민지원군을 무너뜨렸다.

유엔군의 입장에서 지평리 전투의 의의는 실로 대단하다. 유엔군이 지난 2개월간의 후퇴를 끝내고 재반격으로 전환하는 도화선이 되었기 때문이다. 바로 직전까지 미 합참은 만약 50km만 더 후퇴하면 한국을 포기할 생각까지 가지고 있었던 것이다.

다음 날, 동이 트자 지평리 진지 주변에서 인민지원군은 그림자도 찾아볼 수가 없었다. 밤사이에 진지 주변의 시체들마저 모두 수거하여 철거한 것이다. 지평리 전투에서 유엔군에 의해 사살된 중공군은 총 4,946명이었고 79명이 생포되었으며 기타 폭격으로 신원을 알아볼 수 없는 잔해가 부지기수였다. 미 제23연대의 전투단은 2월 13-15일의 사흘간 전투에서 52명의 전사자와 259명의 부상자를 내고 42명이 실종되었을 뿐이었다. 지평리의 전투는 중국지원군의 인해전술에 맞서 유엔군의 화해전술로 격파한 최초의 방어전투였다. 펑더화이는 제38군과 50군 예하 1개 연대에 16일과 18일에 각각 한강 북쪽으로 철수하도록 하달하였다. 한강 이북으로 철수하라는 첫 명령을 내린 2월 16일까지를 흔히 중국지원군의 제4차 전역(1951.1.25~4.21)의 1단계라고 말한다.

　유엔군의 지평리 전투의 승리는 중국군에 대한 자신감을 심어 주었다. 유엔군이 다시 작전의 주도권을 장악하자 리지웨이는 상대에게 공세를 재개할 시간을 주지 않기 위하여 즉각적인 후속 반격작전을 계획하였다. 이때 전선은 서에서 동으로 한강-양평(지평리)-원주-제천-영월-대관령을 잇는 선이었는데, 원주로부터 제천-영월을 잇는 동부전선은 서부전선에 비해 남쪽으로 축 처진 상태였다. 리지웨이는 제천-영월지역으로 남하한 상대를 포위 섬멸함과 동시에 동부전선을 북으로 밀어붙일 생각을 하였다. 이것은 중국지원군이 개입한 이후 두 번째로 실시되는 유엔군과 국군의 반격작전이었는데, 상대의 주력을 포위 섬멸하는 데 목적이 있음을 강조하기 위해 이름을 도살작전(Killer Operation)이라 하였다.

　지평리 전투가 끝난 2월 17일, 펑더화이는 각 군과 군위에 다음과 같은 평가를 타전하였다.

> 금반 저들의 공격에서 느낄 수 있는 것은 미군의 주력을 소멸시키지 않고서는 저들이 조선에서 물러가지 않으리라는 점이다. 이것은 이번 전쟁이 장기전일 가능성이 크며 동시에 상대의 공

격에서 제1, 2차 전역 때와는 아주 다른 점을 느낄 수 있다. 병력이 더 많을 뿐만 아니라 동서 양 전선의 병력이 밀집대형을 이루었고 방어선이 두터워 공격대형이 질서정연했다. 한센추 집단군이 악전고투하여 방어전선에서 23일 동안 상대 병력 1만여 명을 살상해 상대 주력을 남한강 서쪽에 묶어 두었다. 이 틈을 타서 덩화 집단군과 김웅 집단군이 횡성 일대 한국군 제8사단, 미 제2사단 1개 대대와 한국군 제3, 5사단 각 1개 부대에 타격을 입히는 데 성공하였다. 반격전에서 첫 승리였다. 그러나 승리가 결코 만족스러운 것은 아니다. 제때 퇴로를 끊지 못해 다 잡았던 상대 병력을 놓쳤기 때문이다.

펑더화이는 지평리 패배에 대해서는 자세히 알리지 않았다. 그래서 펑더화이는 중국지원군의 제3차 전역에 이은 서울점령 사실을 대대적으로 보도하는 데 대해서도 매우 신경질적으로 반응했었다. 별로 의미도 없는 일을 과다하게 외부에 알릴 경우 군사적 행동에 불필요한 제약을 가져온다는 사실을 알았던 것이다. 그는 군사의 흐름을 잘 알고 있었다. 무엇보다도 자신의 역량으로 미군을 완전 제압한다는 일이 불가능하다는 것을 초기공세에서 깨닫고 있었다. 전술적 우세를 통해 초반의 승리를 거둘 수 있었으나 전쟁의 승리 뒤에 가려진 전쟁의 실에 주목해야 했던 입장이었다. 허상에 취하다가 결국 전선 사령관으로서 그가 맞아야 할 현실은 매우 혹독할 수 있었기 때문이다.

2월 21일 10시를 기해 드디어 유엔군이 대대적으로 중국지원군에 대해 공격을 개시하던 날, 펑더화이는 이 긴박한 상황을 대처하기 위하여 급히 마오쩌둥을 만나러 중국행 비행기를 탔다. 압록강 너머 단둥에 도착한 펑더화이는 비행기 편으로 선양을 경유하여 북경에 도착하였다. 중국지도부가 모인 중난하이로 곧장 찾아간 펑더화이는 마오쩌둥을 만날 수 없었다. 그는 북경 서쪽 교외에 있는 위촨산(玉泉山)의 징밍위안(靜明園)으로 나가 휴식을 취하고 있는 중이었다. 징밍위안으로 찾아간 펑더화이는 주위의 저지도 물리치고 낮잠을 자고 있는 마오의 방문을 열었다.

"주석! 급히 드릴 말씀이 있습니다."

"어?"

"낮잠을 깨워서 죄송합니다만…."

"내 낮잠을 직접 깨우고 만날 사람은 펑 총밖에는 없지."

하고 마오쩌둥이 일어나며 펑더화이의 얼굴을 보니 바싹 마른 데다가 피로와 고심으로 눈까지 핏발이 서 있었다. 펑더화이는 전에 벌써 수차례의 전문보고를 통해 중국지원군의 교체, 보급문제, 사상자 및 이탈자 증가 등의 어려움을 토로했다. 그런데도 아무런 개선 없이 제3차 전역이 벌어졌고, 운 좋게 서울 점령까지 이루어지고 유엔군을 37도선 밖으로 내쳤으나 곧 닥칠 유엔군의 강력한 반격에 직면해 커다란 희생을 감수해야 하는 상황에 직면해 있었다. 펑더화이는 이런 속사정을 마오에게 직접 알린 뒤 그때까지 나타난 문제점을 해결하지 못하면 더 이상 싸움이 곤란하다고 설명하였다. 그런데 마오쩌둥은 다른 그림을 그리고 있었다.

"항미원조전은 장기적으로 보아야 할 걸. 조선 전장(戰場)은 우리에게 매우 유익한 교육훈련장이라고. 내 생각으로는 우리 인민해방군을 나름대로 훈련시킨 뒤 전체 병력의 대부분을 윤번제로 조선반도에 보내 미군과 싸워보도록 할 작정이야."

"조선 전쟁을 중국의 교육훈련소로 삼자는 것입니까?"

"그렇지! 펑 총도 알다시피 우리 해방군은 현대전에서는 멀었어. 미국의 그 풍부한 물자와 현대적 무기를 상대로 하려면 우리가 할 수 있는 모든 수단을 총동원해야 해요. 2월 7일에 중앙군사위원회에서 윤번제를 결정하였어요. 지금 조선에서 작전 중인 9개 군 30개 사단을 제1조로 하고, 국내서 차출한 6개 군과 조선에서 보충 중인 3개 군 등 모두 9개 군

27개 사단을 제2조로 편성하여, 4월 상순경에는 본국 부대가 38선 지역에 도착하여 한강 전선의 6개 군과 임무 교대를 한다. 그리고 국내에서 차출준비 중인 6개 군과 제1번 지원부대 중의 4개 군 등 모두 10개 군 30개 사단을 제3조로 편성하여 6월 중에는 조선전선에 투입할 수 있도록 한다. 금년과 내년 2년간에 약 30만 명의 사상자가 날 것을 예상하고 다시 30만 명을 보충하여 순환 작전에 활용한다는 내용이에요. 지금까지 펑 총이나 되니까 대미전쟁에서 연전연승을 했지 다른 사람 같으면 어림도 없어."

"연전연승이라는 말은 듣기 거북합니다. 지금까지 운이 좋았던 것뿐입니다. 문제는 지금부터입니다."

"나도 저번 전문을 받고 짐작은 했어. 이제부터는 어렵겠구나 하고. 그리고 지금까지의 워커나 맥아더는 그저 우세한 화력만 믿고 포탄만 퍼붓는 사람들이었지만 지금의 리지웨이는 공수특전단을 인솔했던 자로서 머리를 쓸 줄 아는 자드군."

"상황을 알아주시니 감사합니다."

"린뱌오의 국부군 배치는 잘 되고 있지요?"

"아주 잘 되고 있습니다. 저도 정위에서 보고하면 듣기만 하고 더 이상 깊은 간섭은 하지 않습니다."

"좋았어. 이번 조선 전쟁이 끝나면 우리는 완전히 군대현대화가 이루어지고, 국부군에 대한 불안도 사라지고, 미제와 국경도 접하지 않게 되고 좋은 것이 한두 가지가 아니야. 단 한 가지 대만에 미 7함대를 파견하여 우리가 점령할 수 없다는 것이 아쉽지만 그까짓 거야 시간 가면 자연히 우리한테로 넘어오게 되어있지."

"국부군 출신들은 이제는 제파식 공격에서 최전선에 자기들이 서고 있는 줄 아는 사람은 아는 눈치입니다. 그래서 이왕이면 윤번제가 더 빨리 이루어져 저들이 눈치챌 틈을 주지 말게 했으면 좋겠습니다."

"나도 린뱌오와 수시로 얘기하고 있어요. 참 미제가 다시 서울을 탈환할 것 같다고 했지?"

"네, 아무래도 서울은 내주고 최대한 시간을 끌며 38선 주위에서 라쥐잔(拉鋸戰)을 펴야 할 것 같습니다."

"서울을 내주는 것은 좀 아깝지만 그까짓 거 지금 아무것도 남아 있지 않다면서?"

"그렇습니다. 지금 텅텅 비어있는 빈 유령도시입니다. 쓸데없이 군사력을 낭비할 필요가 없습니다."

"알았어요. 펑 총의 판단에 맡기겠어요. 우리의 항미원조전의 목적은 조선통일이 아니지 않소. 3차 전역 때의 기세로 밀어붙였더라면 미제를 바닷속으로 처넣을 수도 있었지요. 그래서 저들이 휴전을 하자고 기만전술을 폈지 않아요. 어느 땐가는 우리가 불리해지면 우리가 먼저 휴전을 하자고 할지도 몰라요. 어차피 조선은 38선 부근에서 오락가락하다가 휴전해야 할 걸. 그러면 우리로서는 반쪽이 우리 위성국이니까 완충지대가 성립되는 것이지. 그 대신 미제는 남조선을 대중국용 군사 식민지로 만들겠지."

"그러면 조선의 통일은 영원히 안 되는 거잖아요?"

"그렇지는 않지. 조선에 인물이 나서 중국이고 미국이고 다 물러나라. 우리는 우리끼리 통일해서 살겠다고 나서면 누구도 말리기 어렵지. 그런데 조선에 그럴 인물이 나올 수 있을까? 혹 그런 인물이 나와서 그렇게 하겠다고 할 경우 우리는 물러날 용의가 있지만, 미국은 그래도 물러나려고 하지 않을 걸. 그들이 중국을 견제할 수 있는 가장 근거리가 조선이잖아. 그래서 조선으로서는 어차피 미국과 일전을 하지 않고는 해결책이 없을 거야…"

# 3

 펑더화이와 마오쩌둥은 모처럼 여러 가지 이야기를 나누었다. 이튿날 펑더화이는 수와이푸위안(帥府園)에 있는 중앙군사위원회를 방문하고, 녜룽전(聶榮瑧) 전 참모총장 등 다방면의 인사들을 만나고, 북경에 있는 소련 군사고문 사하로프도 방문하였다. 그 자리에서 펑은 사하로프에게 또다시 소련 공군의 적극적인 지원을 요구했으나 난색을 표하자 자리를 박차고 나와 버렸다. 2월 25일에는 저우언라이 수상을 예방하자, 저우언라이는 펑 더러 군사위원회 확대회의에서 항미원조전의 상황설명을 하도록 하였다.

 "조선에서 지금까지 3개월간의 전쟁에서 4만 5천여 명이 사망했고, 다시 동상자, 병자, 탈영자 등을 합해 약 4만여 명의 손실이 발생했습니다. 조선에서는 식량을 현지 조달할 수가 없어서 어려움이 많습니다. 전선은 자꾸 밑으로 내려가는데 보급노선은 길어져서 하는 수 없이 공격을 멈춰야 할 때가 있습니다. 지금 우리에게 가장 필요한 것은 식량공급과 수송력, 그리고 공군과 고사포의 지원입니다.…"

 펑은 다음날 다시 마오를 만났고, 마오는 펑이 있는 자리에서 스탈린에게 전보를 쳐서 소련 공군 2개 사단의 파견을 요구하였다. 그리고 고사포 등 대공화기의 신속한 공급과 60개 사단을 무장할 수 있는 장비를 소련으로부터 구매하기로 했다. 얼마 후, 스탈린은 이전과는 달리 벨로프(P. A. Belov) 장군에게 지시하여 소련 원동공군 제151, 324 두 개 사단을 조선 내 기지로 이동시켜 후방을 지원하겠다고 대답하였다.

 20여 일간의 국내 체류 후 3월 9일 조선의 전방지휘소로 복귀한 펑더화이에게 중국지원군의 서울 포기와 38선 이북으로의 후퇴 소식이 기다리고 있었다.

 한편, 2월 21일, 지원군에 의해 지난 공세에서 돌파당한 횡성을 회복하려는 미 제9군단의 주공은 미 해병 제1사단이었고 나머지 3개 사단이 미 해병 1사단의 좌우측에서 동시에 공격에 나섰다. 그러나 미군으로서도 애로가 많았다. 그동안 단단하게 얼었던 땅이 녹아내려 도로가 진창길로 바뀌고, 가끔 비도 내려 항공정찰이 어려웠고, 하천은 떠내려오는 얼음 덩어리로 도하가 어려웠다. 그런 와중에 2월 24일, 헬기가 한강에 추락하여 전선을 정찰하던 제9군단장 무어(Bryan E. Moore) 소장이 죽은 사고가 발생하였다. 사령관을 잃은 제9군단의 작전이 원활하지 못했지만, 그래도 미 해병 제1사단은 퇴각하는 인민지원군을 추격하여 3월 4일에는 횡성을 점령하는 데 성공하였다.

유엔군은 3월 14일에 홍천 외곽까지 진출하였다. 동서남북을 연결하는 홍천의 지리적 중요성을 잘 알고 있는 중국지원군은 방어진지를 구축하여 미 해병 제1사단을 강력히 저지하고 있었다. 홍천을 사이에 두고 미 해병 제1사단과 중국지원군 간에 격전이 연일 벌어졌으나 제공권을 앞세운 미군의 맹렬한 폭격에 더하여 미군과 한국군이 홍천의 양측을 동시에 파고들자 3월 20일부터 중국지원군은 결국 저항을 포기하고 철수하였다. 이 기회를 놓이지 않고 유엔군은 계속 앞으로 진격하여 미 기병 제1사단이 3월 21일 오후 1시 30분에 중국지원군을 38선 이북으로 몰아내고 춘천시가지로 진입하였다. 이로써 국군과 유엔군은 한강-양평-춘천을 잇는 선을 성공적으로 확보하였고, 제3차 공세로 내주었던 38선 일대의 동부전선 대부분을 탈환하였다.

　드디어 3월 15일, 리지웨이는 미 제1군단장에게 강을 건너 서울 북쪽의 중요 고지군을 점령하도록 명령하였다. 동일 오후 3시 30분에 수륙양용 장갑차로 무장한 미 제3사단의 1개 대대가 마포 방면으로 도하하는 것을 시작으로, 서울 탈환의 선봉대로 나선 국군 제1사단 15연대는 3월 16일 아침에 도하를 완료하여 서울 전역을 장악한다.

　원래 선봉에 선 국군 제1사단은 수원을 거쳐 영등포와 흑석동 방면으로 진출하여 한강을 넘을 계획이었다. 그때 서울의 정보를 얻기 위해 한국에 사는 화교의 도움을 받기로 하였다. 그런데 강을 미리 넘었던 화교 정보원이 보내온 소식은 의외였다. 중공군이 전혀 눈에 띄지 않는다는 것이었다. 한국군은 미국이 보내준 상륙주정(上陸舟艇)을 타고 마포나루 쪽으로 상륙하였다. 그런데 화교 정보원이 보내온 정보 그대로 서울은 텅 비어 있고 중공군은 눈 씻고 찾으려야 찾을 수 없었다. 지난 9·28 서울수복 작전처럼 치열한 시가전을 예상했던 군인들은 폐허가 된 서울을 바라보고만 있었다. 1·4 후퇴 전에는 150만이나 되던 서울시민 중 부득이한 사정으로 피난 가지 않은 시민은 불과 20만이었는데 이들은 폐허가 된 서울에서 먹을 식량마저 다 떨어져 가고 있었다. 그래서 정부도 별도의 수복 행사를 하지 않고 부산에 그대로 남아 있기로 했고 서울의 여건이 개선될 때까지 시민들에게 복귀를 자제해 줄 것을 요구하였다. 서울을 수복하기는 하였으나 언제 다시 빼앗길지 몰랐기 때문에 정부 및 시민은 상당기간 동안 귀환을 보류하였다. 서울은 단지 상징과 명분만 남아있는 곳이지 실리를 추구하기 위해 사력을 다해 사수할 장소가 아니었다.

인민지원군은 지평리에서의 참패와 서울 철수로 미군의 실체를 알기 시작하였다. 미군도 리지웨이가 8군사령관으로 부임하면서부터 비로소 중공군의 실체를 파악하기 시작하였다. 3월 23일, 미군은 고양, 의정부, 가평, 춘천 선을 점령했으며 미 공수 제187연대가 문산에 4천 명의 병력과 탱크, 야포를 동원하여 북쪽으로 이동하는 인민지원군 제1군단의 퇴로를 끊어 제26군의 측면을 위협하려 하였으나 제26군의 완강한 저항으로 그 계획은 실현되지 못했다. 3-4월 초에 이르러 중국지원군의 최일선 부대는 38선 이북으로 이동하면서 유엔군의 진격을 계속 막고 있었다.

3월 24일에 이승만은 담화문을 발표하여, 한·만 국경까지 진격하기 전에는 정전은 없다고 하였다. 동해안 지역에서는 국군 수도사단과 제9사단으로 편성된 한국군 제1군단이 3월

25일부터 양양을 향하여 공세를 시작하였다. 북한인민군 제69여단이 험한 산악지대의 지형지물을 이용하여 강력히 저항하였으나 동해안에 배치된 미 함정의 지원사격으로 전의를 잃고 붕괴되었다. 3월 27일에는 수도사단이 남대천을 도하하고 양양을 점령하여 한강하구 서쪽을 제외한 38선 일대에서 전선이 다시 형성되었다.

양쪽이 다시 38선 일대에 정렬하자 미국 정부는 리지웨이에게 38선 돌파에 관한 책임을 일임하였으나 그것은 지난 50년 10월에 있었던 북진과는 전혀 성격이 달랐다. 미국의 의도는 38선 이북을 완전히 회복하겠다는 것이 아니고 현 상태에서 방어에 유리한 위치를 확보하기 위한 제한적인 돌파만 허용하겠다는 것이었다. 미국 정부의 의도를 안 리지웨이는 지리적으로 방어에 유리한 임진강-연천-화천저수지-양양으로 이어지는 선에 견고한 방어지대를 설치할 것을 계획하고 이것을 이름하여 캔자스 라인(Kansas Line)이라 명명하였다. 이 방어선은 총 184km에 이르렀지만 서부전선의 22km는 한강하구를, 중부전선의 16km는 화전저수지를 이용해 방어에 임할 수 있었다. 리지웨이는 4월 1일부터 전선을 38선에서 캔자스 라인까지 밀어붙이기로 하고 이를 '요철작전(Rugged Operation)'이라 명명하였다. 요철이라는 영어

러기드(Lugged)의 의미는 '기복이 심한' '울퉁불퉁한' 이란 뜻을 가진 단어로서 울퉁불퉁하게 복잡한 전선을 바른 선으로 정리하겠다는 의도였다. 그때까지 중국지원군과 북한인민군은 전열을 재정비한 상태가 아니어서 유엔군은 38선을 기준으로 서부전선에서는 3.2-9.6km, 동부전선에서는 16km까지 손쉽게 북상에 성공하였다. 원래 캔자스 라인은 38선 북방에서 방어에 유리한 지형을 연결하여 임의로 설정한 방어선이었는데, 미국의 정책입안자들은 이때부터 대략 이곳을 기준으로 미래의 군사분계선을 구상하고 있었다.

그런데 유엔군이 캔자스 라인에 이르렀을 때, 중국지원군의 대부대가 강원도의 평강-철원-김화를 연결하는 삼각지대(철의 삼각지)에 집결하여 공세를 준비하고 있었다. 이 지역은 원산과 서울의 중간지역에 위치한 교통의 요충지로서 중부전선 장악을 위한 최적의 방어 지형을 지니고 있어 피아 간에 너무나 중요한 지점이었다. 이에 따라 미 8군은 캔자스 라인 북방 10-20km에 와이오밍라인(Oyoming Line. 미군은 편의상 자기 국내 주 이름을 따서 이름을 지음)을 설정하고, 이를 확보하기 위하여 재차 작전에 돌입한다.

4월 6일, 펑더화이는 김화의 금광 굴에서 중국지원군 당위원회 회의를 열어 제5차 전역(1951. 4. 22-6. 10)의 작전계획을 최종 논의했다. 이 회의에는 펑더화이, 덩화, 박일우, 홍쉐즈, 한센추, 제팡(제페이란), 두핑 그리고 제9병단 사령관 겸 정치위원 숭스룬, 제19병단 사령관 양더즈(楊得志), 정치위원 리즈민(李志民), 제3병단 부사령관 왕진산(王近山), 부정치위원 두이더(杜義德) 등이 참석했다.

이 회의에서 중국지원군이 먼저 공격을 시도하는 것이 바람직하다고 의견이 모아졌다. 이때 각 병단 사령관들은 이제 막 조선의 전쟁터에 들어온 터라 모두 멋진 솜씨를 보일 기회를 벼르고 있는 눈치였다. 각 병단 사령관들의 발표가 있은 뒤 펑더화이는 현재의 국면을 전환하려면 최소한 남측의 5, 6개 사단을 무력화시켜야 한다고 역설하였다.

"반격을 가할 주요 지역은 서부전선의 문산에서 춘천에 이르는 선이다. 이 지역에는 한국군 제1사단, 영국군 제29여단, 미 제3사단, 미 제25, 24사단, 터키여단과 한국군 제6사단이 있다. 방어선이 얕고 지원병이 옆에서 오게 되는 특성에 따라 아군은 우선 일부 병력을 김화, 가평선의 산악지대를 통해 돌파구를 만든다. 저들의 양 전선을 분할하는 것이다. 이와 함께 제3병단은 정면 돌파를 감행한다. 제9병단과 제19병단도 각각 동서 양측 날개에서 돌격해 우회한다. 저들을 각개 격파한 뒤 방어선 깊숙이 파고 들어간다. 동부전선의 조선인민군 김웅 집단군과 서부전선의 인민군 제1군단은 각각 정면을 공격해 전체 작전에 적극적으로 협조한다."

작전 개시 일자는 20일 전후로 하면 어떠냐고 묻자, 모두 그 정도면 병력을 집결시켜 공격 출발선과 돌격 위치에 배치하는데 충분하다고 했다.

4월 10일에 유엔군은 소위 캔자스 라인에 도달하였다. 이때 중국지원군은 보급이 제대로 이루어지지 않고 병력 손실이 잇따르는 상황에서 후속 부대가 도착하기만을 학수고대하고 있었다. 그런데 실은 미군도 병력전개 후 추진력이 모자랐다. 그래서 크게 밀어붙이지 못하고 다만 '자석전술'대로 중국지원군을 따라다니는 형편이었다. 미군이 자석전술로 밀려오고 중국군은 기동방어로 맞서 상대의 공격시간을 늦추면서 차츰 예정 공격 출발선에 다가갔다. 미군이 조금 진격하면 중국군도 조금 물러나고 그들이 오지 않으면 중국지원군도 물러서지 않았다.

이렇게 2개월 동안 전쟁을 치르면서 그동안 지원군은 시간을 벌었고 제대로 물자보급 및 병력보충을 끝내고 있었다. 이 기간에 새로 조선에 들어온 중국지원군 제19병단, 제3병단과 앞서 줄곧 휴식과 정비기간을 가진 제9병단은 각각 예정지역에 집결해 있었다. 새로 조선에 들어온 포병 제2사단과 포병 제8사단 1개 포병단, 탱크 공격을 맡은 포병 제31사단과 고사포병 제61사단은 벌써 각 군에 배속되었다. 철로 및 도로수송의 원활한 운용을 위해 군위는 다시 철도병 제3사단과 4개 공병단을 조선에 파견하기로 결정하였다. 동시에 공안 제18사단에게 철로, 도로 수송선의 대공초소를 맡아 대공감시를 책임 맡도록 했다. 아울러 전방 근무지휘부를 창설해 후근부(後勤部) 6개 지부를 지휘하도록 하면서 제19, 3, 9병단 등 3개 병단의 병참 업무를 책임 맡도록 하였다.

제4차 전역의 1951년 4월 하순에는 인민지원군은 사령부를 이천군의 공사동(空寺洞)으로 옮겼다. 51년 8월에는 평남 회창(檜倉)의 버려진 금광으로 옮겼다가 58년 철군할 때까지 그곳을 지원군사령부로 쓰고 있었다. 북한에는 도처에 금광이 있었다. 중국 지원군사령부가 조선에 들어온 후 자리를 잡은 곳은 모두 갱도였다. 왜 갱도를 택하는가 하면 갱도가 미군 전투기의 공습을 피하기에 안성맞춤이었기 때문이다. 공사동에도 많은 갱도가 있었다. 갱도에 습기가 너무 찰 때는 아랫마을에 가서 민가에 머무르기도 하였다.

중국지원군은 제4차 전역 후기에 기동방어전을 펼치며 서서히 북쪽으로 철수한다는 전략을 택하였다. 미군은 전선을 38선 부근으로 밀고 올라오고 있었고, 미국 수뇌부에서는 조선책략에 대하여 논쟁이 한창이었다. 트루먼이나 애치슨 국무장관, 마샬 국방장관 등은 전쟁을 확대하지 않는다는 전제하에 강력한 화력에 의존해 전선을 밀어붙이며 유리한 지위를 확보하여 휴전협정을 하려 하였다.

맥아더는 이래저래 궁지로 몰리고 있었다. 중공군의 전략 및 한국전 개입 가능성에 대한 오판, 삼소리 군우리에서의 참패, 서울을 빼앗기고 평택까지 후퇴하는 등 맥아더의 명성은 형편없이 떨어지고 있었다. 이를 만회하기 위하여 맥아더는 즉시 중국 연안을 해상 봉쇄하고 중국 산업시설을 폭격하거나 함포사격으로 파괴하여, 장제스 국민당 군을 본토로 상륙시킬 것을 상신하였다. 워싱턴 정부에서는 이는 중공군에 패배하여 땅에 떨어진 자존심과 명예를 회복해보려는 무모한 기도라고 판단하였다.

맥아더는 51년 1월 26일 수원에서 리지웨이를 만나며 기자들 앞에서 확전을 의미하는 발언을 서슴지 않았으며 거듭된 워싱턴 정부의 언론 플레이 자제 요청을 무시하였다. 이어서 3월 24일에는 워싱턴으로부터 받은 "지금이 휴전협정을 개시하기 적절한 시기"라는 비밀전문을 언론에 흘렸으며, 4월 5일 맥아더가 장제스 군을 투입하여 확전해야 한다는 서한이 미 하원의회에 공개되면서 트루먼은 맥아더 파면이라는 카드를 만지작거렸다. 드디어 4월 11일 맥아더를 전격 파면하고 리지웨이를 그의 후임으로 미 극동사령관 및 유엔군 총사령관으로 임명했다. 또 밴 플리트를 리지웨이의 후임으로 미 제8군 사령관에 임명한다.

　리지웨이는 트루먼의 시책에 착실히 순응하였다. 이때 미 공군은 인민지원군의 후방교통 및 물자집결지와 부대집결지에 유례 없는 폭격을 감행하였다. 미 해병도 원산, 신포, 청진 등 항구에 대하여 폭격, 봉쇄, 정찰 등 교란 활동을 강화하였다. 트루먼 대통령은 마샬을 일본으로 보내 리지웨이가 일본 주둔 미군의 예비부대를 동원할 수 있게 승인하는 한편, 미 제40, 45사단을 미국 본토에서 일본으로 이동시켰다. 또 일본에서 훈련 중인 한국군 3개 사단의 훈련을 강화하는 한편, 부산, 김포 등 공군기지를 늘리는 등 상륙작전도 준비하였다. 그러나 이런 조치들은 중국을 겁박하고 자기네의 유비무환의 차원이었다. 기실 그들은 2개월간의 공격으로 병사들이 피로에 지친 데다 손실도 엄청나 중국지원군의 대부대가 새로이 조선에 들어와서 자기들에게 새로운 공격준비를 하고 있는 데 대하여 무척 두려워하고 있었다.

　4월 11일, 미군은 무리하여 '불굴작전(Dauntless Operation)'을 발동하여, 작전명답게 쉬지 않고 진격을 재개하여

전선을 한 번 더 북으로 밀어 올리고 있었다. 중국지원군은 4월 21일, 개성-연천-화천-간성 선에서 미군의 진격을 저지하고 87일간에 벌어진 제4차 전역을 마감하였다.